벗을 보내다　送友人

푸른 산은 북쪽 마을에 가로누워 있고
흰 물살은 동쪽 성을 감아 흐른다
여기서 한 번 이별하면
외로운 다북쑥처럼 만 리를 떠돌 테지
떠가는 저 구름은 나그네 마음
지는 이 해는 오랜 벗의 정
손을 흔들며 이제 떠나가니
쓸쓸하다 외로운 말의 울음소리여

青山橫北郭, 白水遠東城
比地一爲別, 孤蓬萬里征
浮蕓遊子意, 落日故人情
揮手白玆去, 蕭蕭班馬鳴

풍룡강호

풍룡강호 1

써드 新무협 판타지 소설

초판 1쇄 찍은 날 § 2005년 4월 15일
초판 1쇄 펴낸 날 § 2005년 4월 25일

지은이 § 써드
펴낸이 § 서경석

편집장 § 문혜영
편집책임 § 유경화
편집 § 장상수 · 서지현

펴낸곳 § 도서출판 청어람
등록번호 § 제1081-1-89호
등록일자 § 1999. 5. 31
어람번호 § 제2-0576호

주소 § 경기도 부천시 원미구 심곡1동 350-1 남성B/D 3F (우) 420-011
전화 § 032-656-4452 팩스 § 032-656-4453
http://www.chungeoram.com
E-mail § eoram99@chollian.net

ⓒ 써드, 2005

ISBN 89-5831-500-8 04810
ISBN 89-5831-499-0 (세트)

風龍江湖

풍료강오

Fantastic Oriental Heroes

[써드] 新무협 판타지 소설

1

풍룡, 모습을 보이다

도서출판
청어람

[목차]

<작가의 말>

한국전쟁의 영웅 맥아더 장군이 이렇게 말했다고 하더군요.

"어떤 전쟁에서든 이기겠다는 의지 없이 뛰어드는 것은 치명적이다."

부족한 제가 쓴 부족한 글이지만 최선의 노력을 다했음을 의심하지 않습니다.

저를 좋아하고 제가 좋아하는 모든 이들이 행복하기를 기원하며……

第一章

흑색의 사내 단운평

　"당신과의 계약이 내일로 끝난다구요?"

　"예."

　별을 담은 듯 밝은 빛을 발하는 두 눈과 오똑한 콧날, 크지도 작지도
않은 입은 눈, 코와 더불어 완벽의 조화를 이루고 있다. 거기에 저 하
얀 피부라니……. 백의가 너무나 잘 어울리는 저 미녀의 이름은 곽소
혜. 중원제일의 거부이자 강호팔룡(江湖八龍) 중 한 사람인 금룡(金龍)
곽마효의 금지옥엽이자 천하삼미(天下三美) 중 한 사람인 천향 곽소혜
가 바로 이 여인이다. 그녀의 앞에 서 있는 사내는 그녀와는 반대로 완
벽한 흑색 일색이었다. 얼굴을 가린 치렁치렁한 머리칼도 짙은 흑발이
고 입은 옷과 신발도 흑색이며 그가 들고 있는 도 역시 칙칙한 묵빛이
었다.

　'지독하구나.'

곽소혜는 사내의 모습에 한숨을 쉬며 그의 전신을 훑어보았다. 그가 자신의 호위무사로 함께한 시간은 무려 오 년이다. 그 긴 기간 동안 저 사내는 항상 저러한 모습이었다. 보기만 해도 질리는 검은색이 싫어 백의를 보낸 적도 있었고 황의나 녹의를 보낸 적도 있었지만 사내는 그것들을 돌려보내고 같은 모습을 보였다. 혹시나 어두운 색을 좋아하는 것일지도 모른다는 생각에 남의를 보낸 적도 있었지만 저 사내는 여전히 흑색 일색이다.

"그동안 고생 많았어요."

곽소혜의 음성은 그 미모만큼이나 아름다웠다. 사내는 아무런 대꾸 없이 허리를 숙이며 포권을 해 보였다.

"이제 어디로 갈 건가요?"

특별히 궁금한 것은 아니다. 오 년이라는 시간을 함께했지만 특별한 친분은 없었다. 오 년이라는 세월을 함께한 자에 대한 예의상 물어본 것뿐이다.

"사람이 많이 사는 곳으로 가보려 합니다."

곽소혜의 아름다운 미성과는 다르게 심하게 탁한 음성. 여인은 그 목소리에 자신도 모르게 눈살을 찌푸리고 말았다. 탁할 뿐만 아니라 거친 느낌이 드는 그의 목소리는 차가운 바람이 부는 소리와 유사해 묘하게 신경을 자극했다. 그와 친분이 쌓이지 않은 것에는 저 목소리도 한몫했다는 것은 주지의 사실일 것이다.

"그렇군요. 그럼 준비할 것도 많을 텐데 나가보세요."

곽소혜의 축객령에 사내는 깊숙하게 몸을 숙였다.

"그럼 보중하십시오."

사내는 몸을 돌려 방문을 나섰다. 그가 방문을 나서자 곽소혜의 옆에 있던 시비 미향은 한숨을 푹 쉬었다.

"단 대협께서 떠나시는군요."

미향의 목소리에는 아쉬움이 가득했다. 곽소혜는 사교성이라고는 눈 씻고 찾아봐도 없는 그가 사라진다고 아쉬워하는 사람이 있으리라고 생각할 수가 없었기에 미향의 목소리에 고개를 갸웃하지 않을 수 없었다. 자신들이 살고 있는 이 황룡보에는 적지 않은 사람들이 살고 있다. 식솔들의 수도 적지 않고 식객으로 있는 이들의 수도 제법 되었다. 식솔들끼리는 가족과 다름없이 살아왔기에 저러한 미향의 목소리는 당연할 것이다. 그러나 사내는 식솔이 아니다.

'저분을 저리 보내선 안 돼요, 아가씨. 후회하게 될 거예요.'

미향은 사내를 잡지 않는 곽소혜를 안타까운 눈빛으로 바라보았다. 그러나 곽소혜는 알 수가 없었다. 미향이 그러한 생각으로 자신을 바라보고 있는 것도, 오늘로 호위무사의 일을 그만두는 단운평이라는 이름의 사내가 지니는 가치도, 그리고 황룡보를 떠나는 단운평이라는 사내의 이름이 천하에 진동하게 되리라는 것도 전혀 알 수가 없었다.

곽마효는 자신의 앞에서 허리를 굽히는 단운평의 어깨를 잡았다.

"나는 자네를 객(客)이라 생각지 않고 있건만 자네는 언제나 나를 남으로 여기고 있구먼. 몇 번이나 말하지 않았나. 내게 허리를 굽혀서는 안 되네."

단운평은 조심스럽게 자신의 어깨를 잡고 있는 곽마효의 손을 떼어내었다.

"내일 떠나려 합니다."

"어째서 그리 급하게 떠나려 하는가? 조금 더 차분히 생각을 해보고 떠나는 것이 어떤가? 더 이상 자네가 떠나는 것을 막지는 않겠네."

이 년 전에 떠나려던 그를 애원에 가까운 부탁으로 간신히 붙잡았다. 더 이상 붙잡고 그의 길을 막는 것은 염치없는 일일지도 모른다. 하나 단 하루라도 더 붙잡고 싶다. 무엇 하나 해준 게 없지 않은가.

"충분히 생각했습니다. 이 나이가 되도록 제 마음대로 한 것이 아무 것도 없습니다. 더 이상 그러고 싶지 않습니다."

단호한 단운평의 어조에 그의 손을 잡고 곽마효는 작은 목소리로 말했다.

"이번에는 내가 자네에게 빚을 갚아야 하지 않겠는가? 떠나려고만 하지 말고 내가 제의한 것에 대해서 한 번 더 생각해 보게."

"보주님은 저에게 빚진 것이 없습니다. 그리고 그 제의는 말씀드렸다시피 너무 과분한 이야깁니다. 이런 몸으로 아가씨를 아내로 맞이한다는 것은 말이 되지 않는 이야깁니다."

천향 곽소혜를 아내로 맞이한다. 저 말의 의미는 생각 이상으로 큰 것이다. 곽마효가 천하제일의 거부이고 그의 후대라고는 곽소혜뿐이니 그녀와 결혼한다는 것은 차기 황룡보주이자 천하제일의 거부가 된다는 의미다. 천하 사람들이 알았다간 적지 않은 풍파가 일어날 일이었다.

"하나 그렇게 된 건……."

곽마효는 자신을 바라보는 단운평의 눈빛에 더 이상 말을 이을 수가 없었다.

"그것은 제 잘못으로 생긴 일, 미안한 마음을 가지실 필요 없습니다."

결심을 굳힌 것을 알아차린 곽마효는 그의 손을 놓고 몸을 돌렸다.

"알겠네."

단운평이라는 사내는 쉽게 말을 뱉지 않는다. 대신에 그 내뱉은 말은 반드시 책임을 지는 자이다. 누구보다 그 사실에 대해서 잘 알고 있는 사람이 곽마효 자신이건만 붙잡고 싶다는 욕심에 애써 그 사실을 모른 척했다. 하나 이제는 인정하지 않을 수 없었다.

"그럼 보중하십시오."

곽마효에게도 몸을 깊숙이 숙이며 인사를 해 보인 단운평은 몸을 돌려 방을 나서려 했다.

"언제든 나의, 아니, 우리 황룡보의 힘이 필요할 경우 주저하지 말고 연락하게. 자네는 아니라고 하지만 분명 나는 자네에게 빚을 졌네. 갚을 기회마저 빼앗지 말아주게."

곽마효의 말에 잠시 멈칫하던 단운평은 방문을 나서며 나직하게 말했다.

"보주님의 마음은 잊지 않겠습니다."

방문이 닫히자 곽마효는 허물어지듯 의자에 앉았다.

"잊지 말게. 우리는 언젠가 반드시 다시 만날 걸세. 그때는 내가 자네의 힘이 되어줌세."

곽소혜는 침상에서 일어난 후에도 무언가 계속 찜찜했다.

'뭐지?'

묘한 기분이다. 아무리 생각해도 원인을 모르겠다. 하지 않은 것도 없고 하지 말아야 할 것을 한 것도 없건만 불안하다. 좋지 않은 일이 일어날 징후인가?

"훗, 오랜 시간을 함께해선가?"

머리를 빗기 위해 찾은 검은 빗을 보고서 그 원인을 알 수가 있었다. 원인은 단운평이었다. 그가 없다는 것 때문에 이러한 기분이 든 것이다.

"미향아, 어디 있니?"

기분을 바꾸기 위해서 후원으로 나간 곽소혜는 미향을 찾았다.

"여기 있어요."

고개를 숙인 채 다가온 미향의 목소리가 이상했다.

"무슨 일이야? 주방에서 꾸지람이라도 들은 거야?"

곽소혜의 질문에 미향은 고개를 저었다. 곽소혜는 그런 미향에게 다가가 그녀의 고개를 들어 얼굴을 바라보았다. 퉁퉁 부어올라 있는 눈두덩과 핏발이 선 흰자위.

"운 거야? 누가 너에게 심한 소리라도 한 거야?"

걱정스러운 마음에 곽소혜는 미향의 어깨를 부여잡고 물었지만 미향은 그저 고개를 저을 따름이었다.

"단 대협이 새벽에 떠났어요."

"며칠 후에나 떠날 줄 알았는데 바로 떠났구나. 네가 그에게 그리 정이 들었으리라고는 생각하지 못했는데."

곽소혜가 빙긋 웃으며 말하자 미향이 발끈하여 대꾸했다.

"긴 시간을 함께했는데 어찌 정이 들지 않겠어요?"

미향의 대꾸에 곽소혜는 놀라움을 금치 못했다. 미향이 정이 들었다고 표현한 사내는 이제껏 단 한 사람도 없었다. 물론 표현하지 않는다고 해서 그런 사람이 없지는 않겠지만 자신 앞에서 저리 당당하게 말하리라고는 생각지 못했던 것이다.

"그 어두운 성품의 사내에게 정이 들다니 의외구나."

그녀의 말에 이번에는 미향이 놀라지 않을 수 없었다.

"무슨 소리예요? 아가씬 단 대협에게 고마움이나 정 같은 것이 없다는 말씀이세요?"

"고마움이 없다고는 할 수 없겠지만 그리 정이 가는 사람은 아니잖니?"

곽소혜의 말에 미향이 무언가 말을 하려다가 그저 한숨을 푹 쉬고는 고개를 절레절레 저었다.

"그건 그렇고, 새로 온 호위무사는 어디 있니?"

"지금 치료를 받고 있어요."

퉁퉁 부어 있는 눈은 분명 웃고 있다. 곽소혜는 무슨 소리인지 알 수가 없었다. 어찌해 오늘부터 자신의 호위를 할 무인이 다쳤단 말인가. 이유가 뭐냐는 곽소혜의 표정에 미향은 자신이 들은 이야기를 곽소혜에게 전하기 시작했다.

"그러니까 어젯밤 일이에요."

"당신인가, 새로 왔다는 호위무사가?"

단운평의 물음에 동방호라는 이름의 무사는 피식 웃으며 말했다.

"그렇소만 당신은 누구시오?"

동방호는 얼핏 보기에 자신과 비슷한 연배이기에 하대를 하는 것에는 크게 신경 쓰지 않았다.

"오늘까지 아가씨의 호위무사를 한 단운평이라고 한다."

차가운 느낌을 주는 묘하게 낮은 음성. 무공을 모르는 사람이 들었다면 섬뜩한 느낌을 받았을 음성이었다.

'성대를 다친 모양이군.'

목을 다쳐서 저러한 목소리가 된 것이라고 생각한 동방호는 단운평이라는 사내에 대한 경계심이 커졌다. 목을 공격당할 정도라면 대단한 무공의 소유자가 아닐지도 모른다. 하나 저러한 목소리가 될 정도라면 생사의 갈림길까지 간 적이 있는 사내. 그러한 경험을 한 사내는 결코 만만치 않은 상대다.

"하고 싶은 말이 뭐요?"

동방호는 눈앞의 사내가 껄끄러웠다. 어떠한 용무로 자신을 찾은 것인지는 모르지만 눈앞의 사내에게서 어서 벗어나고 싶은 마음에 단도직입으로 물었다.

'기껏해야 금룡의 딸을 잘 부탁한다는 말 정도일 것 같은데 이 밤에 불러내야 하는 건가?'

동방호의 생각과 달리 단운평은 허리춤에 있던 도를 뽑아 들었다.

"묵뢰라고 부르지."

"뭐, 뭐요?"

칙칙한 묵빛의 도를 가리키는 말일 것이다. 그런데 자신을 향해 일렁이는 살기는 뭐란 말인가? 왜 자신에게 도를 뽑아 든다는 말인가?

"호위를 하는 자에게 가장 필요한 것이 있다. 그것은 자신을 버려서라도 지켜야 할 자를 지키겠다는 신념이다. 준비가 되어 있는 것이냐?"

웃기지도 않는 말이다. 왜 남을 위해 자신의 생명을 건다는 말인가. 그러나 상황은 그리 웃기지 않았다.

"당신 역시 돈에 고용된 무사가 아닌가? 어째서 내게 그런 말을……."

부르르.

양팔에 소름이 쫙 돋았다.

'이 녀석, 진심이잖아?'

스르릉.

동방호는 검을 뽑지 않을 수가 없었다.

"대답을 강요하는 것은 아니지만 적어도 내겐 그 대답을 들을 자격이 있다."

동방호는 그의 말을 이해할 수가 없었다. 그리고 답하기도 곤란했다. 사실 동방호가 천향의 호위무사가 되려는 이유는 돈이라는 목적 외에도 그녀의 마음을 사로잡아 천하의 절색을 얻고 그에 따른 황룡보라는 거대한 재원을 얻어보겠다는 것도 있었기 때문이다.

"그 질문에 답을 해야 할 이유가 없소. 헉!"

단운평이 무서운 기세로 다가서자 급히 숨을 들이킨 동방호는 무의식적으로 검을 들어 올렸다. 그러나 아무런 타격감 없이 순간 몸의 균형만이 흐트러지는 느낌에 급히 몸을 틀었다.

'뭐, 뭐지?'

발 아래로 느껴지는 허전한 느낌에 다리로 내공을 집중한 동방호는 눈을 번쩍 떴다.

"제, 젠장!"

허공에서 떨어져 내리자 상대의 공격을 대비하여 몸을 이리저리 틀었다. 하지만 그의 눈에 어느새 자신이 떨어질 곳에 자리잡고 있는 단운평의 모습이 들어왔다.

파바박!

급히 다리를 휘둘러 단운평을 공격했다. 그러나 단운평은 가볍게 묵뢰를 들어 올려 공격을 막아내는 것이 아닌가.

자신의 공격이 너무나 쉽게 막히자 동방호는 검을 휘두르려 했지만 단운평이 조용히 팔을 내렸다.

"나는 돈 때문이 아니라 은혜를 갚기 위해 이곳에 있었다. 혹시나 내가 떠나더라도 곽 보주님이나 아가씨에게 어떠한 위해가 생긴다면 가만있지 않을 것이다."

동방호는 땅에 발이 닿자 안도의 한숨을 쉬고선 단운평의 말에 귀를 기울였다. 허공에서 피할 곳이 없었다. 그럼에도 불구하고 자신이 안전하게 땅에 내려올 수 있었던 것은 상대가 자신에게 상처를 입힐 의사가 전혀 없었기 때문이다.

"돈이 아니라 은혜를 갚기 위해서였다? 그건 당신의 경우이고 나까지 그러해야 하는 이유는 없지 않소?"

동방호는 조금은 삐딱하게 대답했다. 다치지는 않았지만 자신을 불러내서 갑자기 허공으로 내던졌다. 자신보다 몇 배나 강한 사내일지 모르지만 쉽게 꼬리를 내리기에는 무인의 자존심이 허락치 않았다.

"내가 하고 싶은 말은……."

단운평의 신형이 다시금 사라졌다. 동방호는 이번에는 긴장을 늦추지 않고 있었기에 상대를 시야에서 놓치지 않을 거라고 생각했다. 하지만 이번에도 상대의 신형을 눈으로 쫓을 수가 없었다.

퍽!

엄청난 충격에 동방호는 배를 내려다보았다.

'뭐, 뭐야, 이 통증은?'

순간적으로 복부가 뚫린 줄 알았다.

"크웨엑!"

허리를 숙인 채 저녁에 먹었던 것을 토해내는 동방호의 목덜미에 단운평의 묵뢰가 닿았다. 그 섬뜩한 느낌에 동방호의 목덜미에는 소름이 돋았지만 아무런 말도 할 수가 없었다. 입에서 쏟아져 나오는 음식물 때문이라기보단 지금은 단운평의 말을 들어야 하는 순간임을 알았기 때문이다.

"아가씨에게 흑심을 품고 있거나 황룡보에 좋지 않은 의도를 가지고 있다면 지금 이 순간 버려라. 돈을 원하는 것이라면 이것을 줄 테니 딴 생각 말고 자신의 일에 최선을 다하는 것이 좋을 것이다."

동방호는 구토가 멈추자 몸을 돌려 단운평이 내미는 주머니를 받아 들었다. 묵직할 거라는 예상과는 다르게 가벼운 주머니. 하나 동방호는 실망하지 않았다. 그것이 의미하는 것이 전표임을 알고 있었기 때문이다.

"나는 이곳에 큰 은혜를 입었었다. 그것을 갚기 위해 노력했지만 은혜라는 것은 갚아지지 않는 것이지. 언제까지고 이곳은 신경이 쓰일 것이다. 혹시라도 좋지 않는 생각은 하지 않는 것이 좋을 것이다."

동방호가 전표를 집어 들고 허리를 펴는 순간에도 여전히 거둬지지 않던 묵뢰는 목덜미에서 목젖으로 움직였다. 동방호는 머리칼에 가려진 단운평의 보이지 않는 얼굴을 바라보았다. 단운평의 말은 황룡보에서 받은 은혜를 잊지 않고 있기 때문에 자신이 황룡보에 어떠한 해를 끼치게 되면 죽이겠다는 뜻이다.

"어떤 은혜이기에 이렇게까지 하는 거요?"

동방호의 질문에 단운평은 피식 웃었다. 동방호의 퉁명스런 말투에서 그도 누군가에게 은혜를 받은 적이 있고 그것을 잊지 못하고 있어 자신의 마음을 이해한다는 것을 알 수 있었기 때문이다.

"생명의 빚."

단운평의 짧은 말에 동방호는 고개를 끄덕였다. 눈앞의 사내가 어떠한 사내인지 충분히 알 수 있을 것 같았다. 이런 사내가 이 정도로 극진하게 여기는 사람들에게 어떠한 해를 끼치는 것은 멍청한 일이다. 평생을 불안감에 시달리며 살아가게 될 것이다.

동방호의 눈을 바라보던 단운평은 조용히 도를 내리고선 동방호의 어깨를 한 손으로 두드렸다.

"잘 부탁하네."

미향의 말이 끝나자 곽소혜는 눈을 동그랗게 뜨고 물었다.

"그런데 어떻게 안 거야? 그리고 동방 소협은 어쩌다가 다친 거야?"

단운평이 어떠한 이유로 황룡보와 자신을 그렇게 챙겨주는 것인지 알 수 없었지만 그보다 먼저 궁금한 것은 어떻게 바로 어젯밤 그들 사이에서 일어난 일을 알았느냐 하는 것이었다.

"총관님께서 동방 소협을 단 대협에게 데려간 후 숨어서 지켜봤다고 하시더군요."

그라면 충분히 그럴 것이다. 총관은 원래 호기심이 많은 사람이었다. 곽소혜는 고개를 끄덕이고는 미향을 쳐다보았다. 다른 질문에도 답을 하라는 의미였다.

"그 후에 동방 소협이 단 대협에게 한 수 지도를 부탁했어요. 그 과정에서 동방 소협이 적지 않은 상처를 입었다고 하더군요. 원래 동방 소협이 강호를 주유한 것도 자신의 무공을 증진시키기 위해서였는데 노자가 떨어져 호위무사를 하기로 했대요. 그래서인지 상처를 입고도 기뻐한데요. 아, 그리고 동방 소협은 아마도 삼 년 정도만 호위무사를 하다가 돈이 모이면 다시 떠날 거라고 총관님께서 말씀하셨어요."

곽소혜는 고개를 끄덕이다가 머리 속에 단운평의 얼굴이 떠오르자 고개를 저었다.

"무슨 은혜를 받았는지 정말로 궁금해졌어. 아버지께 여쭤봐야겠어."

곽소혜는 다시금 머리를 손질하고선 방문을 나섰다.

"그러니까 단 소협이 어떤 이유로 너의 호위무사가 되었는지가 궁금하단 말이지?"

"네."

곽소혜의 두 눈에 호기심이 가득하자 곽마효는 잠시 눈을 감고 무언가를 생각하는 듯했다.

"단 소협이 너에게 아무런 말 하지 말라고 부탁했는데……."

곽마효의 말은 곽소혜의 호기심을 더욱 자극할 뿐이었다.

"아버지……."

초롱초롱한 눈으로 자신을 뚫어지게 보는 딸의 모습에 곽마효는 매번 그랬던 것처럼 마음이 약해졌다.

"그래, 이제 단 소협도 떠났고 너도 알아야 할 의무가 있는 것 같구나."

가볍지 않은 이야기일지도 모른다는 생각에 곽소혜는 침을 꿀꺽 삼켰다.

"그와의 인연은 십삼 년 전에 시작되었지. 아마 너도 기억하고 있을 거다. 십삼 년 전 추웠던 겨울날."

第二章

그렇게 인연은 시작되었다

천앙.

그 악마의 무리들에 대해서 강호인들이 알게 된 것은 은거했던 수많은 무인들이 무림맹에 모습을 드러내면서였다. 갑작스럽게 나타난 수백 명의 은거 무인들은 무림맹주에게 천앙이라는 단체가 강호의 붕괴를 노리고 있다고 알려왔고, 그로부터 반년 뒤에 시작된 천앙의 폭풍은 천하를 공포로 몰아넣었다.

크고 작은 문파들이 정체 모를 무리들에게 습격을 당해 적지 않은 무인들이 생명을 잃게 되었다. 그런데 그 무리들이 사용하는 무공들이 이상하게도 구파일방과 강호십대세가의 무공들이었기에 그 공포는 배가되었다. 혹시나 자신의 동료가 천앙이 아닐까 하는 의구심은 불안감을 높여갔고 그것이 극에 달해 협동심이 무너질 때쯤에 천앙의 무리들은 어김없이 나타나 각 문파를 회생 불가능하도록 파괴해 버린 것이다.

천앙의 정체가 사파일 거라고 단정한 무림맹이 사파에 선전 포고를 했지만 그러한 생각을 비웃기라도 하는 듯 천앙은 사파의 크고 작은 문파들에도 역시 공격을 가했다.

"이러다가 천앙이 아니라 무림맹 때문에 망하게 생겼군."

달리는 마차 안에서 축 늘어져 있던 곽마효의 입에서 나온 말에 황룡보의 총관 비락은 맞장구를 쳤다.

"그러게 말입니다. 이제 천앙이 모습을 드러내지 않은 지도 어느새 일 년이 지났건만 천앙을 대비해야 한다는 명목으로 무림맹에서 우리에게 요구한 금액은 너무 많습니다."

비락의 말에 곽마효의 표정은 어두워졌다. 잘 알고 있는 일이다. 그러나 어쩔 수 없지 않은가. 무림맹의 요구를 어겼다간 천앙의 공격을 받을 때 아무런 도움도 받지 못하게 된다. 거대한 문파들도 천앙의 공격에 적지 않은 타격을 입었다고 하지 않는가. 고수의 수가 터무니없이 적은 황룡보가 기댈 수 있는 곳은 무림맹밖에 없었다.

"아, 그리고 내일은 소혜 아가씨 생신이십니다. 알고 계시죠?"

비락의 말에 곽마효는 벌떡 일어났다 앉았다. 깜빡 잊고 있었다.

"이쿠, 잊고 있었구나. 이보게, 총관. 소혜가 뭘 가장 갖고 싶어하던가?"

"그게… 별일은 아닌데……."

"알고 있으면 어서 말해 보게. 하나뿐인 딸자식 소원 하나 못 들어 줘서야 어찌 금귀라고 할 수 있겠나?"

"돈이 드는 것이 아니라… 보 바깥 구경을 해본 지가 오래라……."

비락의 말에 곽마효는 무릎을 쳤다. 천앙이 모습을 드러낸 후 혹시나 모를 위협 때문에 딸을 황룡보 바깥으로 내보내지 않은 지 일 년이 넘었다. 곽마효는 딸아이에게 무심했던 자신을 반성하며 비락에게 말했다.

"잊고 있었구먼. 자네가 저번에도 말해 주었던 것인데. 알겠네. 내일은 소혜를 데리고 시장 구경이나 하려니 자네가 준비를 해주게."

비락은 내심 안도의 한숨을 쉬었다. 저번에 비락이 말했을 때는 위험한 시기에 황룡보 밖으로 나가는 것은 불가능하다며 곽소혜를 설득시키라고 말한 곽마효였다. 덕분에 곽소혜의 울음을 받아줘야 했던 사람이 다름 아닌 비락이었던 것이다.

다음날 아침, 상이 휘어지도록 가득한 산해진미와 번쩍이는 장신구를 선물로 받았지만 곽소혜는 쳐다보지도 않았다. 간만에 이뤄지는 바깥출입에 들떠 눈에 들어오지도 않았던 것이다. 그것도 그럴 것이, 천하의 거부 곽마효의 외동딸인만큼 눈앞에 있는 것들은 생일이 아니라도 평소에 충분히 보던 것이었다.

"저건 뭐죠?"

마차 밖으로 고개를 내밀고 두리번거리던 곽소혜의 눈에 들어온 것은 시장 구석에 길게 세워진 깃대였다.

금 세 냥 주실 분을 찾습니다.

깃대에 걸린 깃발에 쓰인 글은 누구라도 그냥 지나치지 못하게 호기심을 자극하고 있었다.

"음, 구걸이라고 하기엔 너무 큰 금액이구나. 총관, 저건 뭔가?"

천하제일의 거부인만큼 시장에서 벌어지는 크고 작은 일에 대한 정보가 황룡보에 전해지고 있었다. 그 정보들 중에 필요한 것만을 골라 곽마효에게 전하는 사람이 비락이었으니 저 깃발에 대한 정보도 들은 적이 있으리라.

"그게… 미친놈은 아닌 듯한데……."

비락의 말에 곽소혜는 더욱 호기심을 가졌다. 곽소혜는 고개를 쭉 내밀어 좀 더 자세히 보려 했다.

"어……?"

소년이다. 원래는 흰색이었던 것인지 소년이 입고 있는 검은 옷의 일부분에 흰색이 보였다. 곽마효와 곽소혜의 호기심은 더욱 커져 비락에게 다시금 묻지 않을 수 없었다.

"저 녀석은 뭣 때문에 저러고 있는 건가?"

"가르쳐 주세요, 아저씨."

다른 날도 아니고 곽소혜의 생일이었기에 혹시나 곽소혜의 기분을 망칠까 봐서 이야기하지 않으려 했던 비락은 어쩔 수 없이 입을 열었다.

"저 녀석이 등에 걸치고 있는 것이 보이십니까?"

무공을 익힌 곽마효에게 그것이 보이지 않을 리 없다. 그가 묻는 대상은 곽소혜였다.

"네, 검은 상자 같은데……."

"관입니다."

관이라는 소리에 곽소혜의 표정이 창백해졌다. 아마도 언젠가 들었던 귀신 이야기나 강시 이야기가 생각났으리라. 자신의 옷자락을 꼭 쥐는 딸의 모습에 곽마효는 피식 웃으며 비락의 다음 이야기를 기다렸다.

"시장 사람들 중 몇몇이 호기심에 이것저것을 물어봤다더군요. 관속엔 저 녀석의 아비가 들어 있다는군요."

그 말에 곽마효는 측은하다는 듯 소년을 바라보았다. 부모가 있는 아이들도 힘겨운 추운 계절이건만 소년의 앞날이 눈앞에 보였다.

"저 깃발은 뭐라고 하더냐?"

"그것이……."

비락은 다시금 우물쭈물하고 있었다.

"앗! 아버지, 저 아이……."

곽소혜의 경악성에 다시금 고개를 돌린 곽마효는 인상을 구겼다. 멀리서 보기에도 불량기가 줄줄 흐르는 녀석들이 소년에게 다가가고 있는 것이 아닌가. 그리고 너무나 자연스럽게 소년을 구타하기 시작하는 것이었다.

"금 세 냥이나 필요한 이유는 아무도 모른다더군요. 다만 아비의 묏자리를 알아보는 데 사용하려는 것이 아닌가 합니다. 많은 사람들이 왜 그런 거금이 필요하냐고 묻자 저 녀석 하는 말이 '나는 구경거리가 아니다. 돈을 빌려줄 것이 아니면 신경 쓰지 말라' 였다는군요. 워낙에 태도가 건방져서 시장 불량배들이 저렇게 괴롭히고 있다고 합니다."

비락의 말에 묘한 눈으로 소년을 바라보는 곽마효였다. 쓸데없는 자존심을 내세우는 것인지, 아니면 불필요한 설명을 거절하는 것인지 모르지만 저처럼 맞으면서도 한자리에서 버티는 것을 보면 고집이 보통은 넘는 녀석인 것은 틀림이 없었다.

"저 녀석을 보로 데려오게."

"예?"

비락은 자신의 귀를 의심했다. 자신에게 도움이 되지 않는 일에는 무신경하기로 유명한 곽마효가 저런 비렁뱅이 소년을 부르다니…….

"오기나 독기가 없는 놈은 성공하기가 힘들지. 반대로 그것이 있는 놈은 분명 성공을 한다네. 그리고 그런 놈에게 투자해서 손해를 보는 일은 없지."

"아버지!"

곽마효의 설명에 고개를 끄덕이던 비락은 곽소혜의 고성에 급히 소년을 향해 눈을 돌렸다.

"이, 이런……."

땅에 큰 대(大) 자로 뻗어 있는 소년의 모습이 보였다. 입가의 피거품을 보니 맞아서 기절한 듯했다. 소년이 기절을 하자 소년을 때렸던 불량배들은 크게 당황한 듯 소란스러워졌다. 아마도 가볍게 손볼 작정이었는데 기절까지 하자 그들도 놀란 듯했다. 소년의 뺨을 때리고 어깨를 흔드는 그들의 모습에 곽소혜가 부친을 바라보며 눈물을 글썽였다.

"으휴, 알았다. 총관, 저 소년을 지금 데리고 가서 치료를 해야겠네."

비락은 제아무리 금귀라 불리는 곽마효라도 딸의 눈물에는 전혀 힘을 쓰지 못함에 내심 웃음이 나왔다. 냉혹한 듯 보이지만 의외로 잔정이 많은 곽마효의 저러한 모습 때문에 긴 세월을 그의 옆에서 보내고 있는 것이다. 비락은 마차 문을 열고선 마부와 함께 소년을 향해 달려갔다.

"으… 으……."

고통스런 신음과 함께 소년이 몸을 벌떡 일으켰다. 소년의 두 눈은 핏발이 서서 붉게 변해 있었다.

"악몽이라도 꾼 거야? 정신이 들어?"

단운평이라는 이름을 가진 소년은 자신의 눈앞에 커다란 눈망울이 인상적인 귀여운 소녀의 얼굴이 다가와 있자 자신도 모르게 몸을 뒤로 눕혔다.

"어지러운 거야?"

단운평은 지금의 상황이 정확히는 이해가 되지 않았지만 눈앞의 소녀가 이곳의 주인과 밀접한 관계일 거란 것은 충분히 예상할 수가 있었다.

"은혜를 입었군."

단운평의 말에 소녀 곽소혜는 픽 웃었다.

"이런 때엔 고맙다고 말하는 거야."

단운평은 곽소혜의 말에 아무런 대꾸도 하지 않고 몸을 일으켜 침상에서 내려왔다.

"아직 움직여서는 안 된다."

굵직한 목소리에 단운평은 고개를 돌려 목소리의 주인공을 찾았다. 턱에 나 있는 짧은 수염이 인상 깊은 중년 사내다.

"은인에게 감사드립니다."

건방진 녀석이라고 알고 있었건만 의외로 인사성이 밝다. 그러나 자신은 인사를 받을 사람이 아니었다.

"은인은 내가 아니다. 나는 이곳 황룡보의 총관 비락이라고 한다. 너를 이곳에 데려와 치료하라고 명하신 분은 보주님이시니 감사는 그분께 해라."

"어디 계십니까?"

'성격이 급한 놈이군.'

비락은 아무런 말 없이 몸을 돌려 방문을 나섰다. 단운평은 급히 비락의 뒤를 따르려 했다.

"윽."

갑자기 일어나서일까? 현기증이 나자 비틀거리는 단운평의 팔을 붙잡아준 사람은 다름 아닌 곽소혜였다.

"천천히 가도 돼. 나도 아버지가 어디 계신지는 알고 있으니까."

단운평은 자신을 부축해 주는 여자애가 특이하다고 생각했다. 자신의 몰골이 얼마나 더러운지 누구보다 자신이 잘 알고 있건만 전혀 싫어하는 기색이 없다.

"왜? 아직 아픈 거야?"

곽소혜는 자신을 빤히 내려다보는 단운평을 올려다보며 물었다. 그러자 단운평은 그녀에게 잡힌 팔을 빼내며 방문 쪽으로 걸어갔다.

"길이나 안내해 줘."

"이름이 뭐냐?"

단운평의 얼굴을 보는 순간 묻는 곽마효의 물음에 단운평은 차분히 답했다.

"단운평입니다. 치료해 주신 은혜는 잊지 않겠습니다."

단운평의 미간이 좁혀졌다. 황룡보주의 미소가 왠지 자신을 비웃는 듯 느껴졌기 때문이다. 그리고 그것은 사실이었다.

'놈, 그냥 꼬인 놈인지 오기가 있는 놈인지 확인해 봐야겠군.'

곽마효는 품에서 조그만 주머니를 꺼내 앞으로 던졌다.

툭.

정확하게 단운평의 발 앞에 떨어진 주머니. 단운평은 그것을 줍지 않고 곽마효를 바라볼 뿐이었다.

"거긴 금 세 냥이 들어 있다. 금 세 냥을 줄 사람을 찾는다고 들었다. 그걸 주지. 이유가 합당하다면 말이야."

"구걸하는 것이 아닙니다."

"그럼?"

"거래입니다."

곽마효의 얼굴에서 미소가 사라졌다. 곽마효는 무림인임과 동시에 상인이다. 상인에게 있어 거래란 단어는 웃으면서 들을 수 있는 말이 아니었다.

"내가 네 녀석의 거래 조건을 듣기 위한 조건이 바로 정당한 이유다."

거래에서는 쉽게 물러서서는 안 된다. 그리고 지금의 거래는 압도적으로 자신이 유리한 거래다.

"선친의 장례 비용이 필요합니다."

"그리고? 장례식에 금 세 냥이나 들 리가 없지 않느냐?"

"그리고 유품인 검을 찾아야 합니다. 관 값이 필요해 검을 맡겼습니다."

검이라니? 곽마효는 소년의 몸을 살펴보았다.

'검을 연마한 것인가?'

그러기엔 드러난 두 팔이 너무나 가늘었다. 소년의 체구는 그리 크지 않았다. 체구가 작더라도 무가의 자식이라면 두 팔과 다리는 근육으로 뒤덮여 있어야 한다.

"그 외에도 있겠지?"

금 세 냥은 많은 돈이다. 여전히 돈의 사용처가 정확지가 않았다.

"가야 할 곳이 멀기에 그 정도의 노자가 필요합니다. 그것이 금 세 냥이 필요한 이유입니다."

단호한 그의 말에 더 이상 자세히 설명을 하지 않을 거라는 것을 알 수 있었다.

"좋다. 그럼 이제 거래 조건에 대해서 물어야겠군. 그 정도의 노자를 가지고 간다면 이자를 꼬박꼬박 주리라는 보장은 없을 것 같은데. 원금만 갚겠다는 것은 아니겠지?"

"돈은 갚지 않겠습니다."

이 무슨 소리인가. 얼핏 예상은 한 일이지만 우회적으로 표현하지 않고 노골적으로 돈을 갚지 않는다는 말을 듣게 된 곽마효는 왠지 웃음이 나왔다.

"그럼?"

"보주께서 위급한 상황에 처했을 때 목숨으로 그 값을 대신하겠습니다."

"하하하하, 내가 누군지 알고 하는 소리냐?"

자신이 비록 상계의 귀재라고 불리는 금귀지만 결코 녹록치 않은 무공을 소유하고 있다. 그런데 자신이 위험에 처했을 때 자신을 구해준다고 말을 하고 있다. 아니, 그전에 자신이 위험한 상황에 처할 일이 뭐가 있단 말인가?

"어떠한 상황이든 어떠한 상대이든 결코 보주를 해할 수 없을 겁니다."

곽마효는 더 이상 웃을 수가 없었다. 지금 단운평이 하는 말의 의미는 가볍지 않은 것이었다. 어떠한 상황에서든 어떠한 상대이든이라는 말은 천하제일을 의미하는 말이다. 비록 가능성이 없다고 느껴지더라도 사내의 꿈을 비웃는 것은 장부가 할 행동이 아니었다.

"진심인가?"

"단 한 번도 거짓을 말해 본 적이 없습니다."

세상에 태어나서 단 한 번도 거짓말을 해본 적이 없다는 사람은 둘 중 하나다. 멍청이거나 사기꾼. 곽마효는 단운평이 멍청이가 아닌가 하는 생각이 들었다.

"믿지 못하신다면 돈을 주지 않으셔도 좋습니다."

단운평이 몸을 돌리려 하자 곽마효의 팔에 소름이 돋았다.

'이 녀석, 진심이다.'

누구나 쉽게 말할 수 있다. 생명을 걸고 은혜를 갚겠다고. 그러나 그러한 상황에서 그것을 시행하는 사람은 극히 드물다. 아니, 없다고 해도 과언이 아니다. 그런데 이 소년은 진심이다.

'좋다. 천하제일은 무리일지라도 하찮은 삼류무사로 썩을 놈으로 보이진 않는다.'

곽마효는 굳은 얼굴을 풀고 미소를 지었다. 조금 전과 같은 미소가 아니라 진심으로 어린 소년의 미래에 대한 기대가 서려 있는 미소를.

"설마 그때 그 애가 단 소협이란 말씀이세요?"

곽소혜는 믿을 수가 없었다. 자신도 기억하고 있다. 깃발을 걸고 금세 냥을 구하던 아이. 그 아이가 단운평이라니……. 그때를 기억하는 것은 단운평에게 어떤 특별한 감정을 지녔기 때문이 아니다. 단지 자신의 생일 날 일어났던 일이고 그러한 아이를 만난 일은 매우 특별한 일이었기에 잊지 않을 수 있었던 것이다.

"그래, 그때 네가 부탁해 우리 보에 데려와 치료를 해줬던 소년이 바로 단 소협이다. 그건 그렇고, 소혜야, 단 소협이 우리 보에 되돌아온 날을 기억하느냐?"

"어찌 그걸 잊을 수 있겠어요. 오 년 전 그가 온 날이 바로 천앙의 혈풍이 일어난 날이잖아요."

천앙의 혈풍. 그것은 무림이 생긴 이후 최악의 혈겁이었다. 오 년 전 어느 날 정사를 막론한 수천의 문파가 천앙이라 불리는 집단의 무사들에게 습격을 받았다. 동시에 일어났던 일인지, 아니면 며칠간 일어난 일인지는 알 수가 없었다. 다만 확실한 것은 그날 기습으로 인해 구대 문파를 비롯한 정파의 크고 작은 문파들이 엄청난 수의 희생자를 내며 전례없는 피해를 입었다는 것이다. 처음 천앙이 모습을 드러낸 후 반 년이 지나 일어난 천앙의 폭풍과는 비교할 수 없을 정도로 피해가 컸던 이 사건은 도림을 비롯한 사파의 거대 문파들에게도 적지 않은 피해를 주면서 정사지간의 휴전이라는 초유의 사태를 이끌어냈다.

"그가 우리 보에 돌아온 것은 약속을 지키기 위해서였다."

곽소혜는 고개를 갸웃거리며 부친을 바라보았다.

"무슨……?"

"조금 전에 이야기하지 않았더냐."

위험에 처했을 때 도우러 오겠다는 약속을 들었지만 그것이 무슨 상관이란 말인가. 당시 천앙의 혈풍이 일어나리라는 것을 알고 있었던 사람은 아무도 없었건만.

"그가 천앙의 혈풍을 어찌 알고 왔단 말인가요?"

"물론 그도 천앙의 혈풍이 일어날 거라고는 생각하지 못했겠지. 그러나 분명 그때는 천앙이 언제 쳐들어올지 몰라 각 문파가 힘을 기르고 있을 때가 아니냐. 우리 보에서도 실력있는 무사들을 모집하고 일류무인들을 식객으로 받아들이려고 적잖은 힘을 쏟기도 했었단다."

곽소혜의 머리 속에도 기억이 되살아났다. 분명 그때는 황룡보에 많은 무인들이 식객으로 들어와 있었다.

"아마도 소문을 듣고 찾아왔던 것일 것이다. 천앙의 움직임이 심상치 않다고 많은 은거기인들이 경고했었지."

어떠한 전쟁에서도 가장 중시해야 하는 것이 바로 물자다. 무림맹이라는 거대한 집단을 먹여살리는 것은 구파일방과 십대세가라는 거대한 세력의 재력도 있었지만 황룡보의 재력이 없었다면 무림맹의 세력은 절반으로 줄었을지도 모를 일이었으니 천앙이 황룡보를 노리고 있다는 소문이 강호 전역에 퍼져 있었다.

"그가 찾아왔을 때 나는 너무나 기뻤단다. 사실 약속 따위는 잊었을 거라고 생각했다. 너도 알다시피 돈이 필요했을 때와 그 순간이 지났을 때 인간은 전혀 다르지 않더냐."

곽소혜는 고개를 끄덕였다. 어린 시절부터 보아왔다. 돈을 빌릴 때 비굴하기까지 했던 자들이 돈을 갚아야 할 경우에 얼마나 파렴치해지는지.

"그가 얼마나 강해졌는지는 전혀 몰랐다. 짧은 시간에 그처럼 강해질 거라고는 생각하지 못했단다. 다만 한 손이라도 거들어준다면 하는 생각뿐이었다."

곽소혜는 단운평이란 소년을 처음 만났던 날을 떠올려 보았다. 단순한 호기심, 그리고 연민. 그 이상의 감정은 아니었기 때문에 그때의 단운평의 얼굴은 기억나지 않았다. 다만 처음으로 자신의 호의에 퉁명스러웠던 소년의 모습만이 기억날 뿐이었다.

"그리고 우리는 단 소협으로 인해 생명을 구했다."

"네?"

무슨 소리인가? 천앙의 혈풍 당시 자신의 호위무사를 자청했던 단운평은 자신을 지키지 못했었다. 때문에 자신은 생명을 잃을 뻔했었다. 그들의 힘을 알기에 그를 원망하지 않았건만.

"그래, 넌 기억하지 못하고 있을 게다. 그날은……."

천천히 그날의 일을 설명하는 곽마효의 말에 곽소혜의 눈에서 눈물이 주르륵 흘러내렸다.

第三章

풍룡의 전설은 그렇게 시작되었다

"이, 이런……."

딸의 호위를 맡고 있던 여위가 떠났다는 소리에 곽마효는 마음속으로 비명을 질렀다. 가족처럼 대했던 십 년의 세월은 무엇이었단 말인가?

알고 있다. 지금의 황룡보가 가진 무사들로서는 천앙의 공격에서 생명을 보장받기는 힘들다는 사실을. 그러나 그동안 자신이 베푼 것을 생각한다면 이럴 수는 없지 않은가. 더군다나 흑살개 양전이 오늘 아침에도 모습을 보이지 않고 있다는 소식이 함께 들려왔으니 곽마효는 절망하지 않을 수 없었다.

흑살개 양전. 전대의 개방 방주에게 무공을 사사받은 곽마효의 오랜 지기로 무림맹과는 무관하게 친구인 자신을 위해 황룡보에 왔던 그가 사라졌다는 소식은 어제 저녁에 들었다. 혹시나 불안해할 자신을 위해 황룡보를 나설 때면 항상 자신에게 연락을 주었던 그가 아무런 말 없이 황룡보에서 사라졌다는 것이 어떠한 의미인지 곽마효는 알 수 있었다. 황룡보는 무림맹에서 버림받은 것이다. 양전은 무림맹의 명을 받았을 것이다. 여러 가지 이유를 붙여 그를 호출했으리라. 그들의 명이 의미하는 것을 모를 양전은 아니었지만 그들의 명을 거역하지 못했으리라는 예상은 충분히 할 수 있었다.

"보주님, 식객 중 절반 이상이 오늘 황룡보를 떠난다고 합니다."

총관 비락의 말에 곽마효는 침울한 표정으로 고개를 끄덕였다. 그들도 귀와 눈이 있는데 여위와 양전이 떠났다는 소식을 듣지 못했을 리 없다. 그리고 그것이 천앙의 침입이 오늘쯤이라는 것을 의미하는 것이라는 것도 모를 리가 없었다.

"남은 사람들은 누구인가?"

한 명 한 명의 이름을 불러주는 비락의 목소리는 무거웠다. 비락의 말소리가 멈추자 곽마효는 몸을 일으켜 방문을 나섰다.

"남은 사람들에게 금 백 냥씩 주게. 내게 남은 건 이제 돈뿐이지 않는가."

비락의 눈에서 눈물이 흘러내렸다. 그도 알고 있는 것이다. 남은 이들 대부분이 은혜를 갚기 위해서가 아니라 곽마효에게서 어떠한 보답을 기대하고 있음을.

남은 식객들의 반이 돈을 받고 바로 도망쳐 버렸다. 그것을 예상하고 있었던 듯 곽마효는 비락의 울분에 찬 목소리에 특별한 반응을 보이지 않았다.

"그런데… 돈을 받지 않은 사람이 있었습니다."

"엉? 누군가?"

곽마효의 물음에 비락은 대답하지 않았다. 대신에 비락은 문을 가리켰고, 곽마효가 문 쪽을 바라보자 문을 열고 들어오는 이가 있었다.

"보주님, 제가 아가씨의 호위를 맡도록 하겠습니다."

단운평이었다. 곽마효는 점점 단운평이라는 사내에 대해서 궁금해졌다. 처음 만났던 그날 이후 이 사내는 자신을 여러 번 놀라게 한다. 그리고 가슴을 찡하게 한다. 곽마효는 아무런 말도 못하고 고개를 끄덕였다. 단운평이 인사를 하고 문을 나서자 곽마효는 다시 자리에 앉았다.

"거래가 아니라 아무런 조건 없이 그를 돕지 않은 것이 후회되는군."

자신의 목숨을 걸고 위기에서 구해주겠다고 자신있게 말하던 소년의 얼굴이 떠오른다. 어렸기에 가능한 말이라고 생각했었다. 하지만 그때도 지금도 단운평은 진심이다. 이 위기를 무사히 지날 수 있다면 그와 좀 더 가까워지고 싶은 곽마효였다.

가볍게 후원의 담을 넘고 있는 적의(赤衣)를 입은 한 무리의 무인들. 그들의 가벼운 몸놀림은 일신 공부가 가볍지 않음을 나타내주었다.

"금귀 곽마효. 나이 마흔넷. 무림맹에 군자금을 대고 있는 인물이라……. 무공 수준은 중상(中上)……."

그 무리 중 홀로 청의를 입은 사내는 피식 웃더니 적의를 입은 복면인들을 향해 가볍게 팔을 흔들었다.

"어서 끝내고 돌아가자. 나는 먼저 가 있을 테니 이곳 정리는 반 시진 안에 끝내도록."

사내는 말을 마치고선 곽마효가 있는 곳을 향해 가려 했다.

쇄액.

청의의 사내는 믿을 수 없었다. 빛이란 흰색이거나 붉은색이다. 혹은 청색인 경우도 본 적이 있다. 그러나 분명히 검은 빛은 없다. 빛이란 밝은 것이고 검은색이란 어둠을 뜻하는 말이니까. 빛과 어둠이 공존할 수는 없지 않은가.

"크윽!"

청의인의 입에서 짧은 신음성이 나왔다. 본능적으로 뒤로 움직여 생명을 구할 순 있었지만 완벽하게 피할 수는 없었다. 어깨에 생긴 상처에서 피가 뿜어져 나오자 청의사내는 급히 어깨의 혈을 점해서 더 이상 피가 나오지 않도록 했다.

"모두 몇 명이냐?"

단운평의 말에 간발의 차이로 자신의 생명을 구한 청의인이 반사적으로 중얼거렸다.

"스무……."

대답을 하던 청의인은 정신을 차리고선 두 눈을 부릅뜬 채 주변의 적의인들에게 명했다.

"뭣들 하는 건가? 죽여라!"

그러나 단운평은 태연한 기색이었다.

"일단 열 명이군."

단운평은 오른발을 뒤로 하고 왼발을 앞으로 한 채 도를 들어 올리며 적들을 노려보았다.

'합격술이라…….'

어느새 다섯 명의 사내가 단운평의 주위를 둘러싸고서 검을 내질렀다.

"합!"

가벼운 기합성과 함께 단운평은 위로 솟구쳤다. 그와 동시에 나머지 다섯 명이 허공으로 솟구쳤다.

"죽어라!"

단운평의 도로부터 생명을 구한 청의인의 입에서 터져 나온 소리와 함께 다섯 개의 검이 단운평의 몸을 노리고 다가왔다.

건곤오행살격(乾坤五行殺擊)이라 불리는 단순하지만 절대적인 합격술이다. 먼저 지상에서 오행을 기준으로 한 다섯 방위를 점한 다섯 명이 동시에 검을 내지르면 상대방이 피할 곳은 허공밖에 없을 테고 그런 허공 역시 지상과 같은 오행을 점한 다섯 명이 공격을 한다면 누군들 피할 수가 있겠는가라는 생각으로 만든 합격술이다. 하나 아무도 피할 수 없을 거라는 것은 단지 이 합격술을 만든 사람의 바람에 불과했다. 단운평은 도를 몸에 붙인 채 온몸을 비틀어 회전하며 찔러오는 검을 튕겨냄과 동시에 몸을 수평으로 눕히고는 두 다리로 허공을 강하게 격했다. 이른바 연환퇴라 불리는 두 다리의 공격에는 적잖은 힘이 실려 있었다.

퍼벅!

그의 연환퇴에 허공에 떠 있던 다섯 사내 중 두 명이 검을 떨어뜨렸다. 단운평은 급히 천근추의 수법으로 바닥으로 내려서는 다음 공격을 대비했다.

"죽어라!"

땅에 있던 다섯 명의 사내와 허공에서 떨어져 내리는 세 명의 사내는 단운평의 몸이 땅에 닿는 순간 자신들이 펼칠 수 있는 최대한의 빠르기로 쾌검을 펼쳤다.

'음……'

단운평은 발이 땅에 닿는 순간 잽싸게 몸을 굽힌 채 한쪽 방향으로 전력을 다해 손을 뻗었다.

콰쾅!

폭음에 황룡보 안의 곳곳에서 불이 켜지고 시끄러운 소리가 들렸다.

'바람이 불어 구름이 걷히니……'

초식 풍(風). 단운평의 애도(愛刀) 묵뢰(墨雷)에서 바람이 일었다. 아니, 묵뢰가 바람을 갈랐다.

"윽!"

채챙!

찰나의 순간에 이루어진 다섯 번의 움직임. 어느새 땅 위로 내려온 적의인 세 명은 땅 위에 서 있던 다섯 명의 적의인이 검을 떨어뜨린 채 미동조차 없자 머리 속이 혼란스러워졌다.

"네놈은 누구냐?"

스르륵 쓰러진 다섯 적의인의 모습을 힐긋 바라보던 세 명의 적의인 중 한 명이 단운평에게 물었다.

"그건 내가 묻고 싶은 말인데?"

허공을 격하며 치솟아오른 단운평은 나머지 삼 인을 향해 우에서 좌로 도를 휘둘렀다.

쇄애액!

바람을 가르는 소리. 삼 인의 적의인은 검을 들어 도를 막으려 했으나 검에 도가 닿는 순간 팔이 부르르 떨리며 그 자리에 쓰러져 버렸다. 도를 통해 토해진 기의 흐름이 적의인의 내부를 격탕시켜 흩뜨려 버린 것이다.

'생각보다 천앙 무리들의 실력은 뛰어나지 않은 모양이군. 아니, 내가 강해진 것인가?'

단운평은 자신의 손을 내려보다가 벽을 넘어 자신에게서 도망치는 청의인의 모습을 보고선 허공에 도를 힘차게 휘둘러 도면에 묻은 피를 떨어내고선 청의인이 향한 곳, 황룡보의 내전으로 급히 달려갔다.

단운평이 곽마효의 거처에 도착했을 때는 이미 그곳은 혼전에 휩싸여 있었다.

"하하핫! 천앙이란 거창한 이름을 가진 놈들이 겨우 이 정도의 무공 수준을 가졌단 말인가? 이놈들, 모두 저승으로 보내주마!"

곽마효는 물을 만난 물고기마냥 신나게 검을 휘둘렀다. 하나 그 모습을 보게 된 단운평의 얼굴은 차갑게 굳어졌고, 순간 뒤로 돌면서 있는 힘껏 도를 휘둘렀다.

쾅!

자신의 머리를 노리고 날아든 검을 막아낸 단운평은 상대의 검을 밀쳐 내고선 앞으로 달려가 오른발을 쭉 내밀었다. 자신의 발을 피해 옆으로 구르듯 피하는 사내는 분명 조금 전 자신의 도에 의해 어깨를 다친 청의인이었다.

"제법 잘 도망가는군."

단운평의 말에 청의인은 나지막한 웃음을 토해내고선 손을 치켜들었다. 그러자 청의인의 뒤에 있던 여섯 명의 적의인이 그의 뒤에서 부챗살처럼 퍼지면서 단운평을 노려보았다.

"금강불괴는 아닐 테고… 갑인가?"

청의인의 뒤에 있던 여섯 명의 적의인은 분명 조금 전 단운평이 베었던 열 명의 적의인들 중 일부다. 단운평의 말에 청의인은 피식 웃었다. 자신들은 은사를 뽑아 만든 갑을 착용하고 있었다. 때문에 단운평의 공격에 죽지 않고 살아 있는 사람도 있었던 것이다.

"어떻게 나보다 빨리 올 수가 있었지?"

단운평의 물음에 청의인은 피식 웃었다.

"나는 문을 통해서 왔고 자네도 그런 나를 따라오지 않았나? 저들은 담을 넘어왔으니……."

단운평은 청의인이 담을 넘지 않고 움직인 것에 이유가 있었음을 그제야 알 수 있었다.

"그건 그렇고, 내 얼굴에 상처를 입힌 도법 말인데… 제법 쓸 만한 것 같은데, 어떤가? 우리에게 힘을 더해줌이."

청의인은 황룡보에 있는 모든 인원들에 대한 정보를 사전에 입수했다. 거기에는 단운평에 대한 정보도 있었다. 강호에 드러난 적이 없는 인물로 과거의 인연으로 황룡보를 도와주러 온 인물. 자신들의 적이라고 할 수는 없었다.

"내가 알기로 천앙의 무리들에게 포섭이란 없다고 들었건만."

단운평은 청의인의 얼굴을 노려보며 천천히 어깨를 움직여 근육을 풀었다. 비록 전력을 다한 것은 아니었으나 자신의 도법, 그중 초식 풍이 가지는 힘을 알고 있기에 그것을 피해낸 청의사내에게 긴장을 늦출 수가 없었다.

"혹시나 해서 말인데, 내가 저들을 공격할 때는 전력을 다하지 않던 것을 알아도 그런 말을 할 수 있는지?"

나는 너보다 강하다는 말이다. 누군가를 받아들이려면 적어도 그보다는 강해야 하지 않겠느냐는 단운평의 말을 알아차린 청의인은 피식 웃었다.

"그럴 리가 있겠나. 전력을 다하지도 않았는데 죽음을 당할 정도로 적객들은 약하지가 않다네. 은사갑을 입은 그들을 공격할 때 진심이 아니었다면 네 사람이 죽지 않았을 거네만……."

단운평은 사내의 말을 끊었다.

"의외로군. 그 정도는 볼 줄 아는 눈이 있다고 생각했건만. 굉폭천 뢰를 가지고 있을지도 모를 상대에게 전력을 다해 공격할 수는 없지 않은가?"

단운평의 말에 청의인의 눈빛이 흔들렸다. 어떻게 알고 있는지 모르 겠지만 분명 자신들 중 일부의 품에는 굉폭천뢰가 들어 있다. 혹시나 실패를 할 경우 어떠한 증거도 남기면 안 된다는 명 때문에 몇 명이 폭 약을 품고 있건만 어찌하여 저자가 알고 있단 말인가? 굉폭천뢰의 무 서움은 화산파에서 굉폭천뢰 하나 때문에 죽은 무인이 서른 명에 달했 던 것으로 쉽게 알 수 있었다.

"그것을 어찌……?"

"싸움을 준비하는 가장 기본 단계가 적에 대해서 아는 것이 아니겠 나?"

단운평은 가벼운 발걸음으로 청의인에게 한 걸음 다가섰다. 그리고 그의 말을 듣게 된 곽마효는 주변 적의인들의 움직임이 빠르게 변한 것을 느끼며 급히 몸을 틀어서 단운평의 곁으로 다가왔다.

"괴, 굉폭천뢰라고 했는가?"

곽마효의 물음에 단운평은 대답하지 않고 몸을 돌려 천앙의 무리들 을 보았다.

"천앙의 무리들에겐 한 가지 비법이 있어 자신의 본신 무공을 열 배

이상 증폭할 수 있다고 들었다. 그 비법을 사용하는 경우는 상대방의 무공이 구파일방의 장로급 이상의 수준이 될 경우. 맞나?"

꽝폭천뢰에 이은 또 다른 천앙의 무리들에 대한 일을 알고 있는 단운평.

청의사내는 믿을 수가 없었다. 당금 천하의 제일 비밀이 바로 천앙에 대한 것이다. 그 누구도 천앙에 대해서 아는 이가 없건만 어찌 저자가 천앙의 일급비밀을 알고 있단 말인가?

"때문에 미리 말하지. 네놈들이 그 비법을 사용할 거라면 처음부터 사용해라. 죽은 후에 후회한다면 소용없지 않겠나."

아마도 어렸기 때문일 것이다. 무인으로 상대와 정정당당하게 겨루고 무공의 우위만이 상대를 굴복시킬 수 있다는 젊은 날의 치기였으리라. 단운평이 가진 무인의 자긍심이 부서지게 될 이날, 단운평은 조금 흥분했다. 긴 세월 죽음 같은 고통 속에서 가지게 된 절대적인 무력을 처음으로 사용하는 첫 번째 날이기에.

단운평의 말에 가장 먼저 반응을 보인 건 천앙의 무리가 아니었다.

"자, 자네가 여기 있으면 어떻게 하는가? 우리 소혜는……?"

곽마효의 긴급한 목소리에 단운평은 나직하게 말했다.

"후원에 접근했던 자들 중에서 살아 있는 자들은 눈앞에 있는 자들뿐입니다. 지금은 후원보다 이곳을 걱정할 땝니다."

그의 말에 곽마효의 얼굴이 백지장처럼 하얗게 질려 버렸다.

"자네가 이쪽으로 오기 전에 두 놈이 후원 쪽으로 갔건만 자네가 이곳에 있으면 어떻게 한단 말인가?"

곽마효의 말이 끝나기가 무섭게 곽마효를 노리고 달려드는 검을 단운평이 쳐내었다. 그 순간 청의인의 목소리가 들려왔다.

"네 말대로 천앙은 누군가를 포섭하는 행동은 하지 않지. 강한 자는 우리로 충분하다. 우리가 이곳에 온 이유는 단 하나. 이곳에 있는 모든 생명체의 말살, 그것이다."

그가 말을 마치는 순간 단운평의 신형은 흐릿해졌고, 청의인은 순간 자신의 눈에서 사라진 단운평의 모습을 찾았다.

퍽!

짧은 격타음.

울컥!

뱃속 깊숙한 곳에서 치밀어 오르는 핏덩이를 청의인은 이를 악물고 다시 삼켰다. 어느새 자신의 아랫배에 박혀 있는 저 손. 좀 전에 봤던 검술만큼이나 빠른 신법이었지만 청의인은 놀랄 여유조차 없었다. 은사갑은 보통의 도검으로 벨 수 없는 것일 뿐만이 아니라 어지간한 타격에도 견딜 수 있도록 제작되어진 것이건만 이 충격은 무엇인가. 흡사 멧돼지에게 부딪친 듯한 통증에 눈앞이 깜깜해질 지경이었다.

"더 들을 말 없다. 모두 덤벼라."

단운평은 자신의 실수로 은인의 여식이 위험에 처했다는 사실에 당장이라도 후원으로 가고 싶었지만 우선 급한 불부터 꺼야 한다는 생각에 급히 천앙의 무리들에게 달려갔다. 그의 모습에 적의인들은 각자의 손목에 박혀 있는 작은 침 하나를 뽑았다.

스르륵!

곽마효는 자신의 옷자락이 부드럽게 올라가는 것에 경악을 금치 못했다. 엄청난 기풍에 의해 일어나는 현상.

"천앙의 두려움은 핏속에 머무른다."

끓어오르는 기를 다스린 청의인의 입에서 나온 한마디에 적의인 모두는 끓어오르는 피를 느끼며 단운평에게 달려들었다.

"죽어라!"

청의인이 허공을 가로지르며 단운평의 안면을 노리고 다가오는 순간 처음부터 곽마효를 노리고 왔던 또 다른 청의인의 손에서 던져진 검이 단운평의 아랫배를 향해 날아들었다.

"헛!"

단운평은 가벼운 경탄성과 동시에 사방과 그 사이, 즉 팔방위(八方位)에서 찔러 들어오는 적의인의 검에서 뻗어 나오는 기의 흐름을 읽고 허공으로 솟구쳤다. 그런 그의 모습에 아랫배를 향해 날아오던 검은 위로 솟구쳤고 단운평을 향해 달려오던 청의인 역시 적의인의 검을 밟고선 위로 솟구쳐 올랐다. 물 흐르듯 자연스러운 천앙의 무리들의 모습에 단운평은 두 발에 힘을 주고 눈앞까지 다가온 청의인의 검을 향해 오른발을 뻗었다.

탁!

보이지는 않았지만 분명 각법이다. 마치 다리가 채찍처럼 휘어져 들어왔다.

픽!

무언가 뭉그러지는 소리와 동시에 청의인은 튕겨져 날아갔고, 그와 동시에 허공에서 다시 아래로 떨어지는 단운평의 손에선 처음과는 다른 검은 선이 생겼다.

서걱!

뭉툭한 단운평의 도가 적의인들의 검을 잘라 버린 건 눈 깜빡할 사이에 일어난 일이었다.

"천앙의 무리들을 인간이라고 부르지 않고 악마라고 부르는 이유는 그들이 각종 약물로 만들어진 살육 동물이기 때문이지. 침술로 그 약물의 힘을 격발시키면 상상 이상의 힘을 내게 되지만 후유증이 크다. 알고 있나?"

단운평의 말에 얼굴의 반이 함몰되어 쓰러진 청의인은 간신히 고개를 들어서 다른 청의인에게 말했다.

"내가 말한 것이 아니……."

퍽.

쓰러진 청의인을 가볍게 밟은 다른 청의인은 얼굴에 웃음을 보였다.

"용케도 알아냈군. 젊은 나이에 엄청난 무예를 지녔는데 자네의 정체는 대체 무엇인가? 자네에 대해서 흥미가 이는군."

청의인은 가볍게 질문을 던짐과 동시에 적의인을 향해 검지와 중지를 세워 보였다.

"살(殺)!"

그러자 적의인들이 사방으로 퍼져 나갔고, 급히 움직이려는 단운평을 향해 다시금 청의인이 말을 걸었다.

"이것까지 아는지는 모르겠지만 이 청의의 의미는 적의인 스무 명을 거느리며 무예 수준은 구파의 장로급이라는 것이지. 자네가 쓰러뜨린 저자는 백의를 입은 사람의 자식이라서 청의를 입게 되었을 뿐이니 그와 내가 같은 수준이라고 생각하지는 말게. 자네의 실력 정도면 청의를 입을 자격이 되는 것 같네만… 내가 알고 있기론 자네가 이곳에 온 건 하루가 채 되지 않았다고 들었네. 이곳에서 생명을 잃기엔 아깝지 않은가?"

'떠도는 구름의 변화에……'

초식 '운(雲)'. 단운평의 나지막한 기합 소리와 함께 묵뢰가 청의인을 향해 뻗어갔다.

"이런, 끝까지 듣지 않고서… 우리들과 손을……."

청의인은 단운평의 도를 가볍게 옆으로 피하며 말을 이으려 했지만 순간 도의 궤적을 놓치고 말았다.

무음. 소리도 없이 움직이는 도의 궤적이 보이지 않았다.

서걱.

어느새 베어진 허리춤에서 피가 솟구쳐 올랐다.

"시간이 없다."

단운평은 자신의 힘을 믿었다. 천앙이라 불리는 무리의 정보를 알고 있었고 자신의 무예 수준이면 그들을 언제든 제압할 수 있을 거라 믿었다. 정정당당한 대결로 그들을 제압하리라 결심했다. 그러나 그들은 자신과 겨루기 위해서 찾아온 것이 아니었다. 그들의 목적은 황룡보의 멸이었다. 단운평은 자신의 생각이 짧았음을 후회하지 않을 수 없었다.

"흠, 문답무용(問答無用)이라……. 혈폭이라는 말을 들어보았나?"

청의인은 허리춤에서 베어져 흘러나오는 피를 가볍게 훑어내고선 품에서 기다란 침을 하나 꺼내 자신의 가슴에 꽂은 후 기합성과 함께 달려들었다.

"크하압!"

고통에 의한 비명성인지 필승의 의지를 나타내는 기합성인지 알 수 없는 소리와 함께 청의인의 검이 날카롭게 단운평의 몸을 찔러왔다. 왼발과 오른발을 부드럽게 교차하며 뒤로 물러선 단운평은 검이 아니라 청의인의 어깨 움직임에 집중하였다. 찌르기의 경우 베기와는 다르게 궤적이 없어 그 움직임을 예측하기가 매우 어려웠기에 검을 보고서 피하기보다는 상대의 어깨를 보고 피하는 것이 정석이다.

어느새 어깨를 스친 검의 움직임에 더 이상 뒤로 물러서는 것을 멈춘 단운평은 묵뢰를 치켜들었다.

"비켜라!"

상체의 움직임만으로 상대의 검을 피해낸 단운평은 도를 머리 위로 치켜든 상태로 앞으로 달려들었다.

"젠장!"

내려쳐진 도로 인해 검이 튕겨난 순간 청의인은 어깨에서 느껴지는 극심한 통증에 뒤로 물러서지 않을 수 없었다. 그리고 그 틈을 놓치지 않은 단운평은 또다시 도를 치켜들고 앞으로 뛰어들며 도를 내려쳤다.

"크아악!"

"큭!"

양측 모두에게서 신음성이 튀어나왔다. 한쪽은 신음이라기보다는 비명성에 가까웠지만.

푸쉬식.

청의인의 신형이 양단되면서 피가 뿜어져 나왔다. 그러나 마지막 순간 청의인도 순순히 당하지만은 않았다. 사내의 검이 단운평의 왼쪽 옆구리를 베어버린 것이다.

'방심했다. 머리가 잘렸건만 손이 움직이다니……'

그들이 침으로 손목을 찌르는 것은 내공과 약 기운을 격발시켜 순간적으로 높은 내력을 사용하게 하는 것이고, 가슴에 침을 꽂는 것은 근력을 높이기 위한 것이다. 때문에 머리가 쪼개지는 순간에도 팔의 움직임이 계속된 것인데 가슴에 침을 꽂은 것을 봤던 단운평은 순간적으로 그러한 사실을 알아차릴 수 없었던 것이다.

옆구리의 상처는 운신의 자유로움을 어느 정도 빼앗아갈 것이다. 남은 적의인들과의 싸움이 좀 더 어려워질 것이 예상되자 단운평의 머리 속에 들어 있던 방심이 사라져 버렸다.

'실수다.'

간단한 일이라고 생각했다. 단운평은 천앙의 무리들 중 장로급이라는 백의인들이나 전문 살인 기계라는 흑의인이 오더라도 모두를 지켜 낼 수 있으리라 생각했다. 그러나 점점 단운평의 자신감은 사라지고 있었다.

"저, 저건······."

곽마효가 손가락으로 가리킨 것은 머리가 쪼개진 청의사내의 품에서 떨어진 굉폭천뢰였다. 어느새 불을 붙였는지 굉폭천뢰의 심지에 불이 붙어 있는 것이 아닌가. 곽마효의 손가락이 굉폭천뢰를 가리킨 순간 단운평은 전력을 다해 앞으로 뛰어나갔다.

'빛은 천하를 나누고 거칠 것이 없어라.'

초식 뢰(雷). 여섯 개의 초식 중 가장 강력한 도식이 펼쳐짐과 동시에 굉폭천뢰에서 빛이 뿜어져 나왔다.

쿠르릉! 쾅!

굉폭천뢰에서 나온 소리인지 도에서 나온 소리인지 알 수 없는 엄청난 폭음과 함께 흙먼지가 피어올랐다. 곽마효는 그 먼지 사이로 남아 있던 적의인들이 뛰어드는 것을 보았지만 엄청난 먼지에 상대를 막을 수가 없었다. 잠시 후 흙먼지가 가라앉으며 모습을 드러낸 단운평. 단운평에게 급히 다가간 곽마효는 비틀거리는 그의 어깨를 잡았다.

"괘, 괜찮은가?"

곽마효는 믿을 수가 없었다. 세상에 어떤 사람이 굉폭천뢰를 도 한 자루로 막아낼 수가 있단 말인가. 흙먼지로 인해 보이지는 않았지만 분명 도풍(刀風)으로 막아냈으리라. 더군다나 흙먼지가 피어오른 뒤에 그에게 달려드는 적의인들이 있었다. 살아 있다는 것이 믿기지 않았다.

물론 옆구리에 박혀 있는 두 개의 검과 오른쪽 어깨를 관통하고 있는 한 개의 검, 그리고 등에 난 깊숙한 검상을 보고서 막아냈다고 표현하기엔 무리가 있었지만 굉폭천뢰가 터졌는데도 죽은 사람이 없다는 것은 기적이라 부를 일이었다. 제법 가라앉은 흙먼지로 인해 적의인들의 시체가 보였다. 그 모습이 보이자 단운평은 천천히 신형을 움직였다.

"어딜 가려는 건가?"

상처에서 쉴 새 없이 피가 흘러나오건만 운기요상은커녕 어디론가 움직이려는 단운평의 모습에 곽마효는 경악하지 않을 수 없었다.

"후원으로 간 놈들을 잡아야 합니다."

"이미 늦었네."

곽마효의 두 눈이 커졌다가 다시 작아졌다. 하지만 곽마효는 기대를 버렸다. 그들이 후원으로 간 건 상당 시간 전이었다. 물론 후원에는 단운평 외에도 무사가 있었으나 머리가 쪼개져도 움직이는 괴물을 이길 수준은 아니었다.

"소혜는 잊어버리게. 자네가 굉폭천뢰를 막아주지 않았다면 몇 명이나 죽었을지 모르네."

곽마효의 눈에는 눈물이 고였지만 후원을 지키지 않은 단운평을 탓할 수는 없었다. 적이 굉폭천뢰를 가지고 있었던 것은 전혀 생각하지 못한 일이다. 게다가 목이 잘려도 움직이는 괴물들이라니. 단운평이 이곳에 없었다면 자신들은 이미 이 세상 사람이 아닐 것이다.

"어서 치료나 하게. 남은 천앙의 무리들은 우리들이 해결하겠네."

단운평의 전신을 훑어보던 곽마효는 소름이 돋았다. 살아 있는 것마저도 거짓말처럼 느껴지는 단운평의 모습이다. 머리칼은 어지럽게 엉켜 있었고 팔도 푸르죽죽하게 변해 있다. 아마도 굉폭천뢰가 터지면서 전해진 충격에 가볍지 않은 내상도 입었을 것이다. 입가에 흐르는 피와 쉴 새 없이 떨리는 손, 그리고 그의 몸에 박혀 있는 검신을 따라 흘러내리는 피는 그의 상태가 위급하다는 것을 극명하게 나타내 주고 있었다.

"제가 가야 합니다."

식은땀을 흘리던 단운평은 잠시 서서 숨을 고른 후 후원으로 향했다. 급히 그의 움직임을 막으려 했으나 곽마효의 몸도 정상이 아니었다. 단운평이 대부분 막아냈다고는 해도 굉폭천뢰가 터지면서 전해진 폭음은 몸의 균형을 흩어놓았고 폭발로 인한 대기의 진동은 곽마효를 비롯한 황룡보의 무사들에게 가볍지 않은 내상을 준 것이다. 게다가 단운평이 나타나기 전까지는 적의인들의 무력이 볼품없었으나 단운평이 나타난 이후 그들의 무력이 갑자기 높아지면서 자신들을 심하게 압박했다. 적의인들의 무력이 갑자기 높아진 이후 적잖은 힘을 소비한 곽마효 역시 결코 좋은 상태는 아니었던 것이다.

"움직일 수 있는 사람들은 나를 따라오게."

바닥에 생긴 혈선. 단운평의 몸은 더 이상 움직여서는 안 될 상황이건만 움직이고 있다. 단운평이 움직이는 것은 자신의 딸을 위해서인데 아비인 자신이 어찌 치료나 하고 기다리고만 있을 수 있겠는가. 그리고 더 이상 단운평이라는 사내를 바라보고만 있다가는 단운평을 잃을 수도 있었다. 이런 곳에서 죽게 두기엔 너무나 아까운 사내다.

"헉헉……!"

가쁜 숨을 쉬면서도 단운평은 움직일 수밖에 없었다. 애초부터 자신의 자만 때문이었다. 곽소혜를 후원에 그냥 두는 것이 아니었다. 후원으로 쳐들어오는 적을 처치하고 내원의 적을 처치하면 된다는 안이한 생각을 했었다. 저들은 그리 단순한 무리들이 아니었건만 자신의 짧은 생각이 곽소혜를 위험에 노출시키고 말았다.

게다가 지금의 상처는 뭐란 말인가. 극한의 수련을 시작하던 시기에도 이 정도의 상처는 입은 적이 있지만 여섯 글자의 도법을 어느 수준 이상 익힌 이후 이러한 상처를 입을 거라고는 상상조차 한 적이 없었다. 옆구리에 박힌 검을 뽑고 혈을 막아 지혈을 했지만 이미 흘린 피의 양 때문에 눈앞이 어질어질했다. 하지만 머뭇거릴 시간이 없었다. 이미 늦었을지 모르지만 그렇지 않을 수도 있다. 지금 서두르지 않아 후회를 남길 수는 없는 일이다.

쾅!

급하게 문을 부수고 방으로 들어간 단운평은 평온한 얼굴로 잠이 든 곽소혜의 모습에 안도의 한숨을 쉬었다. 그 순간,

쇄애액!

머리 위에서 들려오는 소리에 단운평은 몸을 날려 피하며 곽소혜를 보호하기 위해 침상 가까이로 달려들었다.

푹!

"크아악!"

격한 통증에 자신도 모르게 터져 나온 비명. 눈앞이 깜깜해졌다. 화끈한 열기, 그리고 고통. 단운평은 몸을 부르르 떨고는 도를 치켜들어 힘껏 내려쳤다. 그리고는 급히 돌아서선 오른쪽 주먹에 남은 내력을 집중해서 허공을 격했다.

퍼벅!

허공에서 검을 내리찍던 적의인은 그의 권격에 가슴이 함몰된 채 튕겨져 벽에 부딪쳤다. 확인해 보지 않더라도 즉사임이 분명했다. 그리고 침상의 한쪽이 잘려 나가며 그 밑에 있던 흑의인이 쓰러졌다. 단운평은 자신의 왼쪽 눈에 박혀 있는 검을 뽑았다.

푸슉!

뿜어져 나오는 피에 단운평의 몸이 순간 휘청거렸다. 단운평은 그제야 깨달았다. 굉폭천뢰의 폭발이 있었는데 그들이 태연하게 곽소혜를 죽이고 있을 여유 따위는 없었던 것이다.

그들의 목적은 황룡보의 멸. 굉폭천뢰를 사용할 정도로 급박한 상황이라면 엄청난 고수가 있을 거란 것을 짐작했을 테고 그가 후원으로 오리라는 것은 깊이 생각하지 않아도 알 수 있는 일이었던 것이다.

단운평은 극심한 고통에 정신이 혼미해졌지만 급히 곽소혜의 이불을 살짝 들췄다. 이미 죽었을지도 모르지만 아닐지도 모른다. 그리고 그 순간 안도의 한숨을 쉴 수가 있었다. 조금 전 내려친 자신의 도로 인해 곽소혜의 팔에 긴 도상이 생겼지만 혈색이나 호흡을 봐서는 생명에 지장이 있지는 않았다. 도로 인한 상처는 한쪽 눈을 잃으면서 평정을 잃어 정확도가 떨어진 것 때문에 생겨난 것이었다.

단운평은 무릎을 꿇고 곽소혜의 혈도를 짚어서 상처에서 흘러나오는 피를 멈추게 했다. 그리고 옆으로 털썩 쓰러졌다. 옆으로 쓰러진 그의 눈에 보인 건 자신의 눈이 박혀 있는 검. 단운평은 팔을 뻗어 검을 잡고서 눈알을 뽑아 입 안에 넣고 씹어 삼켰다.

'이를 교훈으로 삼겠다.'

꿀꺽.

목 안으로 넘어가는 순간 단운평의 나머지 눈에 곽마효와 황룡보의 식솔들이 방으로 들어서는 것이 보였다. 그 광경에 긴장이 풀린 단운평은 조용히 눈을 감았다가 몸을 일으켰다. 이 정도의 소란에도 정신을 차리지 못하고 있다면 혈도를 짚인 것이다. 마지막 남은 내력을 손에 돌려 그녀의 관자놀이 부근을 문질렀다.

"음......"

곽소혜는 팔에서 느껴지는 극심한 통증과 태양혈에서 느껴지는 묘한 기운에 정신을 차렸다. 정신을 잃기 전 마지막으로 보았던 광경이 머리 속에 떠오른 순간 곽소혜는 침상 옆을 더듬어 비도를 잡아챘다.

"정신을 차린 듯하군."

귀에 익숙하지 않은 음성이다. 자신을 향해 음흉한 미소를 짓던 적의인의 얼굴이 떠오르자 곽소혜는 힘껏 비도를 던졌다.

서걱. 피슉.

자신의 얼굴에 느껴지는 뜨거운 느낌에 곽소혜는 몸을 일으켜 상대를 바라보려 했지만 막 정신을 차린 그녀의 눈은 초점이 잡히지 않았다.

"소혜야!"

부친의 목소리다. 경악성. 천앙의 무리를 해치운 것이 분명하다.

'뭐, 뭐지?

자신의 태양혈 부근에 느껴지는 축축한 느낌의 물체는 분명 손가락이다. 곽소혜는 다시금 잠에 빠져들었고, 그 순간 누군가의 몸이 자신의 몸 위로 쓰러지는 것을 느꼈다.

그리고 오 년의 세월이 지났다.

"그때 네가 공격한 상대는 천앙의 무리가 아니라 단 소협이었다."

가만히 고개를 숙이고 있던 곽소혜는 소매를 걷어 올려 자신의 팔에 남아 있는 상흔을 살펴보았다. 그리고 고개를 들어 부친을 바라보았다. 곽소혜는 눈으로 소리치고 있었다.

'아니야! 아닐 거야!'

"당연히 피했겠죠?"

묻고 싶지 않았다. 아니, 대답을 듣고 싶지 않았다. 그러나 곽소혜는 묻지 않을 수 없었다.

"당시 단 소협의 상태는 정상이 아니었다. 네 비도를 피할 정도의 힘도 없었지. 아니, 피하지 않았을지도 모른다. 네 팔에 생긴 상처가 자신의 탓이라는 생각에……."

쿵!

예전에 미향이 심장이 덜컹 내려앉는 듯했다는 말을 듣고 그 말의 의미를 이해할 수가 없었다. 단 한 번도 그러한 감정을 느껴본 적이 없었기 때문이다. 그러나 곽소혜는 그 말의 의미를 이제는 알 수가 있었다. 갑자기 흘러나오는 눈물에 눈앞이 뿌옇게 변해 버렸다.

"설마 그의 목소리가 그렇게 된 것이……."

"그래, 네 비도 탓이다."

잔인한 말일지도 모르지만 이제는 말을 해주어야 한다. 단운평의 부탁에 진실을 숨겼지만 그가 떠난 지금이라도 말을 하지 않으면 안 된다. 너무 늦었지만 지금이라도 바로잡아야 한다.

"왜, 왜 말씀하시지 않으셨죠?"

절규에 가까운 딸의 음성에 곽마효의 얼굴은 침울하게 변했다. 그때 방문을 열고 들어서는 사람이 있었으니 그녀는 곽마효의 부인이자 곽소혜의 어머니인 오요인이었다.

"단 소협의 부탁이었단다. 네 팔에 난 상처 탓에 자신은 죄인이라고. 만에 하나 네가 그 사실을 알게 되면 네 옆에서 호위를 설 수가 없다고 말하더구나. 그리고……."

곽마효가 그녀의 말을 이었다.

"나는 미안한 마음에 그를 사위로 삼으려 했었다."

단운평에게 미안한 마음에 눈물을 쏟아내던 곽소혜였지만 그를 자신의 배필로 삼으려 했다는 말에 놀라 두 눈을 똥그랗게 뜨지 않을 수 없었다.

"그래서요?"

"거절했다."

곽소혜는 미안한 마음 중에도 내심 화가 났다. 자신이 어디가 어때서 거절했단 말인가.

"자신은 외눈박이에 할 줄 아는 것은 사람을 베는 것뿐이라고. 자신에게 네가 너무 과분하다고 말하더구나."

곽소혜는 부친의 말에 더 이상 아무런 말도 할 수가 없었다. 답답해 보였던 머리칼, 귀에 거슬렸던 탁한 음성. 그것들이 자신 때문에 생긴 상처로 인한 것이라니……. 더군다나 마지막까지 자신을 생각해 준 사람이 아닌가. 넋이라도 빠진 듯 보이는 그녀의 모습을 바라보던 곽마효, 오요인 부부는 묘한 시선으로 서로를 바라보았다. 그들이 그녀에게 이러한 사실들을 밝힌 이유는 따로 있었다. 그리고 그것은 자신의 딸도 눈치채지 않을 수 없었으리라.

第四章

세상에
나가다

황룡보를 나와서 천하를 떠돌던 단운평이 발걸음을 멈춘 곳은 황룡보와 제법 멀리 떨어진 도시의 시장이었다.

지난 오 년간 호위무사로 지내면서 받은 봉급이 있지만 그것으로 언제까지나 아무 일이나 하며 살 수 있는 정도는 아니었다. 물론 그가 황룡보를 나올 때 곽마효가 비락을 시켜 강제로 쥐어준 거액의 전표도 있었지만 그 돈을 쓰고 싶은 생각은 없었다.

때문에 단운평은 시장에서 일거리를 찾았다. 한동안 일을 하고 돈이 모이면 다시 천하를 떠돌며 많은 것을 알아가기 위해서였다. 시장에서 그가 찾는 일은 의외로 대장간 일이나 물건을 배달하는 등의 일반 사람들이 하는 일이었다.

무(武)를 배운 무인이 그러한 일을 하는 경우는 드물다. 자신보다 약한 상대에게 부림을 당하는 입장을 좋아할 리도 없고 그런 일을 참으며 하기엔 자존심이 너무나 강했으며 무엇보다 그러한 일들은 긴 시간 동안 반복해야만 익숙해지는 일이기에 무인들에게 그것을 바라는 것은 무리였다.

하지만 단운평은 그러한 일들이 하고 싶었다. 자신도 평범한 삶이라는 것을 살아보고 싶었던 것이다.

"객점에서 이곳에서 사람을 구한다고 들었소만……."

그의 나지막하고 차가운 목소리에 그렇지 않아도 더운 날씨에 짜증이 치밀어 오르던 임사영은 내려치던 망치를 내려놓지 않을 수 없었다. 고개를 돌려 바라본 사내는 칙칙한 묵의를 입고 있어 무거운 분위기를 만들었지만 상대가 누구든 자신이 겁먹을 이유가 없다는 생각이 든 임사영은 퉁명스럽게 말했다.

"일을 구한다면 내일 아침에나 오슈. 책임자는 아버지니깐."

그 순간 임사영의 눈에 들어온 것은 사내의 허리춤에 걸려 있는 뭉툭한 도였다.

'서, 설마… 묵철?'

꿀꺽.

자신도 모르게 침을 삼킨 임사영은 급히 사내에게 다가가 물었다.

"이거 혹시……."

그가 채 말을 잇지 못하고 있을 때 그의 뒤로 중년의 사내가 달려와 임사영의 머리를 후려갈겼다.

퍽!

"헉!"

고통이 너무 심하면 비명조차 나오지 않는다. 임사영은 뒷머리를 감싸 쥐고는 그대로 주저앉아 버렸다.

"어떤 놈이……?"

퍽!

이번엔 이마다.

"나다, 이놈아!"

중년 사내의 커다란 목소리에 임사영은 얼굴을 잔뜩 찌푸린 채 말했다.

"도대체 이번엔 무슨 일입니까, 아버지?"

중년 사내의 이름은 임우. 임가대장간이란 이름으로 팔십 년을 이어온 이곳의 당대 주인이었다.

"두들기던 철은 저리 내팽개쳐 두고 남의 물건에 관심을 갖다니… 에휴! 이놈아, 언제쯤 정신을 차리겠느냐!"

부친의 말에 임사영은 볼록 솟아오른 이마를 만지며 투덜거렸다.

"저따위 곡괭이 하나야 언제든 하면 되는 것이고 저걸 한번 보시라구요. 묵철이에요, 묵철."

그의 말에 임우는 고개를 숙여 앞에 서 있는 사내의 허리춤을 바라보았다. 과연 묵철이었다.

"누구시오? 그것을 맡길 생각인 거요?"

임우의 말에 단운평은 고개를 흔들고선 다시금 입을 열었다.

"이곳에서 사람을 구한다고 들었습니다."

단운평의 탁한 목소리에 움찔하며 임우는 사내의 얼굴을 바라보았다. 그러나 긴 머리칼 때문에 얼굴 윤곽이 흐릿하게 보일 뿐 자세히 보이지 않았다.

"그렇긴 한데……."

임우는 사내의 온몸에서 풍겨져 나오는 심상치 않은 분위기에 목소리가 작아졌다. 그렇지만 묵철을 향한 그의 욕망은 사그라지지 않았다.

'저건 분명 도인 것 같은데……. 게다가 적잖은 피를 먹은 것 같단 말씀이야. 그런 자가 왜 이곳에서 일하려 하는 거지? 그냥 보내야 하건만 보내면 저 도도 멀어지게 될 것이고……. 아, 이것 참.'

혈향이 짙은 도를 허리에 차고 있다. 실제로 냄새가 난다는 것이 아니라 느낌이 그렇다는 것이다. 임우는 사십 년째 수많은 쇠붙이를 보아온 사내. 그 정도는 쉽게 알 수 있었다.

대장장이에게 있어 묵철을 만나는 것은 평생의 꿈이다. 묵철은 천하에 비할 데 없이 단단한 금속으로 높은 열에도 그 형태가 변하지 않는 성질에 가공하기는 어렵지만, 만들어놓으면 그 형태와 날이 쉽게 변하지 않아 전설처럼 내려오는 수많은 무기들이 바로 이 묵철을 포함하고 있었다. 때문에 이 묵철을 가공할 수 있다는 것 하나만으로도 당대의 명장에 속하게 되니 대장장이의 피가 끓어오르지 않을 리가 없었다.

사실 묵철의 가공은 내공을 가진 자만이 제대로 할 수가 있다. 강도가 지나치리만큼 뛰어난 묵철이기에 내공을 주입해 조금이나마 부드럽게 하지 않고서는 웬만한 불길에서도 가공이 이루어지지 않기 때문에 내공이 없는 이는 묵철의 가공이 힘겨운 것이 사실이다.

하나 명성이 자자한 묵철을 포함한 무기들은 임우와 같은 내공이 없는 이들이 긴 세월 동안 익힌 자신만의 방식으로 만들어낸 것들이다. 임우는 자신에게 이러한 기회가 찾아온 것이 꿈만 같았기에 이 사내를 놓치고 싶지 않았다.

그러나 상대는 짙은 혈향을 풍기는 묵도를 든 무림인. 언젠가 이 대가를 치러야 할지도 모른다. 문제는 그 대가를 치러야 할 사람이 자신이 아니라 자신의 아들이 아닌가 하는 걱정이었다.

"보아하니 무림인 같은데 어찌해서 이곳에서 일하려 하는 것이오?"

정중한 말에 단운평은 한숨을 쉬며 말했다.

"시장에서 일을 찾아봤지만 아무도 저를 고용해 주지 않았습니다. 남은 곳은 이곳뿐입니다."

임우는 단운평이 하는 말을 금세 알아차릴 수 있었다. 한눈에 보기에도 위험한 인물이 허리에 도를 차고서 일자리를 찾는다며 찾아온다면 열에 아홉은 무사로서의 일을 찾는다고 생각할 것이다. 시장에서 무사로서의 일자리를 찾는다면 살인 대행업이거나 시장 상인에게 돈을 빼앗으려 협박하는 것으로 생각했을 테니 그를 고용할 사람은 당연히 아무도 없었을 것이다. 그러다가 우연히 객점이나 주점에서 이곳에서 일할 사람을 찾는다는 말을 듣고 온 것이 틀림없었다.

"저는 피가 없는 곳에서 일을 하고 싶습니다."

단운평의 말에 임우는 움찔했다. 그의 차가운 목소리에서 이제 죽기만을 기다리는 노인과 같은 허무감이 느껴졌기 때문이다. 한참을 생각한 끝에 임우가 말했다.

"그렇다면 이곳은 곤란하오. 이곳은 검과 도, 혹은 다른 수많은 무기들이 맡겨지고 또 만들어지는 곳이오. 당신이 이곳에 있게 된다면 피와 가까워질 것이오."

임우의 말에 임사영은 입을 쩍 벌렸다. 눈앞에 묵철이 있고 그것을 지닌 자가 이곳에서 일하고 싶다고 한다. 그런데 묵철을 가공해 볼 수 있는 가능성을 단번에 차버리다니 자신의 부친이 정신이 이상해진 것이 아닌가 생각되는 임사영이었다. 대장간 일에 질릴 대로 질려 버린 본인에게는 별 의미가 없지만 자신의 부친에게는 꿈에서도 그리던 기회가 아닌가.

"그렇군요. 그럼 수고하십시오."

단운평이 주저없이 몸을 돌리자 임우가 급히 말을 건넸다.

"당신이 무엇 때문에 시장에서 일하려 하는지는 모르겠으나 일자리를 구해줄 수는 있소. 무와 관련된 것 말고 무엇을 할 수 있소?"

그의 말에 단운평은 천천히 몸을 돌려 그를 바라보았다.

"무엇이든 사람들을 많이 만날 수 있는 일이라면 상관없소."

그의 말에 임사영은 피식 웃어버렸다. 무엇이든이란 말은 아무 일이나 하겠다는 말이다. 또 다르게 들으면 무슨 일이든 잘한다는 의미로도 들리는 말이었다.

"당신의 외향을 보면 점소이나 물건을 파는 것은 힘드오. 시장의 물건을 배달하는 지게꾼이나 마부가 좋을 듯하오."

그의 말에 단운평은 고개를 끄덕였다.

"지게꾼이든 마부든 다 좋습니다… 만 묵뢰를 가공해 보고 싶은 겁니까?"

처음부터 끝까지 임우의 눈이 묵뢰에 고정되어 있음을 바보가 아님에야 단운평이 모를 리가 없었다. 임우가 얼굴을 붉혔다. 그는 아무런 이유 없이 남을 위해서 노력할 만큼 착한 사람은 아니었지만 저렇게 노골적으로 바라는 것이 있어 돕는 거라는 것을 들키게 되다 보니 얼굴이 붉어지는 것을 막을 수가 없었다.

"한 달입니다."

단운평은 자신의 허리춤에서 도를 뽑아서 그의 발밑으로 가볍게 던졌다. 그리고 말을 이었다.

"그리고 도신의 길이가 조금이라도 바뀌어서는 안 됩니다."

자신의 무기의 길이가 바뀌면 거리감이 달라진다. 단운평은 알고 있었다. 이곳 시장에서는 피와 관련된 일이 아니라 사람과 부대끼는 일을 하고 싶지만 이곳을 떠나게 되면 다시 언제든 피를 보아야 한다는 것을. 그리고 그러한 때에 도신의 길이가 달라지면 곤란하다는 것도 잘 알고 있었다. 도의 길이는 상대와의 간격을 파악하는 것과 밀접한 관련이 있다. 자신이 생각하는 도신의 길이가 실제 도신의 길이와 다르다면 그 차이로 인해 생명을 잃게 될지도 모르는 일이다. 자신의 눈과 몸에 새겨진 상처들은 같은 반복을 하지 않도록 언제나 자신을 긴장시키고 있었다.

"따라오시오."

다른 철보다 몇 배는 무거운 도를 낑낑대며 옮기는 임사영의 모습에 혀를 차던 임우는 가게를 나가 단운평을 앞장서 걸었다.

단운평으로선 믿기 어려운, 아니, 믿기 싫은 일이었다. 물론 마차를 모는 것은 처음이다. 하지만 이처럼 어려운 일이라고는 생각지 못했다. 더군다나 이 마차에는 물건이 잔뜩 실려 있어서 빈 마차를 몰 때보다 훨씬 느린 속도로 움직이는 것이건만.

"임가 놈이 쓸 만한 놈이라고 해서 믿었건만 이거 얼굴뿐만 아니라 일하는 것도 엉망이군."

카랑카랑한 목소리의 주인공은 마차를 몰고 있는 단운평의 옆에서 술병째로 술을 마시고 있는 백발의 노인이었다.

"죄송합니다."

단운평의 말에 평생을 마부로 지낸 노인 사후락은 낄낄 웃으며 말했다.

"그놈 참……."

사실 사후락은 내심 크게 놀라고 있었다. 난생처음 마차를 타고 또 처음으로 말을 다루면서 이처럼 마차 위에서 균형을 유지하는 놈이 있으리라고 생각해 본 적이 단 한 번도 없었다. 고삐를 잡는 방법도 제대로 모르던 놈이 마차의 움직임에 자신의 몸을 맞추고 있다. 다른 사람이라면 덜컹거리는 마차 때문에 몸이 이리저리 움직였을 것이다. 아니, 이처럼 마차가 똑바로 움직이는 것조차 하지 못하고 있었을 것이다. 말이란 사람의 의지대로 움직이는 동물이 아니었기에.

일주일이 지나자 단운평이 모는 마차는 제법 빠르게 움직이기 시작했다. 물론 여전히 말들은 옆으로 가려고 했고 때문에 고삐를 잡은 단운평의 손에는 식은땀이 흘렀지만 사후락에 눈에 비친 단운평은 마차를 몰기 위해 태어난 사람 같았다.

덜컹.

길가의 작은 홈 덕에 잠시 튀어오른 마차 때문에 엉덩이를 주무르며 사후락은 인상을 찌푸렸다.

"이놈아, 이 마차 안엔 깨어지는 물건도 들었단 말이다!"

사후락의 말에 단운평은 아무런 말도 하지 못했다. 작은 홈을 보았어도 마차를 모는 기술이 없어 피할 수 없었다. 알면서도 피하지 못한 것은 변명할 여지조차 없는 것이다.

"죄송합니다."

"으휴."

변명을 하지 않는 것이 마음에 든다. 하지만 이놈은 무척이나 재미가 없다. 무엇을 물어도 제대로 답하지 않고 그저 '죄송합니다', '열심히 하겠습니다' 만 연발이다. 이렇게 재미없는 놈과 계속 같이 일하면 화병이 나겠다고 생각한 사후락은 조용히 입을 열었다.

"거참, 할 줄 아는 말이 죄송합니다 뿐이냐? 보아하니 네놈 목소리 때문에 말하는 것을 꺼리나 본데……."

"아닙니다. 다만… 사람들과의 대화가 익숙하지 않아서……."

단운평의 말에 사후락은 피식 웃었다. 잠시 움찔하는 단운평의 모습에서 쉽게 눈치챌 수 있었다. 자신의 목소리가 남들이 듣기에 거북한 목소리라고 생각했기에 사람들과의 대화 시 말을 무척이나 아끼고 있는 것이다.

"난 무공에 대해선 아무것도 몰라. 하지만 내가 시장 바닥에서 평생을 보내며 알게 된 것이 있지. 사람을 보는 눈이야. 네 녀석이 가볍지 않은 무공을 지녔다는 건 알 수 있어. 뭣 때문에 이러고 있는 거냐?"

평생을 시장 바닥에서 보낸 사후락에게 있어 사람을 알아보는 것은 무엇보다 중요한 일이다. 일을 시키고 돈을 주지 않거나 혹은 위험한 물건을 맡겨 자신의 생명을 위협하는 손님도 있다. 더구나 경우에 따라 사람을 태워주는 일도 하기 때문에 사람을 잘못 보면 큰 화를 입기 쉽다.

그런 그에게 단운평은 결코 무공이 가벼운 존재가 아니었다. 물론 이처럼 두려움없이 편하게 말해도 자신에게 피해를 주지 않을 정도의 수양을 지닌 사람으로도 보인다.

"저는 사람을 대하는 것이 도를 휘두르는 것만큼이나 무섭습니다. 보이십니까?"

단운평이 한 손으로 고삐를 잡고 다른 한 손으로 자신의 머리칼을 위로 올렸다. 왼쪽 눈이 있어야 하는 자리에 커다랗게 꿰맨 자국이 있었다. 그리고 얼굴 이곳저곳에 가볍지 않은 상처들.

사후락은 신음성을 내었다. 숱한 일들을 시장에서 보아왔다. 수시로 싸움이 나고 칼부림이 일어나는 곳이 시장이다. 그런 그에게 눈 한쪽이 없는 것이나 얼굴에 상흔이 가득한 일은 그리 놀랄 일이 아니었다.

하나 단운평의 얼굴에 가득한 상처는 시장에서 벌어지는 싸움으로 인한 상처와는 달랐다. 단운평의 얼굴에 난 상흔들은 다른 상흔 위에 몇 번이고 겹쳐져 있었다. 게다가 각각의 상처들은 그것을 만들어낸 무기가 다양하다는 것을 말해 주고 있었다. 파인 곳도 있고 찢어진 곳도 있으며 베어진 상처도 있다. 저런 상처를 얼굴에 가지고 있다면 가슴이나 배에 있는 상처는 어떠할지 보지 않아도 쉽게 예상할 수 있었다.

"걸음을 걷게 된 이후로 단 한시도 편하게 쉬어본 적이 없습니다. 그리고 그 시간들이 제게 준 힘이 어떠한 것인지 알게 된 후 전 스스로가 두렵습니다."

단운평은 치켜 올린 머리칼을 내려 얼굴을 가리고선 사후락을 바라보았다.

"저에게 있어 사람은 두 가지 부류로 나뉩니다. 죽여야 할 자와 죽이지 말아야 할 자. 지난 오 년간은 죽여야 할 자와 그렇지 않은 자가 분명하게 나뉘었지만 지금은 알 수가 없습니다."

지켜야 하는 상대와 지켜야 할 상대의 생명을 노리는 자로 나뉘었단 말이다. 단운평의 말에 사후락은 순간 웃음이 나왔다.

'말이 없는 놈이 아니라 말이 많은 놈이었군. 그저 마음을 터놓을 상대가 없었을 뿐.'

"그러니까 자네가 이곳에서 일하는 이유가 제.대.로. 사람을 보기 위해서라는 말이렷다?"

단운평은 지난 오 년간 황룡보에 있으면서 고민했던 일을 사후락에 말하고선 홀가분한 기분으로 고개를 끄덕였다.

단운평이 곽마효의 만류를 뿌리치고 황룡보를 나온 것은 계속해서 그곳에 있다가는 세상을 바라보는 눈이 사라져 버릴 것 같았기 때문이다. 황룡보에 머무르는 시간이 길어지면서 자신이 살육을 위한 도구가 아닌가 하는 생각이 들었던 것이다. 죽이고 죽는, 단지 그것만을 생각해야 하는 존재가 되어가고 있었던 것이다.

"물론 도를 버리겠다는 말은 아닙니다. 은인을 위해 잠시 멈췄지만 반드시 베어야 하는 자가 있습니다."

단운평의 눈빛에 사후락은 피식 웃었다.

"우습군. 이 나이가 되도록 많은 사람들을 만나고 많은 경험을 했지만 내 편과 내 편이 아닌 자를 구분하는 방법이 있다는 것은 듣지 못했는데 말이야."

단운평은 사후락이 말하는 의미를 알 수 있었다.

'고민을 할 일이 아니다. 시간이 흐르면 알게 될 테니.'

사후락의 눈빛을 받은 단운평은 다시금 양손으로 고삐를 쥐었다. 지금 단운평이 해야 할 일은 제대로 마차를 모는 일이다. 사후락의 말처럼 그것은 어쩌면 평생을 걸쳐서 답을 찾아야 하는 문제일 것이다. 그렇다면 조금은 여유를 가지고 싶다는 것이 단운평의 바람이었다. 단운평은 '그날' 이후 단 한 번도 편히 쉬어본 적이 없었으니.

단운평은 한 달의 시간이 흐르고서야 혼자 마차를 몰 수 있었다. 물론 그전에도 마차를 몰 수는 있었지만 사후락이 허락을 하지 않았다. 마차를 모는 것만이 아니라 마차를 수리하는 법까지 익힌 후에야 홀로 마차를 모는 것을 허락한 것이다.

홀로 마차를 몰게 된 지 며칠이 지나지 않은 어느 날 저녁 해가 지기 전에 시장에 도착하기 위해 단운평은 말을 빨리 몰았다.

'이거 늦었다고 또 꾸중 듣게 생겼군. 어쩔 수가 없군.'

단운평은 평소 다니지 않던 산길로 마차를 몰았다. 사후락에게 꾸중 듣는 거야 두렵지 않은 일이지만 사후락이 늦게까지 식사를 하지 않고 자신을 기다릴 것을 알기에 서두를 수밖에 없었다. 한참을 달리던 마차가 선 건 산을 빠져나가려는 순간이었다.

"이런……."

길가에 쓰러진 사내가 옆구리에 커다란 상처를 입고 피를 흘리고 있었다. 단운평은 급히 마차에서 뛰어내려 혈을 짚고선 옷을 찢어 옆구리를 감싼 후 사내를 마차에 실었다. 시장에 도착한 단운평은 급히 의원으로 사내를 데려갔다.

그리고 일주일 후 사내가 정신을 차렸다.

"음……."

"정신이 드나 보군."

사후락은 사내가 정신을 차리자 피식 웃고선 단운평의 어깨를 두드려 주었다. 사내가 정신을 차린 것은 의원의 노력도 있었지만 사내의 뒤틀린 혈을 내공으로 조금씩 바로잡은 단운평의 노력이 훨씬 컸다.

"여기가… 어디요?"

사내의 목소리에는 힘이 없었다. 그것도 그럴 것이 일주일 동안 약 이외엔 제대로 된 식사 한 번 한 적이 없었으니 힘이 없는 것은 당연한 일이었다.

"정신을 차려서 다행이야. 산에 쓰러진 것을 저 녀석이……."

그동안의 일을 차근차근 설명하는 사후락 덕에 사내 관평위는 어떻게 이곳에 있게 된 것인지 알 수 있었다. 물론 단운평이 자신이 혈을 바로잡아 준 것을 비밀로 해달라는 말에 사후락은 그 부분은 빼고 이야기를 했다.

관평위는 단운평이 생명의 은인이라는 말에 몸을 일으켜 인사를 하려 했다. 하나 단운평은 조용히 그의 몸을 눌러 안정을 취하게 하고선 방을 나섰다.

"사람들과 친하게 지내는 법을 잘 모르는 녀석이라네. 나중에 같이 술이나 한잔하게. 저 녀석은 나를 제외하고는 술친구조차도 없다네."

사후락의 말에 관평위의 표정이 묘하게 변했다.

'나와… 나와 같군.'

이 주일 후 단운평과 관평위는 주점의 술이 바닥이 나도록 술을 마셔댔다. 밤새도록 술을 마시며 연신 떠들어대는 이는 관평위였고 반대로 연신 고개를 끄덕이는 이는 단운평이었다. 그렇게 술을 마시던 두 사람은 해가 밝아오자 껄껄 웃고선 자리에서 일어섰는데 그들을 찾아서 주점에 온 사후락으로선 처음으로 대소를 터뜨리는 단운평의 모습을 보는 순간이었다.

그리고 또다시 일주일의 시간이 흘러 단운평은 관평위를 마차에 태워 관평위의 가족이 있는 곳으로 향했다.

일주일 후 돌아온 단운평은 전보다 밝아진 모습으로 시장 사람들과 친분을 쌓아갔다. 그 후 사후락은 마차 모는 일을 전적으로 단운평에게 맡겼다. 가끔 단운평이 모는 마차 위에 오르기도 했지만 날이 갈수록 사후락이 마차에 올라타는 일은 줄어들었다.

단운평이 시장에서 마차를 몬 지 반년이라는 시간이 흘렀다. 반년이라는 시간은 짧지 않은 시간이라 많은 것이 바뀌었다. 먼저 단운평의 마차를 모는 실력이 일취월장(日就月將)해서 마차로 물건을 옮기는 일을 하는 사람들 중 단운평의 운반이 가장 안전하고 빠르다고 소문이 났다. 때문에 사후락은 임우와 함께 장기나 두면서 시간을 보내고 있었는데 임우 역시 대장간 일을 임사영에게 완전히 맡긴 상태였다.

"이놈아, 어서 서둘러라! 그렇게 느려서야 제시간에 물건을 가져다 주겠느냐!"

저 앞에서 달려오는 마차를 보고 소리치는 사후락의 모습에 임우는 피식 웃었다.

"뭘 그러시우. 형님이 몰아도 저리 빨리 몰지는 못할 거구먼."

임우의 웃음에 사후락은 소리가 날 정도로 빠르게 고개를 돌려 그를 노려보며 말했다.

"무슨 말도 안 되는 소리냐! 저놈은 날 따라오려면 아직 멀었다."

"에휴, 저놈이 마차에 싣고 있는 것이 자기(瓷器)라는 것을 알고 하는 소리유?"

임우의 말에 사후락의 얼굴에 놀람의 감정이 드러났다. 사기그릇을 저러한 속도로 옮긴다는 건 있을 수 없는 일이다. 물건을 최대한 빠르게 배달하는 것보다 안전하게 배달하는 것을 우선시하는 단운평의 성격상 저 마차의 속도는 충분히 여유를 가지고 몬다는 뜻이건만……

"이미 형님에게 마차 모는 방법을 넘치도록 배웠으니 마음 놓고 어서 두던 장기나 두시우."

임우의 말에 사후락은 껄껄 웃더니 장기판을 보았다. 그런데 분명 조금 전과 말의 위치가 다르다. 사후락은 무서운 눈으로 임우를 바라보았으나 임우의 표정은 태연했다.

'실수다. 술내기를 하면서 한눈을 팔다니……'

사후락은 고개를 젓고선 장기에 집중했다. 이미 회생 가능성이 없어 보이는 판이지만 어차피 오늘도 단운평이 일을 마치고 돌아오면서 술을 사 올 것이 뻔하다. 자신의 양이 줄어들지 몰라도 자신의 주머니가 가벼워지는 것은 아니니 괜스레 얼굴 붉힐 필요가 없었다. 그리고 임우 역시 그것을 알기에 이런 장난을 치는 것이고.

단운평은 시장에서 일한 지 며칠 지나지 않아 시장 안 그 누구보다 유명해졌다.

불어온 바람에 머리칼이 날리며 드러난 그의 얼굴에 귀면이라고 불리던 그가 시장에서 상인들의 주머니를 울궈내던 불량배를 두들겨 팬 후 임가대장간에 맡겨 일을 시킨 이후로 시장에서 남에게 함부로 하는 사람이 없어졌다. 물론 시장에 있던 사람만의 일이고 새롭게 생겨난 불량한 무리들이 있었지만 그 역시 그에 의해 사라졌다.

그런 그의 모습에 시장 상인들 역시 그를 두려워했었다. 하지만 마차를 몰면서 실수를 할 경우 사후락이 뒤통수를 갈기기도 하고 욕을 하기도 하는 모습에 일반 무사들처럼 무공을 모르는 이들에게 무공을 과시하는 이가 아니라는 사실을 알고는 조금씩 그에게 마음을 열었다. 맡은 일을 충실히 하고 결코 무공을 앞세워 누군가의 위에 서려는 모습을 보이지 않는 그가 상인들의 마음을 완전히 얻는 것은 화재로 인해 모든 물건을 잃어버린 비단장수에게 보인 그의 모습 때문이었다.

비단장수의 상점에 불이 난 후 몰래 그의 집 앞에 돈주머니를 두고 간 그의 모습을 누군가가 본 것이다. 그리 큰돈은 아니었지만 그 마음

씁쓸이가 보였기에 그 일 이후로 누구도 그를 귀면이라고 부르지 않았다. 그리고 그 이후로 골치 아픈 놈이 굴러들어 왔다고 신경 쓰던 시장을 담당하던 관군도 오히려 그와 친하게 지냈다. 골칫거리인 줄 알았건만 오히려 불량배를 혼내고 시장의 크고 작은 분쟁을 해결해 주니 단운평이 미워 보일 일이 전혀 없었던 것이다.

"어이, 내일쯤 해서 상점에 다시 들러주겠나? 하토로 보낼 물건이 있네만……."

마차에서 과일을 내려놓던 단운평은 사기그릇을 파는 상인인 공인서에게 고개를 끄덕였다.

다음날 아침, 오늘따라 배달할 물건이 별로 없던 단운평은 공인서의 말을 떠올리며 공인서의 상점으로 향했다.

"어제 아침에 갑자기 들어온 주문이라서 내심 걱정했다네. 거리가 만만치 않아서 말이지. 하토의 서문세가라고 알지? 그곳에 사는 내 조카가 그곳의 총관이라네. 서문 가주와도 친분이 있어서 그곳 식기를 결정하는 데 힘을 써주어 우리 집 그릇을 사용하기로 결정 내리게 되었다네. 하하하!"

공인서의 말에 단운평은 내심 웃음이 나왔다. 공인서의 조카가 서문세가에서 허드렛일을 한다는 사실을 모르는 이는 아무도 없었다. 술만 마시면 서문세가주가 자신의 조카에게 쩔쩔매느니 어쩌니 하면서 매번 자랑을 했지만 다른 상인의 친척이 그곳에서 잡일을 하고 있었기에 그의 말에 거짓인 것이 금세 들통이 났다.

그러나 공인서는 여전히 그가 서문세가의 실세라고 떠들어댔다. 처음에는 말도 안 된다며 그의 말을 반박하던 시장 상인들은 어느 순간 조용히 고개를 끄덕여 주었다. 믿는 것이 아니라 그의 조카가 서문세가의 총관이든 서문세가주와 친분이 있든 자신들과는 큰 관련이 없는 일이었기 때문이다. 한마디로 관심이 없다는 것이다.

"언제까지 배달하면 되는 겁니까?"

"언제까지 배달할 수 있는가? 그쪽에선 급하다던데. 내일까지, 아니, 오늘 밤까지 배달해 주면 더 좋지."

그쪽에서 급한 것이 아니라 조금이라도 빨리 가져가야 다음번에도 자신에게 주문이 들어오지 않을까 하는 생각임이 틀림없다.

"바로 가도록 하지요."

단운평의 말에 공인서는 활짝 웃었다.

사실 하토까지는 만만치 않은 거리다. 마차로 하루 밤낮을 달려야 되는 거리다. 서문세가가 그릇을 사는 데 며칠이나 걸리는 곳에 다시 주문할 리는 없었고 그 정도의 거리를 옮기는 데 그릇이 상하지 않을 정도의 마차를 모는 실력을 가진 사람 또한 극히 드물었다.

다행히도 단운평은 극히 드문 사람에 속했기에 공인서는 그를 믿고 마차에 물건을 실었다. 원래는 단운평이 물건을 실어야 했지만 마음이 급한 공인서로서는 자신이 움직이지 않을 수가 없었다.

게다가 이 마부는 인기가 많아 시장에서 빨리 내보내지 않으면 다른 일을 맡을지도 모른다. 혹시라도 중요한 일이 있다며 자신의 일을 늦게 시작할지도 모른다고 생각했기에 공인서 스스로 그릇을 싣고 있는 것이다. 그런 그의 모습에 단운평도 조심스럽게 그릇을 든 상자를 마차에 차곡차곡 쌓았다.

잠시 후 단운평은 마차 위로 올라 고삐를 가볍게 움켜잡았다.

"그럼 다녀오겠습니다."

공인서가 가게로 들어가고 마차를 출발시키려 하는 순간 뒤에서 들려오는 목소리가 있었다.

"이보게, 나도 같이 감세."

헐레벌떡 달려오는 사내는 임사영이었다.

"무슨 일인데 그리……."

단운평이 채 말을 끝내기 전에 임사영은 마차 위로 올라앉아 가쁘게 숨을 내쉬었다. 그런 그의 모습을 바라보던 단운평은 고개를 흔들고는 고삐를 휘둘러 마차를 출발시켰다.

"하토에서 화약을 판다더군. 그게 있어야 돌산에서 그것을 캘 수 있을 것 같네."

임가대장간을 임우가 임사영에게 넘기기 전에 마지막으로 한 일이 바로 단운평의 묵뢰를 다듬는 일이었다. 전부터 대장간을 맡지 않겠다고 말하던 임사영이었으나 임우가 다듬은 단운평의 묵뢰를 보고선 심경의 변화를 가진 듯 대장간을 물려받아 의욕적으로 일하고 있었다.

"굳이 그곳을 파야겠나?"

임사영은 최근 뒷산의 한곳에서 묵철 성분이 있는 바위를 발견했는데 그것은 부수기엔 너무나 크고 단단해 화약이 아니면 캐낼 수가 없었다. 문제는 화약은 나라에서 관리하는 것이라 임사영으로서는 구할 수가 없다는 것인데 하토 지방에서 화약을 산 사람이 있다는 소식을 듣고 이렇게 달려온 것이었다.

처음에는 단운평에게 화약을 부탁하려 했으나 화약을 구매하는 것은 국법에 의해 금하고 있기 때문에 스스로 움직일 수밖에 없었다. 괜히 잡히기라도 한다면 사후락의 얼굴을 어찌 본단 말인가. 부친과 호형호제하는 사이라서가 아니라 사후락은 임사영의 대부로 임우의 말보다 사후락의 말을 더 잘 듣는 임사영이었던 것이다.

"자네 부친이 묵철 가공하는 걸 보고서도 묵철을 구하러 그리 난린가?"

단운평의 묵뢰를 다듬기 위해 다른 일은 임사영에게 모두 맡기고 뒷산으로 가서 한 달 동안 밤낮없이 두들기고 또 두들겨 간신히 묵뢰를 몽둥이 모양이 아닌 도의 형태로 만든 임우였다. 임우는 단운평에게 도를 전해주고는 석 달이나 앓아누웠다. 다행히도 임우는 앓아누워서도 만족하는 미소를 짓고 있었다는 임사영의 말에 단운평은 부담을 덜 수 있었지만 그때 투덜거리던 임사영이 또다시 묵철을 가공하려 한다니 놀라지 않을 수 없었다.

"내가 묵철을 구하려는 건 그걸 가공해서 대장장이로서의 자부심을 가지려는 것이 아니야. 알다시피 묵철의 가격이 엄청나지 않나."

임사영이 피식 웃으며 말하자 단운평도 피식 웃었다. 사실 임사영은 장인 정신 같은 것에는 관심이 없었다. 단지 자그마한 단도를 만들 정도의 묵철을 캐기만 해도 평생 놀고먹을 정도의 돈을 가질 수 있다는 소리를 부친에게 듣고서 위험을 무릅쓰고 화약을 구하려는 것이었다.

"내게 이렇게 말해도 되는 건가? 화약을 구하는 것은 엄연히 국법을 위반하는 것인데."

"풋, 그 정도로 융통성있는 자라면 내 아버지에게 묵철덩어리를 맡기진 않았겠지."

임사영의 말에 단운평은 피식 웃었다.

"그건 그렇고, 언제까지 그걸 내게 맡겨두려 그랬나? 자, 받게."

부들거리는 손으로 건네주는 건 검은 천으로 둘둘 감싸여진 도, 묵뢰였다.

"제법 팔에 힘이 붙었군."

묵철의 무게를 한 팔로 버틸 정도라면 웬만한 역사와 겨루어도 지지 않을 정도로 팔 힘이 세어졌을 것이다.

"아버지가 묵철을 두들기면 내가 항상 그걸 옮겼지. 물에 담그고 다시 꺼내고 하는 것이 다 내 몫이었어. 뭐, 덕분에 이처럼 팔이 두꺼워졌으니 나름대로 나에게도 큰 수확이 있는 셈이지."

임사영은 자신의 팔뚝에 힘을 주어 근육을 보였다.

"자, 그럼 이제 속도를 조금 올리겠네."

단운평은 자랑스러워하는 그의 표정을 무시하며 고삐를 움켜잡았다. 그런 그의 행동에 투덜거리다가 두 눈을 감는 임사영을 보고 피식 웃던 단운평의 얼굴이 굳어지는 건 순간이었다.

'무림과 관련된 일은 그 무엇도 하지 않았다. 그럼에도 불구하고 내 무공이 발전하고 있음을 느낄 수가 있다. 나는 무림을 벗어난 것인가, 아니면 무림에서부터 도망치고 있는 것인가? 오늘의 일로 어쩌면 평온이 깨어질지도 모르겠군.'

단운평이 고개를 돌리자 어느새 코를 골며 느긋하게 기대어 자는 임사영이 보였다. 단운평은 고개를 젓고선 어느새 날이 밝아오는 길로 마차를 몰았다. 단운평은 고개를 들어 하늘을 바라보며 생각했다.

'아직은… 아직은 그곳으로 돌아가고 싶지 않다.'

第五章
거문계가

　강호십대세가. 정파의 기둥이라 불리는 구파일방과
더불어 천하를 호령하는 열 개의 세가.

　진주언가, 하남남궁가, 절강팽가, 사천당가, 호주혁련가, 개봉양가, 광
동진가, 섬서사도가, 양양제갈가와 더불어 십대세가의 한 축을 이루는 하
토서문가는 문, 무 모두 널리 이름이 알려진 세가로 하토 지방의 패자다.

　이러한 서문세가의 가주를 가리켜 사람들은 문무쌍절이라 불렀다.
그러나 당대의 서문세가주인 서문항비는 강호에서 문무쌍절이라는 별
호 대신 그의 애도의 이름과 같은 벽력도라는 별호로 불렸다. 그 이유
는 서문항비의 성격이 너무나 급해 벽력같기 때문이다.

　그러나 서문항비는 자신의 별호에 대해 별 불만을 가지지 않았다.
자신의 아들이자 강호팔걸 중 한 명인 서문호가 당대의 문무쌍절이란
평가를 듣고 있기 때문이다. 자신보다 아들이 뛰어난 자질을 가지고

있다고 평가를 받는 것에 불만을 가지는 부모가 어디 있겠는가.

"음, 요즘 다들 피하고 있단 말이야? 거참, 호 녀석마저 피하는 기색인데. 학문에 소홀히 해서 좀 더 책을 보아야 한다고 하지만 녀석이 정말 그 이유로 그러고 있는 것인지……. 책을 붙잡고 있으니 뭐라고 할 수도 없고."

서문항비는 관자놀이를 엄지손가락으로 누르면서 끙끙거렸다. 어젯밤 불현듯 떠오른 초식이 있어 그것을 시험해 보려 했건만 상대가 없다. 가주와 도를 나누는 것은 무례한 일이라며 이리저리 피하는 식솔들과 강호의 선배인 자신과 감히 겨룰 자신이 없다는 식객들, 그리고 이젠 나이도 있고 하니 주변 눈을 생각하라는 친우들까지. 서문항비는 속이 바싹 타 들어가고 있었다. 더구나 자신의 부인마저 다른 명숙들처럼 조용히 지내라고만 하니.

"홍, 조용히 지내라니 이젠 늙었다 이건가?"

서문항비는 인정할 수 없었다. 인심 쓰듯 한번씩 자신과 도를 나누는 서문호나 자신의 지기이자 일 년에 한 번 와서 장난 삼아 한 번씩 겨루어주는 제갈세가주의 말처럼 이제 도를 휘두를 일은 없다는 말을 인정할 수도 없고 인정하기도 싫었다.

사람이 늙는 것은 세월 탓이 아니다. 사람이 늙는 것은 주변과 그것을 인정하는 자신 탓이다. 답답한 마음에 자신의 방에서 나와서 세가를 돌아다니던 서문항비는 어디선가 풍기는 기막히게 좋은 냄새에 발길을 냄새가 나는 곳으로 옮겼다.

"어디서 이런 걸 배웠던 거야? 혹시 자네, 원래는 떠돌이 요리사였던 것인가?"

임사영이 단운평의 얼굴을 빤히 바라보며 하는 말에 단운평은 고개를 저었다.

"이건 사 어르신께 배운 거지. 마차로 물건을 각지에 배달하다 보니 누구보다 많은 음식을 맛보고 또 배울 수 있었다고 하시더군. 함께 지내며 어깨 너머로 배운 걸세."

단운평은 시장의 한구석에 있는 사후락의 집에서 함께 지내고 있었다.

"다 되어가는 거 같은데……."

그들 옆에 있던 공인서의 조카 공여와 주방에서 일하던 시녀들은 생전 처음 맡아보는 냄새에 호기심이 생겨 단운평이 조리하는 과정을 놓치지 않으려는 듯 그의 손을 뚫어지게 쳐다보고 있었다.

"당숙 어르신 덕분에 천하 별미라 불리는 오리화벽곡전을 맛보게 되었군."

단운평과 임사영을 불러 세가 내의 일꾼들과 마시던 술을 함께 먹자고 했던 공여는 자신의 선택이 훌륭한 것이었음에 흐뭇해졌다. 기분 나쁜 목소리와 무서운 외모에 모두들 멀찌감치 바라보던 단운평을 자신의 당숙이 보낸 자라면 사귀어볼 만한 사내라며 자리에 합석시킨 사람이 바로 공여였다.

그릇을 마차에 실어 보낸 것은 별일 아니었지만 그 값을 마부에게 맡기라는 서찰은 자신의 당숙이 이자를 어떻게 생각하는지 분명하게 알게 했다. 하여간 덕분에 중원에서 그 조리법을 아는 자가 쉰 명도 되지 않는다는 오리 요리의 진수를 맛보게 되었으니 그는 입이 찢어질 지경이었다.

"이제 되었군."

단운평의 말에 공여와 그 주변 사람들은 급히 오리 열 마리를 담을 그릇을 집어 들었다.

"어지간히 기다렸나 보군."

자신 역시 그 향에 입 안에 침이 가득했으나 애써 태연한 척 말하는 임사영의 모습에 공여와 단운평은 피식 웃었다.

"자, 다시 술을 들자고."

공여의 말에 푸짐한 안주와 더불어 다시금 술잔을 높이 들었다. 그 순간 어디선가 작은 목소리가 들려왔다.

"나도 같이해도 되겠나?"

"어서 앉아 술잔 들게."

그 목소리에 공여는 기분 좋게 대꾸하면서 고개를 돌렸다. 순간 공여는 자리에서 벌떡 일어났는데 단운평이 공여를 바라보니 공여의 안색이 흑빛으로 변해 있었다.

"가, 가주님."

순간 일대를 휩쓴 적막. 그러나 그 적막 속에서 쩝쩝대는 소리가 들리는 곳이 있었다.

"제기, 먹는 데 무슨 위아래가 있어. 맛난 거 있음 같이 먹으면 되는 거지."

임사영은 나름대로 혼자 중얼거리는 말이었지만 바늘 하나 떨어지는 소리마저 크게 들릴 이 상황에선 너무나 큰 목소리였다. 임사영의 툴툴거림에 공여의 얼굴이 하얗게 질려 버렸다.

"하하하, 맞는 말이야. 내가 음식을 얻어먹는 입장이지. 신나게 먹으라고."

서문항비는 그렇지 않아도 입 안 가득 침이 고여 있건만 어색한 상황에 이러지도 저러지도 못하고 있었는데 임사영의 말 덕분에 그 상황을 벗어날 수가 있어 다행이라고 생각했다. 사실 식솔들이 무언가를 먹고 있는

데 몰래 다가간 것도 가주의 체면을 구기는 일이건만 그들이 먹으려는 것을 방해한 것처럼 되어버렸으니 소문이라도 날까 걱정되는 상황이었다.

서문항비는 기분 좋게 웃고서는 자리에 털썩 주저앉아 오리 한 마리를 집어 들고선 오리 다리를 쭉 찢어 입 안에 넣었다. 임사영의 태도에 순간 천국과 지옥을 오가던 공여는 서문항비의 모습에 안도의 한숨을 쉬고는 다시 술잔을 들었다.

"가주님께서도 참석하셨으니 우리 신나게 마셔보자."

공여는 술잔을 쭉 들이키고는 오리 고기를 집어 들었다. 그런 그의 모습에 서문항비는 씩 웃었다.

'괜찮은 녀석이군. 총관이 밑에 괜찮은 녀석이 있다던데 저 녀석이군. 배짱도 있고 사람도 잘 다루고.'

서문항비는 이제 늙어서 자신의 고향으로 돌아가겠다던 총관의 말을 생각하며 차기 총관으로 공여를 마음에 담았다.

'그건 그렇고, 이것 참.'

강호십대세가의 한곳인 서문세가의 주인인만큼 자신이 먹는 음식 중에는 중원의 이름난 별미가 많았다. 그러나 자신의 입에 이처럼 잘 맞는 오리 음식이 있다니.

공여 옆으로 가서 속닥이던 임사영은 구시렁거리다가 서문항비 앞으로 갔다. 물론 떨리는 자신의 가슴을 진정시켜 줄 단운평을 끌고 와 한 손으로 그의 옷자락을 잡는 것을 잊지 않았다.

"서문세가주님, 저기……."

기분 좋게 음식을 먹고 있는데 방해를 하니 내심 화가 났지만 맛 좋은 음식을 먹고 화를 내는 것은 좋지 않은 일이라고 생각한 서문항비는 꾹 참고서 고개를 들었다.

"무슨 일인가?"

그가 이곳에 참석하려 했을 때 구시렁거리던 놈이다. 웃고 지나갔지만 내심 괘씸한 마음도 없지 않았기에 퉁명스럽게 물었다.

"사실 제가 이곳에 온 건……."

임사영은 자신이 이곳에 온 이유에 대해서 자세히 설명했다. 물론 설명하는 동안 단운평이 움직이려 할 때마다 옷자락을 잡아당기는 것을 잊지 않았다.

"화약을 구한다라……. 묵철이 있다? 그걸 서문가에 팔겠다고?"

짧은 문장 몇 개로 임사영의 말을 요약한 서문항비는 임사영을 가만히 보았다. 묵철이라면 구미가 당기는 말이다.

"네놈이 그것을 판다는 보장이 있느냐? 게다가 묵철을 가공까지 해서 판다니, 그 정도의 실력이 있다고 어찌 믿을 수 있겠는가?"

서문가에서 소량의 화약을 구하는 것은 어렵지 않다. 또한 관청에 화약의 사용 허가를 받는 것도 어렵지 않은 일이었다. 그러나 그것은 자신들이 사용한다는 조건이 붙는 일이지 지금처럼 누군가에게 주는 일은 자신에게도 쉽지 않은 일이었다.

"물론 저를 믿지 못하시는 것은 당연합니다만 묵철을 얻기 위해선 그 정도 모험은 하는 것이 좋지 않습니까?"

임사영의 말에 서문항비는 다시금 기분이 좋아졌다. 남자는 자고로 배짱이 있어야 한다고 생각하는 그의 마음에 쏙 드는 말이었다. 특히나 모험이란 말은 서문항비에게 조그만 떨림마저 가지게 하였다.

"좋다. 오늘은 여기서 자고 내일 아침에 다시 이야기하지. 그건 그렇고, 저 녀석은 뭐냐?"

입이 귀까지 걸린 임사영은 갑작스런 서문항비의 말에 단운평의 옷자락을 놓아주었다.

"저는 오늘 이곳에 그릇을 배달해 온 마부입니다."

차분한 단운평의 말투에 서문항비는 고개를 갸웃거렸다.

'저 심통맞아 보이는 녀석이 불안해서 잡아끌어 들일 정도의 사내라면 뭔가 있는 듯한데…….'

천하의 서문세가주에게 툴툴거렸던 사내가 의지하기 위해 옷자락을 쥔 상대다. 단순한 마부일 리가 없다. 아니, 그런 것을 떠나 흑의사내를 보는 순간 느껴지는 묘한 기운에 서문항비는 가슴이 설레기 시작했다.

"누구냐?"

조금 전과는 전혀 다른 목소리다. 무거운 서문항비의 목소리에 임사영은 목덜미에 한기를 느꼈다. 서늘한 느낌에 온몸에 돋는 소름. 임사영은 말을 더듬거렸다.

"저, 저는……."

"너에게 묻는 것이 아니다!"

차가운 그의 음성에 떨어져 있던 공여 등도 긴장하지 않을 수 없었다. 서문항비는 더욱 긴장되었다. 처음에는 몰랐지만 시간이 지날수록 마부라는 사내가 범상치 않게 보였던 것이다. 두꺼운 손은 시장에서 긴 시간을 보낸 이라면 누구나 그런 것이니 신경이 쓰이지 않았지만 머리칼 사이로 얼핏 보이는 상흔들은 결코 일상 중에 생기는 것이 아니었다.

물론 시장은 돈이 빠르게 돌고 도는 곳이라 크고 작은 다툼이 항상 일어나는 곳이기에 저러한 상흔들이 특별하지는 않지만 긴 세월을 무림에서 보낸 서문항비의 눈에 분명 그 상흔들은 크고 작은 무기들로 인한 것이었다. 저러한 상흔을 가진 자라면 둘 중에 하나다. 무림인,

혹은 전쟁터에서 살아온 무사. 서문항비는 단운평을 시험해 보기 위해 살기를 뿜어냈다.

"그릇을 배달하러 온 마부입니다만 무언가 가주님의 마음을 상하게 했다면 당장이라도 떠나겠습니다."

차분한 단운평의 대답에 서문항비는 당황하지 않을 수 없었다.

'내공이 없거나 너무나 실력이 미천한 자라서 내 기를 읽지 못하는 것인가? 아니면 내 기를 무시할 정도로 고수라는 말인가?'

만에 하나 자신의 추측이 틀렸다면 천하의 서문세가주가 한낱 마부에게 시비를 건 것이 되어버린다. 하지만 서문항비는 이내 고개를 저었다. 긴 세월 동안 만들어진 사람을 보는 눈이다. 서문항비는 자신의 직감을 믿었다.

그때였다. 서문항비의 눈에 단운평의 허리춤에 걸린 묵도가 들어왔다.

'이런…….'

서문항비는 자신의 피가 싸늘히 식는 것을 느꼈다. 상대는 고수다. 자신의 살기를 태연하게 넘겨 버린 것이 틀림없었다.

"무슨 의도로……."

"너무 깊게 생각하지 마십시오. 말씀드린 것처럼 마부 이상도 이하도 아닙니다."

서문항비의 생각을 눈치챈 단운평은 급히 그의 말을 막으며 자리를 털고 일어섰다.

"저는 단지 그릇을 배달하기 위해서 온 것일 뿐 이곳에 어떠한 위해를 가하기 위해 숨어들어 온 것이 아닙니다."

단운평의 말에 서문항비 역시 자리를 털고 일어섰다. 그리고선 입안 가득한 오리 고기를 삼켰다.

'어쨌든 요리 한번 기막히군.'

"역시 몸을 움직이지 않고 가만히 있었더니 내가 약해진 것이야. 상대를 알아보지도 못할 정도로 어설퍼졌다니."

남아 있는 요리를 아쉬운 눈으로 바라보던 서문항비는 몸을 돌려 어디론가로 걸어갔다. 공여가 그를 불렀지만 서문항비는 들은 척도 하지 않았다.

"이봐, 마부. 날 따라오게."

갑작스런 서문항비의 전음에 단운평은 당황하지 않을 수 없었다. 그러나 이어지는 그의 전음에 한숨을 쉬고는 서문항비가 사라진 곳을 바라보았다.

"따라오지 않는다면 그릇도 반환시키고 화약 건도 없던 일로 할 것이니 그리 알게."

자신과는 상관없는 일이다. 그러나 자신의 일로 남에게 피해를 줄 수는 없다. 몸을 일으켜 서문항비가 사라진 곳으로 향하는 단운평의 뒷모습을 바라보던 임사영은 공여 옆으로 다가가 술잔을 건넸다.

"술이나 원없이 마십시다. 서문 가주님이 마부에게 할 말이 무엇인지 몰라도 우리와는 무관하지 않겠소."

그의 말에 공여는 시선을 돌려 임사영을 바라보았다. 때로는 아무런 생각 없이 행동하는 사람이 부러웠다.

"좋소. 가주님께서 허락한 자리이니 오늘 아니면 언제 또 이렇게 멋진 안주로 술을 먹겠소."

공여는 자신이 고민해도 알 수 없는 일에 더 이상 심력을 소비하고 싶지 않았다. 때문에 주방에 숨겨둔 자신의 술을 꺼내와서 임사영과 주거니 받거니 술을 마셨다.

"으휴, 벽력도를 피하기 위해서 책을 잡고 있긴 하지만 이게 무슨 짓인지……."

서문호는 며칠째 책만 잡고 있는 자신의 모습에 한숨이 절로 나왔다. 부친인 서문항비와 비무를 하고 나면 온몸이 성한 곳이 없도록 멍이 들기 때문에 그와의 비무는 최대한 피하려 하는 서문호였다. 공부를 해야 한다고 변명을 했기에 며칠간은 책을 더 잡고 있어야 하지만 왠지 한심한 생각이 들었다.

"제갈 형들이랑 만나기로 한 날이 내일이건만……."

책을 덮고 일어선 그는 답답한 마음을 풀어보려 도를 들고 후원에 있는 연무장으로 향했다. 이 시간이면 부친이 잠자리에 들었을 거라는 생각이었다. 그런데 저기 달빛 아래 보이는 얼굴은 부친이 아닌가. 급히 몸을 구석으로 숨긴 서문호는 연무장을 향해 귀를 기울였다.

"자네 이름이 뭔가?"

부드러운 어조. 하지만 방심할 수 없는 단운평은 가만히 그를 바라보다가 입을 열었다.

"단운평이라고 합니다만 도대체 무슨 이유로 저를 이렇게 부르셨습니까?"

십대세가의 한곳인 이곳의 위세와 눈앞의 중년 사내가 가진 힘에 대해서도 잘 알고 있다. 그런 그가 자신을 단순히 마부라 생각하고 불러냈을 리가 없다는 것을 알기에 긴장을 늦출 수가 없는 단운평이었다.

"경공을 펼쳐 이곳으로 왔건만 조금도 뒤처지지 않고 날 따라올 수 있었군. 역시 무공을 익힌 몸이었어."

그의 말에 단운평은 아차 하지 않을 수 없었다. 어둠 속에서 앞서 가는 서문항비의 뒤를 쫓다 보니 자신도 모르게 경공을 사용한 것이다.

"몸이 재산인지라 그저 감기 걱정 없이 지낼 정도일 뿐입니다."

통하지 않을 변명이란 것을 잘 알고 있다. 하지만 피할 수 있는 한 피해보려 했다.

"그래?"

서문항비는 가볍게 말하고선 연무장 바닥에 놓여 있는 도를 들어 휘둘렀다.

사락.

단운평의 얼굴을 덮고 있던 머리칼 한 줌이 떨어졌다.

"독안(獨眼)이군."

짧은 순간 드러난 그의 얼굴을 본 서문항비는 피식 웃었다.

서문항비는 급한 성정을 가졌으나 편협하거나 어리석지는 않았다. 지금의 행동은 다만 단운평의 마음을 흔들어보기 위한 웃음이었다. 바보에게 바보라고 말하는 것만큼 잔인한 일이 또 있을까?

"예, 제 부주의로 한쪽을 잃어버렸습니다."

아무렇지 않다는 듯 가볍게 대답하는 단운평. 서문항비는 그의 대답에 침을 꿀꺽 삼켰다. 생각 이상의 수련을 행한 자가 틀림없다.

"나로서는 자네가 단지 이곳에 그릇을 배달하기 위해 온 것이라고는 믿기가 힘들구먼. 알다시피 무림인은 그런 일을 하지 않는다네."

서문항비는 가볍게 어깨를 돌려 몸의 긴장을 높여갔다.

저벅.

단 한 걸음. 서문항비는 눈앞의 사내가 자신에게 한 걸음 다가서자 머리칼이 서는 느낌을 받았다.

'두려움?

너무나 오랜만에 느끼는 감정이라 낯설게 느껴지지만 이 기분은 분명 두려움이다.

"믿지 못하신다 할지라도 사실입니다."

갑자기 커 보이는 단운평의 모습에 서문항비는 침을 꿀꺽 삼키고는 온몸에 기를 돌렸다.

"어찌 되었든 현 무림의 정세는 그리 가벼운 게 아니라서 말이지. 자네를 시험해 보지 않고선 안심할 수가 없네."

천앙의 무리들 움직임이 조용한 상태지만 안심할 수 없는 시점이다. 어디까지나 서문항비는 서문세가의 가주다. 혹시나 첩자일지도 모를 상대의 말만 듣고서 그냥 보낼 수는 없는 일이다.

"알겠습니다."

단운평은 더 이상 말이 통하지 않는 상황임을 알아채고선 오른발을 뒤로 하고 왼쪽 다리를 약간 굽힌 채 서문항비의 공격을 기다렸다.

'대단한 자신감이군.'

일반적으로 무림의 선배가 후배에게 선공을 양보한다. 단운평이 그 사실을 모르고 있을 리가 없건만 수비 자세를 취하고 있다. 서문항비는 단운평을 노려보다가 앞으로 달려갔다. 상대는 첩자일지도 모르는 인물. 예의를 차리며 선공을 양보할 이유가 없었다.

"아, 아버지!"

부친과 단운평의 모습에 그들에게로 다가가려던 서문호는 부친의 출수에 놀라 멈춰 섰다. 무시무시한 도의 움직임이다. 평소 자신과의 비무 시에 보였던 움직임과는 많은 차이가 있었다. 한 수 한 수가 살기등등해 보고 있는 서문호의 등에 식은땀이 날 지경이었다.

그러나 부친의 움직임보다 훨씬 놀라운 것은 상대의 움직임이었다. 달빛에 보이는 상대의 모습은 분명하지 않았으나 머리칼의 색이나 신형(身形)은 젊은 사내임이 틀림없건만 부친의 무시무시한 공격을 가볍게 피해내고 있지 않은가.

'누구지?'

서문호는 강호팔걸 중 일인으로 자신의 연배에서 자신의 수준에 도달한 이가 채 스물이 되지 않음을 잘 알고 있었다. 하나 자신과 비슷한 연배의 인물 중에 부친의 공격을 가볍게 피할 정도의 수준이 되는 이는 아무도 없다는 것도 분명하게 알고 있었다. 부친의 무공 실력에 절대적인 자신감을 가지고 있는 서문호였으나 시간이 흐를수록 불안감이 커져 갔다.

"흡."

단운평은 다시금 서문항비의 도가 날아오자 급히 몸을 움직였다. 연무장을 가득 메운 도의 잔영들. 서문항비가 펼친 초식은 자신의 독문 무공인 벽력도법의 제삼초식 뇌붕(雷崩)이었다. 강한 내력이 뒷받침되지 않으면 시전할 수 없는 초식으로 간단한 동작으로 이루어졌으나 강력한 힘을 숨기고 있어 상대에게 적중했을 때는 심각한 상처를 주게 된다. 서문항비는 초식을 시전한 후 길게 숨을 들이키고는 도를 가슴에 붙여 상대의 반격에 대비했다.

'적중시키지 못하다니……. 분명 눈앞에 있었건만.'

도법을 펼친 순간 눈앞에서 사내가 사라졌음을 알아차린 서문항비는 사방을 둘러보았다. 방금 펼친 도법으로 인해 연무장에 먼지가 일어나 서문항비가 단운평의 모습을 순간 놓치게 된 것이다.

그 순간 단운평은 급히 몸을 움직여 서문항비의 뒤쪽으로 몸을 옮겨 있었다. 최대한 몸을 가볍게 하고서 앞으로 쏘아져 나가는 단운평의 움직임은 어떠한 소음도 발생시키지 않았다. 그 모습에 서문호는 앞으로 뛰어나오며 소리쳤다.

"조심하십시오! 뒤쪽에 있습니다!"

펑!

폭음과 함께 단운평의 발끝이 서문항비가 들고 있는 도면에 부딪쳤다. 순간 서문항비의 얼굴이 붉어졌다.

"이놈! 어디서 끼어드는 것이냐!"

무서운 일갈. 비무라고 부르기는 조금 무리가 있지만 그래도 일 대일의 겨룸에 끼어들다니……. 서문항비의 분노에 찬 일갈에 서문호 역시 자신의 실수를 깨닫고는 얼굴을 붉혔다. 부친의 위험한 상황에 실수를 한 것이다.

"이제 그만 하시는 게 어떻습니까?"

단운평의 담담한 어조에 서문항비는 고개를 돌려 단운평의 얼굴을 바라보았다. 머리칼 때문에 얼굴이 분명하게 보이지는 않았지만 서문항비는 알 수 있었다. 단운평은 분명 자신의 얼굴을 직시하고 있을 것이다.

"아직 본 실력을 보지 못했다."

서문항비의 말에 단운평은 가슴이 설레기 시작했다.

'오랜만이군, 이 감정은.'

긴장감, 그리고 약간의 흥분. 서문항비의 표정이 변하는 순간 단운평의 팔에도 소름이 돋기 시작했다.

도를 들어 도신을 가슴에 붙인 서문항비는 바닥을 박차고 뛰어올라 단운평에게 다가왔다. 그리고 몸을 회전하며 도를 뻗었다. 회전력에 도의 무게를 더해 가해지는 공격. 벽력도법 제사초식 격천세의 모습이었다.

파박!

서문호의 예상과는 다르게 뒤로 물러서지 않고 앞으로 달려간 단운평은 허리를 뒤로 젖혀 서문항비의 도를 피하고선 급히 상체를 바로 세운 후 주먹을 뻗었다. 상대가 도를 피한 순간 도를 다시금 몸에 붙인 서문항비는 단운평의 주먹을 도면으로 받아내고선 회전을 멈추고 도를 치켜들었다.

붕!

눈앞에서 무언가가 움직인다고 느끼는 순간 서문항비는 도를 놓치고 말았다.

타당!

도가 바닥에 떨어지는 순간 단운평의 신형이 뒤로 물러나며 처음의 수비 자세를 취했다.

"어떻… 게 된 거지?"

서문항비는 지금의 상황이 믿기지가 않았다. 분명 단운평의 주먹을 막았다. 그런데 이어진 상황은 눈에 보이지 않았다.

물론 떨어져 있던 서문호의 눈에는 모든 것이 들어왔다. 단운평은 주먹이 막힌 순간 그 반동으로 반대쪽으로 회전하며 상체를 숙이면서 다리를 들어 올려 부친이 들고 있던 도신을 차버린 것이었다. 워낙에 빠른 몸의 회전이고 또 다리를 높이 드는 것과 반대로 상체를 숙였기에 부친의 눈에는 눈앞의 상대가 갑자기 사라진 듯 느낄 수도 있음을 알 수 있었다.

터벅터벅 떨어진 도로 향한 서문항비는 멍한 표정으로 도를 집어 들고는 기합성과 함께 단운평에게 다시금 달려들었다.

파박!

어느새 달려든 서문호가 서문항비의 앞을 막아섰다. 아들의 모습을 본 서문항비는 그제야 제정신을 차릴 수 있었다.

"첩자라고 하기엔 너무나 대단한 실력을 지녔군."

첩자는 어느 수준 이상의 무공을 지녀야 하지만 그 수준 이상의 뛰어난 무공을 지닌 자는 첩자가 되지는 않는다. 모순이 되는 이 일은 첩자가 지닌 위험성 때문에 발생하는 일로 첩자는 말 그대로 적지에 홀로 숨어들어 가는 것이어서 성공보다는 실패의 경우가 많기에 지나치게 뛰어난 인재는 첩자로 활용하지 않는다. 물론 예외의 경우도 있지만 천하의 서문세가주를 넘어서는 실력을 지닌 자가 첩자일 리가 없다. 차라리 암살을 할지라도 이렇게 모습을 드러내고 움직일 리는 절대로 없다.

"아버지."

서문호는 낮은 목소리로 부친을 불렀다. 믿을 수 없는 일이지만 눈앞의 사내는 부친보다 강하다. 이제 겨루는 것보단 지금의 패배를 수습하는 것이 문제였다. 혹시라도 이 일이 강호에 새어나가면 적지 않은 타격이 된다. 무림은 힘의 법칙이 작용하는 세계. 이름없는 무인에게 서문세가주가 졌다는 소문이 돌게 되면 어중이떠중이들이 서문세가에 도전장을 던지며 자신들을 무시하게 될지도 모르는 상황이 된 것이다.

아들의 고민하는 표정을 본 서문항비의 눈동자가 가볍게 떨렸다. 아버지란 존재는 아들에게 세상 누구보다 강한 존재로 남고 싶어하는 법이다. 자신이 터무니없게 패하는 모습을 가장 보이기 싫은 사람에게 보이고 말았다. 하나 이미 패배는 결정된 상태. 서문호가 걱정하는 일을 처리해야 할 사람이 바로 서문항비 본인이다.

"자넨 누군가?"

네 녀석이라는 표현에서 조금은 나아진 표현이다. 단운평은 한숨을 쉬고선 말했다.

"몇 번을 물어보신다 할지라도 제가 단지 마부로 이곳에 온 것은 변함없는 사실입니다."

단운평의 말에 서문항비와 서문호의 표정이 묘하게 변했다. 서문항비는 자신의 잘못된 예상으로 인한 패배라는 생각에 자책감이 들었고, 서문호는 마부라는 말에 어처구니가 없어진 것이다.

"자네 정도의 무공을 지닌 이가 어째서 마부를 하고 있는 것인가?"

아직 완전히 의구심이 사라진 것이 아닌 서문항비의 물음에 단운평은 나직하게 말했다.

"제가 누구인지 궁금해져서 그런 겁니다. 오해를 유발했다면 사과드리겠습니다."

단운평의 말이 의미하는 바를 서문호는 알 수 없었지만 서문항비는 알 수 있었다. 자신 역시 겪었던 문제였다. 수많은 이를 베어내고 또 많은 이들의 적의를 온몸으로 받아냈던 어느 날 문득 자신이 누구인지, 무엇 때문에 무공을 익히고 또 사람을 베고 있는지 알 수 없게 된 것이다. 그리고 무엇보다 피가 익숙해진 자신이 두려워져 버려 한동안 무림을 떠나려 했다. 그때 서문호가 태어나고 크고 작은 일들이 계속되면서 고민들은 자연스럽게 사라졌다.

단운평이라는 사내는 이제 이십대 후반으로 보이건만 그러한 고민을 가지게 되었다니 서문항비는 놀람과 더불어 미안한 감정이 들었다. 이러한 사내에게 강제로 무공을 펼치게 해서는 안 된다. 더군다나 조금 전에는 신체적인 약점을 비웃기까지 했다. 물론 악의를 가지고 한 행동은 아니지만 분명 상대의 마음에 상처를 주는 행동이었다.

"미안하네. 자네가 무공을 숨긴 것을 알고는 혹시나 우리 세가에 숨어든 사람이 아닌가 생각했었네."

단운평은 갑작스런 그의 사과에 가볍게 고개를 끄덕였다.

"이해합니다. 크게 다친 사람도 없고 하니 저는 이만 가보겠습니다."

단운평으로선 한시라도 빨리 이곳에서 벗어나고 싶었다. 아직은 무림으로 돌아가고 싶지 않았다. 하지만 단운평을 그냥 보낼 수 없는 서문항비와 서문호였다.

"잠시만 기다리게."

몸을 돌리려던 단운평은 서문항비의 부름에 고개를 돌려 그를 바라보았다.

"단 소협과 할 이야기가 있으니 너는 물러나 있거라."

서문호는 부친과 단운평만을 두고 물러서고 싶지는 않았지만 이제부터의 상황은 가주로서 해결해야 할 문제. 비록 차기 가주로 예정되어 있고 서문세가의 장자 신분인 서문호였지만 서문항비의 명을 따르지 않을 수 없었다. 서문호의 신형이 사라지자 단운평이 먼저 입을 열었다.

"오늘 일은 없었던 일입니다."

단운평도 알고 있다. 명예를 생명처럼 여기는 무인에게 오늘의 일이 어떠한 의미를 지니는가를. 하지만 서문항비가 서문호를 물린 것은 그러한 이유뿐이 아니었다.

"무림에서의 긴 경험으로 알 수 있다네. 자네처럼 엄청난 무공을 지니고도 어느 곳에 적을 두고 있지 않다는 것은 세 가지 경우로 생각할 수 있지. 첫 번째는 다른 이들과의 소통이 자연스럽지 못한 독불장군이지. 버르장머리없는 대장장이 녀석과 함께 있으며 녀석의 말을 받아주는 것을 보아 그런 것 같지는 않고. 두 번째는 쫓기고 있는 경우지. 하나 자네의 경우 쫓기는 자의 긴장 같은 것이 느껴지지 않더군. 아무리 강한 사람이라 할지라도 쫓기는 자에게는 여유가 부족한 것이 당연한 일이니까. 마지막으로는 개인적인 원한으로 누군가를 쫓고 있는 경우가 있다네. 내 생각으로는 마지막 경우가 아닌가 하는데……."

편향된 시각이다. 정파의 입장에서 보면 그렇게 생각될지도 모르지만 실제로 어떤 곳에 소속되지 않은 이들의 대부분은 그저 집단에 소속되고 싶지 않아서, 그리고 규칙 따위에 억압되기 싫어서 한곳에 적을 두지 않은 경우가 대부분이다. 자신들의 기준으로 생각하는 것이리라. 그러나 운 좋게도 이번에는 정답이 되어버렸다.

"……."

단운평의 침묵에 서문항비는 속으로 쾌재를 불렀지만 겉으로는 차분한 기색으로 말을 이었다.

"찾는 이가 누구인지 알려준다면 내가 그자의 흔적을 찾아줄 수 있네. 우리 가문은 무림과 유림, 그리고 관과도 어느 정도 친분이 있다네. 때문에 세가주를 문무쌍절이라고 하지."

단운평은 위험을 감지했다. 서문항비의 입장에선 자신을 어떠한 수를 써서라도 죽이고 자신의 패배를 감추고 싶을 것이건만 이렇게 갑작스럽게 손을 내밀다니 무언가 있는 것이 틀림없었다.

"조건이 뭡니까?"

단운평의 목소리가 보다 낮아졌다. 세상에는 공짜가 없다는 것을 누구보다 잘 알고 있는 단운평이다. 조건없이 이러한 말을 할 리가 없다.

"별건 아니고, 한 가지 부탁이 있네."

분명히 특별한 것이 아닐 리가 없다. 서문항비의 입이 열리고 조건이 알려지는 순간 단운평의 얼굴이 굳어졌다. 결국 서문항비는 자신을 무림으로 끌어내려 한다. 하나 이젠 돌이킬 수 없는 상황이다. 자신이 거절한다면 자신을 노리는 적이 될 것이다. 그리고 그것은 지금껏 친하게 지냈던 시장 상인들의 생명이 위협을 받게 된다는 의미다.

한참을 이야기하던 두 사람은 적절한 합의를 보고 연무장을 나섰다. 그러나 단운평이 생각지 못한 두 가지가 있었다. 첫 번째는 서문항비가 단운평을 죽이려는 생각을 하지 못할 정도로 단운평의 무공이 뛰어나다는 것이고, 두 번째는 서문항비가 안정을 찾으면서 단운평의 무공이 무엇인지 알아차렸다는 것이다. 만약 서문항비가 단운평의 무공이 무엇인지 몰랐다면 결코 이러한 협상은 하지 않았을 것이다.

단운평이 서문세가를 다녀온 지 두 달의 시간이 흘렀다. 그동안 임사영은 서문세가로부터 받은 화약으로 뒷산에 있던 바위를 부쉈다. 그리고 단운평은 아무 일도 없었던 것처럼 부지런히 일을 했다. 달라진 것이라면 단운평이 시장 상인들과의 대화가 줄어들었다는 것이다.

"내일쯤 가려는 거냐?"

사후락의 말에 단운평은 움찔했다.

"조금씩 네놈 자리를 정리하고 있음을 모를 줄 알았느냐? 언제까지고 이곳에 있을 거라고는 생각지 않았지만 그래도 함께한 시장 상인들에게 인사는 하고 떠나야 되지 않겠느냐?"

사후락의 말에 단운평은 쓸쓸한 눈으로 그를 바라보았다.

"제가 어디로 가는지, 또 어떠한 사람인지 알고 있다는 것만으로도 위험에 처할 수 있습니다."

간단한 설명이다. 무림에 대해서 자세히 알진 못했지만 중원 전역을 다닌 사후락이다. 그가 말하는 의미를 모를 정도로 머리가 나쁘지 않았다.

"일 년은… 있을 거라고 생각했건만……."

사후락의 말에 단운평은 조용히 품에서 주머니 하나를 꺼냈다.

"어르신이 제게 주신 마차 삯입니다."

"새 마차를 사면서 필요가 없어져서 준 것이다."

사후락의 말에 단운평은 고개를 저었다.

"이곳에 재워주신 값과 아버지가 돌아가신 뒤로 처음으로 느낀 따뜻함에 해드릴 수 있는 유일한 보답입니다. 더 드리고 싶지만 그 이상은 오히려 해가 될까 두려워 드리지 못함이 아쉬울 뿐입니다."

사후락은 더 이상 사양할 수가 없었다.

"보중하십시오."

허리를 깊숙이 숙여 인사를 한 단운평은 집을 나서 마차에 올랐다. 그리고 단 한 번도 고개를 돌리지 않고 마차를 몰고 사라졌다. 그런 그의 뒷모습을 바라보던 사후락은 단운평의 모습이 사라지는 곳을 한참 동안 바라보다 손에 들린 주머니를 풀어보았다.

"금, 금, 금 천 냥……!"

사후락은 두 눈이 휘둥그레졌다. 사후락으로서는 알 수 없었지만 단운평이 황룡보를 떠나면서 받은 전표 중의 일부였다.

천하 무림인은 모여라!

무림맹에서 내려진 말에 천하 무인들은 흥분을 감추지 못했다. 천하 정파인들이 힘을 합쳐 결성한 무림맹이 정사를 가리지 않고 무인들을 받아들이기로 결정한 것이다.

길어진 천앙과의 싸움으로 지쳐 가던 천하의 무림인들은 무림맹의 결정에 환호성을 질렀다. 물론 대부분의 사파인들은 무림맹에 가입하려는 의사가 전혀 없었지만 정사지간에서 사파에도, 무림맹에도 가입하지 못하던 중소문파들은 무림맹이라는 거대한 보호막을 얻을 수 있었던 것이다.

무림맹이 힘을 모으자 사파의 무인들은 침묵을 유지했다. 무림맹이 커질수록 반발하는 것이 사파였지만 의외로 조용히 사태를 지켜보는 것이었다. 그리고 또다시 무림맹의 명이 천하를 울렸다.

천하를 위해 아낌없이 힘을 사용할 젊은 무인들은 무림맹으로 오라!

천단. 하늘의 군단이라 불리게 될 젊은 고수를 모으는 무림맹의 계획에 천하 정파의 젊은 무인들은 무림맹으로 속속 집합하였다. 그리고 그러한 젊은 무인들이 무림맹에 모이는 계획에 천앙의 방해가 시작되었다.

"아버님, 천단을 향해서 가기 위해서는 조금 기다리는 것이 좋을 듯합니다만……."

서문호의 말에 서문항비는 고개를 저었다. 안전을 생각하면 서문호의 말이 옳았다. 하나 그가 미처 고려하지 못한 것이 있었다.

"아니, 한시라도 빨리 가야 한다."

천앙의 세력이 어느 한곳이라도 습격한 후에 움직이는 것이 보다 안전하건만 부친은 그래서는 안 된다고 말하고 있었다. 눈에 의구심이 가득한 서문호를 바라보던 서문항비는 벽에 걸린 도를 들어 서문호에게 건넸다.

"습격하는 무리들의 규모나 무공 수준 등을 파악하고 움직이는 것이 분명 안전한 결정이다. 그러나 네가 아직 생각하지 못하는 것이 있다. 무림맹이나 천하인들은 무림맹에 빨리 도착하는 것이 다른 세력보다 용맹하다고 생각하는 일부 무림인이 있다는 것이다. 그들도 그것이 안전하다는 것쯤은 알고 있지만 천하의 안위를 위해 용맹하게 움직였다는 것이지."

"그, 그런 멍청한……."

이해할 수 없는 일이다. 하나 서문항비가 말하는 의미는 분명히 알아들을 수 있었다. 어느 쪽이 빨리 도달하는 것이냐 하는 것이 명예와 관련이 된다.

"내일 아침에 떠나겠습니다."

멍청한 행동이라고 말하는 이가 있어도 어쩔 수 없다. 멍청하다는 소리는 참을 수 있어도 겁쟁이라는 말을 참을 수 있는 무인은 없기 때문이다. 서문항비는 급히 신입 총관 공여를 불러 준비를 시켰다. 서문호는 세가의 이곳저곳을 돌며 인사를 하고 일찍 잠자리에 들었다.

다음날 새벽. 위험한 길을 떠나려다 보니 긴장이 되어 서문호는 일찍 일어났다. 옷을 입고 어젯밤 부친이 준 도를 들고 방을 나가 가볍게 도를 휘둘러 마음의 안정을 찾았는데 어느새 그의 뒤로 서문항비가 모습을 드러냈다.

"일찍 일어났구나."

부친의 목소리에 서문호는 급히 몸을 돌려 인사를 했다.

"안녕히 주무셨습니까? 조금 긴장이 됩니다. 그런데 어제 세가의 어르신들께 인사를 드리면서 여쭤보았지만 저와 함께 가신다는 분이 없으시던데 누가 저와 같이 길을 떠나게 되는 겁니까?"

천앙 무리의 습격이 예상되는 바, 각 무가들은 장로급의 무인들을 함께 보냈다. 그런데 서문호가 물어봐도 아무도 가주의 명을 듣지 못했다고 말할 뿐이어서 서문호로서는 궁금하지 않을 수 없었다. 제법

긴 여행이다 보니 강한 무공을 지닌 사람과 가는 것도 중요하지만 서로 마음이 맞아 가는 동안 기분 상할 일이 없는 것이 좋기 때문이었다.

"일단 식사부터 하자. 널 무림맹에 데려다줄 사람은 아직 도착하지 않았다."

'도착하지 않았다니?'

세가의 인물이 아니란 말이라 궁금증이 커졌지만 부친이 자신의 팔을 잡아끌자 더 이상 물을 수가 없었다. 식사 후 세가의 정문 앞에 선 서문호는 생전 처음으로 부친을 노려보았다.

"어서 오시게. 이놈을 잘 부탁하네."

서문호는 기가 찼다. 자신이 말이 아니라 여인들이나 나이 많은 무림의 고인들이 타는 마차를 타고 가야 하기 때문이 아니었다. 저 마부는 얼마 전에 부친과 겨루던 그 괴물처럼 강한 인물이 아닌가.

그렇다. 서문호가 무림맹까지 도달할 동안 안전을 책임질 사람은 다름 아닌 단운평이었다.

"이, 이것이 어떻게……?"

서문호의 놀란 모습은 눈에 보이지도 않는다는 듯 서문항비는 태연하게 서문호를 마차로 밀었다.

"네 노자나 기타 사항은 전부 단 소협에게 맡겼으니 그리 알거라."

서문항비의 말에 서문호의 안색이 노랗게 변해 버렸다. 주변의 얼어붙은 식솔들은 상관없다는 듯 서문항비는 기분 좋게 웃으며 떠나는 마차를 향해 손을 흔들었다.

그리고 사흘이 지났다. 도대체가 이럴 수는 없다. 삼 일 동안 똑같은 식단이다.

소면. 물론 처음으로 먹은 이 음식은 나름대로 별미였다. 부드러운 면과 담백한 국물. 하지만 이 소면이 삼 일 동안 삼시 세 끼 식사의 전부가 된다면 화가 나지 않을 수가 없을 것이다.

"왜 다른 것을 시키면 안 된다는 겁니까?"

"서문 가주님이 준 돈은 그리 많지 않소."

서문호의 질문에 태연하게 말하는 단운평에게 더 이상 아무런 말도 할 수가 없었다. 돈이 없다는데 어쩌겠는가. 그렇지만 이제 소면만 봐도 경기를 일으킬 지경이었다.

"도대체 얼마를 받으셨길래… 헉!"

차가운 눈빛. 서문호는 단운평이 두려웠다. 특히나 저 차가운 눈빛. 사람 같지 않은 무공과 외모에서 풍기는 험악함은 언제든 자신의 목을 움켜쥘 것만 같은 기분이 들게 하였다. 무엇보다 자신에게 있어서 인생의 목표나 다름없던 부친보다 뛰어난 무공을 지닌 자이고 부친이 자신의 모든 것을 이 사내에게 맡겼다고 하였다.

"분명히 서문 가주님께서 말씀하시길 난 그저 평소처럼 생활하라고 하시었소. 그리고 나 역시 그 조건으로 당신을 내 곁에 두는 것이고. 당신의 마음에 들지 않는다고 불만을 표할 상황은 아닌 듯하오만."

단운평의 말에 더 이상의 말을 할 수가 없었다. 그저 단운평이 더 이상 소면을 먹고 싶지 않길 바랄 뿐이었다.

그때였다. 객점의 문이 열리며 한 무리의 사람들이 들어왔다.

"어서 나갑시다."

벌떡 일어나며 자신의 팔을 잡아당기는 단운평의 행동에 서문호는 인내심이 끊어져 버렸다.

"아직 덜 먹었단 말입니다! 도대체……!"

그의 조금은 날카롭고 큰 목소리에 한 무리 사람들의 눈이 그들에게로 향했다.

"단 대협."

무리들 속에서 들려오는 한마디. 그 목소리에 단운평은 성큼성큼 객점을 나가며 서문호에게 말했다.

"먼저 나가 있겠소."

서문호는 무리들 속에서 한 여인이 뛰어나와 그의 앞을 가로막는 것을 보았다.

"대협!"

하나 단운평은 유령처럼 스르륵 움직여 여인의 옆을 지나쳐 객점 밖으로 나가는 것이 아닌가. 멍하니 제자리에 서 있는 여인에게 다가간 서문호는 여인의 얼굴을 보고 놀라지 않을 수 없었다.

"천향… 곽소혜!"

한때 천하삼미라 불리는 여인들의 초상화가 부리나케 팔린 적이 있다. 서문호도 호기심에 그 그림들을 구경한 적이 있었는데 그중에 한 명이 바로 눈앞에 있는 여인이라는 것을 믿을 수가 없었다.

바라보고 있는데 광채가 일고 향기가 나는 듯하다. 천향이 이곳에 나타난 것보다 더 놀라운 것은 도대체 어떻게 저 괴물이 천향을 알고 있느냐는 것이다. 더욱이 세상에 천향을 피하는 사내가 있다니…….

第六章

인연은 쉽게 끊어지지 않는다

이미 끊어진 인연이다. 하필이면 이곳에서 만날 게 뭐란 말인가. 만나면 서로에게 불편한 사이일 뿐이다. 객점에서 나오는 서문호의 뒤로 곽소혜와 그녀를 호위하는 여섯 명의 남녀의 모습이 보였다. 그러나 동방호의 모습은 보이지 않았다. 무언가 이상했지만 물어볼 수가 없었다. 단운평은 이미 곽소혜나 황룡보와는 인연이 끝난 사이다.

"마차에 있겠소."

"잠시만요!"

곽소혜의 외침. 단운평은 그런 그녀를 향해 가볍게 고개를 숙여 인사를 하고선 입을 열었다.

"오랜만입니다."

오 년이란 세월 동안 함께 지낸 사람이다. 어색하다고 피하고 모른 척해서는 사람의 예의가 아니라 생각한 단운평이 먼저 인사를 건넸다.

"아, 오랜만이에요."

곽소혜는 자신이 인사조차 하지 않고 있었음을 깨달았다. 곽소혜가 머뭇거리며 무슨 말인가를 하려 하자 단운평은 이 상황에서 벗어나고 싶었다. 비락에게서 들어서 알고 있다. 어린 시절 자신을 치료하도록 부탁한 사람이 곽소혜이다. 그 은혜를 갚기 위해 많은 노력을 했다. 자신의 실수로 그녀가 위험에 처하기도 했고 그녀로 인해 큰 상처도 입었다. 왜 이 여인이 천앙과 무림맹이 으르렁거리는 상황에 황룡보를 떠나 이곳에 있는지는 알 수 없었지만 분명한 것은 이제는 황룡보와의 인연은 멈추고 싶었다.

"건강하신 듯 보여 다행입니다. 저는 급한 일이 있어서 그만 가보겠습니다."

단운평은 인사를 하고 마차에 올랐다. 그런 그의 모습에 곽소혜는 아무런 말 없이 고개를 숙였다. 서문호 역시 마차에 오르고는 그의 옆모습을 바라보았다. 머리칼 때문에 그가 어떠한 표정을 하고 있는지는 알 수 없었지만 분명 무표정하지는 않으리라 생각하던 서문호는 불현듯 천향을 만났건만 아무런 소개도 없는 단운평에게 섭섭한 감정이 들었다. 하지만 자신이 그런 말을 할 상황이 아니라는 것 정도는 충분히 알 수 있었기에 아무런 말을 하지 않고 단운평의 다음 행동을 기다렸다.

"멈춰라!"

고삐를 잡고 마차를 출발시키려는 순간 곽소혜의 뒤에서 들려오는 싸늘한 목소리. 긴 머리칼 때문에 아무도 알아차리지 못했지만 단운평의 눈썹이 치켜 올라갔다. 자신만만하고 거만한 목소리다. 단운평은 호흡을 길게 들이키며 고삐를 휘둘렀다. 그 순간 말의 앞을 누군가가 막아서는 것이 아닌가.

"멈추라고 했다!"

어처구니가 없었다. 가볍게 고삐를 움켜잡아 말을 진정시킨 단운평은 눈앞의 사내를 바라보았다.

"나는 임선곽이라 한다. 곽 소저께서 네놈에게 볼일이 있는 듯하니 멈춰라!"

화산일룡 임선곽. 검으로 이름 높은 그 유명한 화산파의 무인으로 이십대 초반의 인물이다. 빼어난 검술과 호탕한 성품으로 이름을 떨치고 있었으나 시간이 흐를수록 오만한 모습을 보여 처음의 명성이 퇴색하고 있는 인물이었다. 화산파에서는 처음에는 그의 오만한 모습을 고치려 했으나 나날이 향상되어 가는 그의 무공에 어느 순간부터는 그의 행동을 묵인해 주고 있었다.

"무슨 일인지 몰라도 남이 가는 길을 막는 건 무례한 행동이 아니오?"

서문호가 마차 밖으로 나서며 말했다. 개도 주인을 보아가며 두드리라는 말이 있다. 비록 자신보다 높은 무공을 지닌 단운평이지만 남들이 보기엔 자신이 마차의 고용주다. 서문호에게 있어 지금의 상황은 자신의 마부를 막고 있는 적이 나타난 것이다. 가만히 있다가는 화산일룡이 문무쌍절의 앞길을 막았지만 문무쌍절은 아무 말도 하지 못했다고 소문이 날지도 모르는 일이었다.

"네놈은 누구냐? 감히……!"

그 한마디에 서문호는 온몸의 피가 거꾸로 솟아오르는 듯한 기분이 들었다. 누가 감히 서문세가의 장자에게 감히라는 말을 쓸 수 있다는 말인가. 어느새 마차에서 내려선 서문호가 이를 갈았다.

"말이 지나친 게 아니오? 본인은 서문호라 하오."

화가 났지만 함부로 할 수 있는 상대가 아니다. 자신이 강호십대세가의 한 축을 이루는 곳의 장자라 할지라도 상대는 십대세가와는 그 역사와 힘에서 비견할 수 없는 화산파의 일대제자다.

"오, 문무쌍절이시로군. 저 마부에게 곽 소저가 할 말이 있다니 잠시 기다리시오."

반말에서 반존대 비슷하게 말투가 변했다. 하나 앞서 한 말에 대한 사과도 어떤 양해도 없다. 서문호는 무의식적으로 주먹에 힘을 잔뜩 주고 있었다.

'함부로 나서서는 안 된다. 혹시나 실수를 하면 서문가의 이름에 상처가 남을지도 모른다.'

화산파와의 관계가 나빠지게 되면 안 된다고 생각한 서문호가 화를 삼키고 있을 때 단운평의 목소리가 들렸다.

"내가 마차를 모는 사람인 것은 맞지만 서문 공자나 당신에게 어떠한 명령을 들어야 하는 사람은 아니오."

시장에서 배운 것은 상대에게 약한 모습을 보여서는 무림이 아니라 어디에서도 살아가기 힘들다는 것이다. 사람이 동물과 다른 것이 약한 상대를 보호해 주는 것이라고들 말하지만 일반적으론 약한 사람을 강한 사람이 지배하는 것이 사실이다. 그것이 싫다면 자신이 강자가 되어 약자를 보살펴 줄 수밖에 없다.

"오호, 설마 나에게 하는 말이냐? 당신이라……."

임선곽이 허리에서 검을 뽑으려는 순간 그의 뒤에서 곽소혜의 목소리가 들려왔다.

"무슨 짓이에요?"

화난 목소리. 임선곽은 바람 소리가 날 듯한 속도로 고개를 돌려 그녀에게 웃음을 보이며 말했다.

"아무 일도 아닙니다. 곽 소저께서 저놈에게 용건이 있다고 하시니 제가 이리 하는 것이지요. 곧 저놈을 소저 앞으로 끌고 가겠습니다."

"무, 무슨 소리를……. 그분께 무슨 소릴 하고 계신……."

곽소혜로서는 기가 찰 일이었다. 단운평을 찾아 강호로 나온 지 반 년. 그녀의 별호가 천향이다 보니 수많은 사람들이 호기심을 가지고 그녀에게 접근을 해왔다. 자신을 수호하는 네 명의 황룡보 무인이 그녀를 지켜왔으나 좋지 못한 의도로 접근하는 수많은 사람들을 막아내는 것은 쉽지 않은 일이었다.

임선곽이 나타난 것은 그때였다. 자신의 부친이 무림맹에 그녀의 호위를 위한 고수 파견을 요청하자 무림맹에서 파견한 자가 바로 임선곽이었다. 천하대세와 관련있는 사람도 아닌 여인의 호위를 부탁하는 곽마효의 의견을 무시하고 싶었지만 그가 무림맹에 매년 보내고 있는 돈을 무시할 수 없었기에 마지못해 보낸 자가 임선곽이었다. 임선곽으로선 천하삼미의 하나인 천향이라는 여인을 보고 싶기도 하고 곽소혜에게 환심을 사서 금귀, 아니, 천앙의 혈풍 이후 금룡이란 별호를 얻은 곽마효와 친분을 얻는다면 화산파에도 이익이라는 생각에 무림맹의 명을 따랐다. 그 후 그녀를 호위하면서 그녀가 누군가를 찾는다는 소리를 들었으나 그자가 마부라고는 생각지 못했다. 아니, 할 수가 없었다.

"보아하니 소저가 찾고 있는 사람을 아는 놈인가 본데 죽이진 않을 테니 너무 걱정하지 마십시오. 하하하!"

호탕한 웃음과 함께 다시금 고개를 돌린 임선곽은 순간 눈앞이 깜깜해지는 것을 느꼈다. 그리고 화끈한 감각. 임선곽은 그대로 정신을 잃었다.

"말이 많은 놈이군."

곽소혜는 어떻게 해야 할지 몰랐다. 자신 때문에 큰 상처를 입었다는 그에게 사과를 하고 그의 희생에 대한 고마움의 인사를 하기 위해 그를 찾았건만 오히려 그의 기분만 망치고 말았다.

"죄송해요, 단 대협."

"이만 가보겠습니다. 지금은 맡은 일이 있어서……."

천앙의 혈풍 이후 많은 반성을 하였기에 선수필승이라는 기본적인 사항을 지켰다. 곽소혜의 일행인 임선곽을 쓰러뜨린 것은 미안한 일이었지만 사과를 하지는 않았다.

"저기……."

곽소혜는 단운평의 차가운 태도에 하려던 말이 입에서 나오지 않았다. 처음이다, 단운평이 자신에게 이처럼 냉정한 모습을 보이는 것은.

"생명의 은인이라는 것은 단 대협이 떠나고서야 알았어요. 그 은혜는 잊지 않겠습니다."

은혜라니……. 단 한 번도 자신이 그녀에게, 그리고 황룡보에 은혜를 입힌 적이 있다고 생각해 본 적이 없다. 누군가는 말할지도 모른다. 단돈 금 세 냥에 생명을 걸고 그리할 필요가 있었냐고. 하지만 그 당시 자신에게 금 세 냥은커녕 구리 한 푼 준 자가 없었다. 금 세 냥 덕분에 제대로 부친의 장례비를 지불할 수 있었고 남은 돈으로 부친의 검을 되찾았으며 먹을거리도 살 수가 있었다. 또한 그로 인해 가려던 곳을 무사히 갈 수 있었으며 지금과 같은 무공을 익힐 수가 있었다. 그 모든 것이 금 세 냥으로 인해 가능했던 일이다. 그때의 금 세 냥은 남들이 생각하는 금 세 냥과는 다른 가치를 지녔던 돈이다. 그리고 지금 눈앞의 여인은 자신의 생명의 은인이기도 했다. 추운 겨울날 기절한 채로 땅에 쓰러져 있었다면 얼어 죽었을지도 모르는 일이었다.

"그 상처는… 정말 죄송해요."

주르르륵.

눈물을 흘리는 곽소혜의 모습에 단운평은 당황하지 않을 수 없었다.

"저의 실수였습니다. 그것에 대한 일은 잊으십시오."

"그때의 일을 이제야 들었어요. 생명의 빚을 지고 단 대협에게 상처를 입히다니… 그 일을 사과하기 위해서 단 대협을 얼마나 찾았는지 모른답니다. 다행히 며칠 전에 사후락이라는 자를 만나 단 대협의 위치를 알아낼 수 있었답니다."

그때의 일이라면 혈풍 때의 일을 말하는 것이리라. 하지만 그때의 일이라는 말이나 사과라는 말은 단운평의 귀에 들리지 않았다. 다만 분명 자신의 아버지보다 많은 나이를 가진 사후락을 칭하는 말이 '이라는 자'란다.

무공이라고는 전혀 모르고 기껏해야 마부인 그를 어떤 자라고 칭하는 것이 어쩌면 당연한 일이다. 하지만 그는 자신에게 있어 또 한 명의 은인이다. 젊은 그녀가 그리 표현해서는 안 되는 사람이고 또 자신에게 사과할 것은 없지만 사과를 위해 온 것이라면 그를 그렇게 칭해서는 안 된다.

"그때의 일은 은혜를 갚기 위해서 한 일이니 신경 쓰실 것 없소. 찾아주신 것은 감사하오. 그러나 황룡보와의 인연은 이제 여기서 멈추고 싶소."

곽소혜는 단운평이 어느새 자신에게 반존대를 사용한다는 것을 알아차렸다. 게다가 기분도 나빠진 듯하다. 오 년이라는 시간을 가까이서 보낸 사이다 보니 그의 기분을 알아차릴 수 있었던 것이다.

"제가 무슨 실수라도 했나요?"

"그렇지 않소. 이야기가 끝났다면 내 일을 해야 하니 그만 가보시오."

"길을 막은 건 정말 죄송해요. 저 때문에 잃은 눈도……."

"아니라고 하지 않았소."

곽소혜의 탓이 아니라 자신의 부주의로 잃은 눈이지만 그때의 기억을 되살려 주는 그녀의 말에 화가 났다. 자신의 눈을 잃게 된 순간을 떠올리는 것은 가히 좋은 기분을 주는 일이 아니었다.

"가히 좋은 기억은 아닌데 되새겨 줄 필요 없소."

그의 말엔 날카로움이 있었다. 그리고 그런 그의 말을 옆에서 듣게 된 서문호는 놀랄 수밖에 없었다. 눈을 잃다니……. 무슨 말인가? 부친의 칼을 독안의 사내가 막았다는 말인가? 옆의 서문호의 표정에서 그의 생각을 읽은 단운평이 곽소혜에게 다시 말했다.

"그때의 일은 소저에게 잘못이 없소. 그때는 내가… 내가 실수를 한 것이오!"

결국은 언성을 높이고 말았다. 그때의 잘못으로 긴 시간 반성하고 또 반성했다. 잊을 수 없는 과거이지만 이야깃거리로 삼고 싶은 일도 아니다. 곽소혜가 자꾸만 그때의 이야기를 꺼내자 단운평의 목소리가 저절로 높아졌다.

'어째서 이처럼 나에게 화를 내는 것일까? 설마 그가 나와의 혼인을 거절한 것은 내가 싫어서인가?'

단운평을 처음 만났던 날 곽소혜가 단운평에게 친절했던 것은 호감이라기보단 호기심에 가까웠다. 부친에게 단운평이 자신에게 해준 일에 대해서 들은 후 항상 그것이 마음에 걸렸다.

당시에도 단운평은 자신을 차갑게 대했다. 자신이 호기심의 대상으로 자신을 바라보았던 것을 단운평이 알고선 이렇게 차갑게 대하는 것은 아닌가 하고 고민하는 곽소혜였다. 단운평은 이러한 곽소혜의 고민스런 표정을 뒤로하고 서문호에게 말했다.

"오늘의 망설임에 대해서 설명을 해야 할 거외다."

서문호는 그의 말에 눈썹을 치켜 올리며 무슨 말인가를 하려 했지만 그의 입이 열리기 전에 단운평이 말을 이었다.

"나에게 하란 말이 아니오. 우리를 따라다니던 자가 이 일을 보고 들었으니 분명 서문세가에 오늘의 일이 전해질 거란 말이오. 아마도 변명거리를 생각해 두는 것이 좋을 것이오."

서문호는 단운평이 가리키는 방향으로 고개를 급히 돌렸으나 아무런 기척도 읽을 수 없었다. 하나 단운평은 서문세가를 떠나올 때부터 자신들을 쫓아오는 자가 있음을 알고 있었다. 그리고 곽소혜를 호위하는 사람도 네 명이 아니라는 것도 알고 있었다.

"어찌 되었든 내일까지 무림맹에 도착해야 하니 어서 갑시다."

"알겠습니다."

서문호는 단운평이 자신에게 천향을 소개시켜 주길 기대했으나 단운평이 가히 좋지 않은 기분이라는 걸 눈치채고는 아무 말도 할 수 없었다.

그리고 그런 그들을 잡을 아무런 명분이 없던 곽소혜는 여전히 제자리에서 자신의 실수가 무엇인지, 그리고 그가 자신의 마음을 읽은 것은 아닌지 생각해 보았다. 잠시 후 자신의 마차로 오르는 곽소혜는 마음을 굳혔다. 자신이 단운평에게 은혜를 갚기 위해서 할 수 있는 것은 단하나였다. 그와의 혼인이다.

서문호는 마차 안이 아닌 마차를 모는 단운평의 옆에 앉아 있었다. 편해 보이는 단운평의 모습과는 달리 난생처음 앉아보는 곳에서 서문호의 몸은 요동쳤다.

"아버지께서 당신에게 부탁한 것이 뭡니까? 단지 저를 무림맹에 데려다주란 부탁뿐이었다고는 생각되지 않습니다만……."

단운평은 분명 부친의 부탁을 받고 자신을 데려가고 있다고 말했다. 그렇다면 분명 자신의 호위만 맡은 것은 아닐 것이다. 부친과의 어떠한 약속이 있었는지 몰라도 부친이 전적으로 자신을 맡겼다면 분명히 어떠한 이유가 있을 것이란 게 서문호의 생각이었다.

"별 이야기 없었소. 다만 당신을 안전하게 무림맹까지 데려가는 것 외에 세상을 보는 방법을 가르쳐 달라는 부탁을 함께 받았소."

분명 부친은 자신의 부족한 점에 대해서 가르쳐 주라고 부탁한 것이다.

"저에게 가르침이 있으신 겁니까?"

계속되는 그의 존대에 단운평은 피식 웃었다. 그리고 다음 순간 한 손으로 그의 몸을 잡으며 다른 손으로는 고삐를 잡아당겨 급히 마차를 세웠다.

파박!

말 바로 앞의 흙이 깊숙이 파이자 말들은 놀라 앞발을 치켜들었다. 두 손으로 고삐를 잡은 단운평은 강한 힘으로 말들을 진정시키고는 검기가 날아온 곳으로 고개를 돌렸다. 분명 검기가 날아온 방향은 커다란 나무가 있는 곳에서였다. 말의 흥분이 가라앉자 단운평은 고삐를 손에서 놓고는 눈을 감았다.

"죽어라!"

단운평을 향해 날아드는 검풍. 단운평은 가볍게 손을 뻗었다.

펑!

격타음과 함께 검풍은 사라지고 단운평은 마차에서 내려섰다. 그러한 그의 뒤로 서문호가 마차에서 내려 상대를 바라보았다.

중년의 사내와 일남 일녀의 젊은 사람 둘이었다. 멋들어진 수염을 기른 중년인은 화산파의 장로인 배명환이었고 콧등이 부어오른 저 사내는 임선곽이었다. 그리고 그런 그의 옆에서 자신들을 무슨 동물 보듯 바라보는 저 여인은 화산일봉 초혜림이다.

"네놈이 기습을 가하고도 도망치면 내가 잡지 못할 줄 알았느냐?"

아직까지 저런 말을 하다니, 서문호로서는 기가 차지 않을 수 없었다.

"무슨 용건이십니까?"

단운평은 임선곽을 무시한 채 배명환에게 물었다.

"네놈이 내 말을 무시하다니……."

임선곽이 대노하여 소리치자 배명환이 그의 말을 잘랐다.

"시끄럽다! 어찌해 네놈이 나서는 거냐!"

그의 일갈에 임선곽은 씩씩대면서 한 걸음 물러섰다. 제아무리 제 잘난 맛에 사는 임선곽이라 할지라도 문파의 장로에게 함부로 할 정도로 경우없는 인물은 아니었다.

"자네가 저 녀석을 한 방에 기절시켰다는 소리를 들었네. 왜 그랬나?"

처음부터 곽소혜는 임선곽만을 달고 다녔던 게 아니었나 보다.

"저는 서문호라고 합니다."

서문호의 인사에 배명환이 인사를 받았다.

"음… 서문세가의 문무쌍절이라 불리는 사람이 당대에선 문주가 아니라더니 자네가 바로 당대의 문무쌍절인가?"

배명환은 눈을 단운평에게서 떼지 않은 채 서문호에게 말했다. 단운평은 배명환에게 한 걸음 다가서며 말했다.

"상대가 살기를 품었기에 선수를 취할 수밖에 없었습니다."

단운평의 말에 배명환은 고개를 돌려 임선곽을 바라보았다.

"사실이냐?"

그의 말대로라면 먼저 공격할 의사가 있었건만 상대방에게 당했다는 이야기다.

"아, 아닙니다. 갑자기 저에게 공격을 해와서……."

그가 우물쭈물거리며 대답하자 서문호가 말했다.

"분명 임 공자가 먼저 심한 모욕과 더불어 공격하겠다는 의사를 밝혔습니다."

서문호의 말에 배명환과 임선곽뿐만 아니라 단운평도 인상을 찌푸렸다. 배명환이 인상을 찌푸린 건 임선곽이 한심해서였고 단운평의 경우는 서문호의 고자질하는 듯한 행동이 마음에 들지 않아서였다.

"입이 가볍군."

단운평의 한마디에 서문호의 얼굴은 금세 벌겋게 변했다. 의도한 바는 아니나 고자질한 것처럼 된 것이 사실이었다. 단운평이 서문항비에게 부탁받은 것은 서문호를 무림맹에 안전하게 데려다 달라는 것뿐이 아니었다. 서문호가 제대로 문무쌍절이 되도록 도와달라는 부탁도 함께였다.

물론 무림맹으로 데려다주는 짧은 순간에 그렇게 만들 수는 없기에 단운평에게 서찰을 주어 무림맹에 도착한 후 서문호가 천단에 드는 것을 사양하는 것으로 무림맹에 예의를 다한 후 서문호를 데리고 천하를 주유하며 그를 가르치기로 약속한 것이다. 그에 대한 대가로 서문항비가 해야 할 일은 쉽지 않은 일이었으나 서문호의 생명을 지키고 또 서문호를 보다 뛰어난 무인으로 가르치는 것에 비해 쉬운 일임은 틀림없는 일이었다.

걱정하던 명성에 관한 일은 서문호가 무림맹으로 직접 가서 사양의 의사를 밝히는 것이니 서문가의 명성에 흠집이 생기지는 않을 것이다.

"타라."

단운평이 마차를 가리키며 말하자 그때까지 가만히 있던 초혜림이 입을 열었다.

"그렇다 해도 화산파의 무인을 일격에 쓰러뜨리고 그냥 가겠다니, 화산파를 우습게 보는 행동이 아닌가요?"

초혜림의 말에 단운평은 마차에 발을 올리다가 다시금 내릴 수밖에 없었다.

"하고 싶은 말이 뭔가?"

순간 단운평에게서 풍겨 나오는 무시무시한 살기. 초혜림과 임선곽은 갑작스런 단운평의 살기에 몸이 떨려와 아무 말도 하지 못했다.

"갈!"

배명환의 일갈에 정신을 찾은 초혜림은 창백한 얼굴로 단운평을 바라보았다.

"왜 내가 화산파 제자에게 손을 댄 것인지를 알아보려고 온 것인가,

아니면 나를 죽이려고 온 것인가?"

그의 말에 배명환이 답했다.

"이유없이 우리 화산파의 제자에게 손을 댄 것이 아닌지 알아보러 온 것이지만 이 녀석에게 죄가 있더라도 그냥 보내기는 힘들 것 같군."

단운평은 마차에서 손을 떼고 서문호에게 말했다.

"학문을 제대로 익힌 자라면 알고 있을 것이다. 자신의 잘못은 시인하고 사과를 하며 이유없는 핍박에 굴하지 말아야 한다. 임선곽이란 자의 배경과 자네의 배경 때문에 잘못을 보고도 아무런 말을 못했다. 그리고 이번엔 불필요한 말로써 모두를 곤란하게 만들었다. 이것에 대해서 반성해라. 이것이 너에게 주는 첫 번째 조언이다."

다른 말은 이해가 갔지만 모두를 곤란하게 만들었다는 말은 이해할 수가 없어 다시금 물어보려는 서문호보다 배명환의 발검이 더 빨랐다.

"건방진 놈!"

"두 번째 조언은 나의 실력과 상대의 실력을 제대로 파악하지 못한 상태에서 상대에게 덤벼들 때는 자신이 패할 것에 대한 대비도 필요하다는 것이다."

단운평은 땅을 박차고 허공으로 솟구친 다음 배명환을 향해 두 발을 휘둘렀다.

챙!

맑은 소리와 함께 뽑혀진 배명환의 검이 허공을 갈랐다.

번쩍이는 검광에 서문호는 긴장된 표정으로 단운평 쪽을 바라보았으나 단운평은 변함없이 부드러운 움직임을 보였다.

단운평은 날카롭게 휘둘러진 검면을 왼발로 가볍게 차고선 그 반동을 이용해 몸을 반대로 회전시켜 오른발로 배명환의 손목을 노렸다.

배명환은 단운평의 발길질에 놀라 급히 팔을 몸에 붙여 당긴 후 한 걸음 물러서며 검을 부드럽게 휘둘렀다.

허리춤을 베어오는 배명환의 검에 단운평은 발이 땅에 닿자마자 뒤로 급하게 물러섰다가 검이 자신의 몸을 스쳐 지나가는 순간 다시금 앞으로 몸을 움직이는 모습을 보였다. 검을 제자리로 돌리기도 전에 자신의 면전까지 다가온 단운평의 주먹에 배명환은 검을 떨어뜨리고는 급히 두 팔로 얼굴을 보호했다.

퍼벅!

분명 일격으로 보였는데 두 번의 격타음이 들렸다. 배명환은 두 팔이 부러진 것이 아닌가 하는 생각이 들 정도의 엄청난 고통에 팔을 늘어뜨리고는 뒤로 물러섰다.

"그러한 대비를 하지 않고서는 불의의 일격을 감당할 수 없지."

서문호는 뒤로 물러섰다가 다시금 앞으로 달려가는 그 모습이 부친에게 보였던 보법이라는 것을 깨닫고선 신음성을 내었다. 다른 보법과 달리 옆으로는 움직이지도 않는다. 다만 앞뒤로 움직이지만 상대방이 초식을 펼치면 뒤로 물러서며 피한 뒤 그 초식이 끝나기 전에 다시금 빠른 속도로 앞으로 달려와 상대방을 공격한다.

하나의 동작이 펼쳐진 순간 이후에는 도중에 그것을 멈추기가 쉽지 않은 법이다. 걸음을 걷더라도 한 걸음 걷는다고 다리를 내딛는 도중에 멈추라면 넘어질 수밖에 없지 않는가. 물론 그러한 움직임을 견뎌낼 근육과 상대방의 공격 순간을 알아내는 눈이 필요하다는 것은 말할 필요도 없는 것이고.

배명환은 애써 태연을 가장하며 입을 열었다.

"굉장하군. 이것으로 저놈의 잘못은 없는 것으로 하겠네."

무얼 했다는 건지 몰라도 서문호는 알 수 있었다. 더 이상 했다가는 화산파의 장로가 이름없는 마부에게 처참한 패배를 당했다는 소문이 강호에 퍼질 거라는 것이다.

"알겠소."

단운평은 담담히 대답하고선 다시금 마차 위로 올랐다. 그런 그의 모습에 배명환이 급히 물었다.

"자네는 누군가?"

고삐를 움켜쥐고 마차를 출발시키며 단운평이 대답했다.

"평범한 마부요."

화산파의 사람들과 멀어진 잠시 후 뒤에서 누군가가 급히 따라오고 있었다.

"잠시만."

마차를 세운 건 화산일봉 초혜림이었다.

"서문 공자께서 무림맹으로 가고 계신 것 같은데 함께 가도 될까요?"

"조금 전 함께 있던 사람들과 동행이 아닌가? 그들과 함께 가라."

초혜림은 차가운 그의 말을 깨끗이 무시하며 서문호를 바라보았다.

"당신에게 하는 말이 아니에요. 서문 공자 당신이 고용주가 아닌가요?"

그의 말에 서문호는 단운평을 힐긋 바라보고선 초혜림에게 답했다.

"본인은 고용주가 아니오. 아버님께서 부탁한 것이오."

서문호의 말에 초혜림은 다시 말을 이었다.

"그래도 지금 고용하고 있는 사람은 서문 공자가 아닙니까? 동행을 허락하는 것은 서문 공자의 의지인 것 같은데요."

그녀의 말에 단운평이 답했다.

"나는 서문 공자를 책임진다고 했지 다른 사람까지 어떻게 한다는 말은 한 적이 없다. 더구나 이 마차는 본인의 소유. 누군가를 태우고 갈지의 결정은 내가 한다."

그의 말에 초혜림은 더 이상 반박할 말이 없었다. 하나 이렇게 물러설 거라면 이들을 쫓아오지도 않았을 것이다.

"그렇군요. 죄송해요. 그럼 부탁드려도 될까요? 장로님, 사형과 다르게 저는 여자니 걸어가는 것보단 마차를 타는 것이 보기에 좋거든요."

단운평을 똑바로 쳐다보며 말하는 그녀의 모습에 서문호는 피식 웃었다. 분명 배명환이 단운평의 정체를 알아보라며 보냈을 것이다. 하지만 만만한 상대가 아니다, 눈앞의 사내는.

"무림이라고 하나 젊은 남녀가 함께 마차를 타고 간다는 것은 별로 좋지 못한 일인 듯한데……."

단운평의 말에 초혜림은 방긋 웃으며 말했다.

"서문 공자는 마부석에 앉아 계신데요 뭘. 설마 화산파와의 충돌도 있었건만 서문세가와 화산파의 사이가 멀어지기를 바라시는 건 아니겠죠?"

그녀의 말에 단운평은 고삐를 잡고 있던 손을 놓고 그녀를 향해 몸을 돌렸다. 간단한 동작이었지만 서문호와 초혜림은 긴장하지 않을 수 없었다.

"화산파니 서문세가니 하면서 협박 따위를 해도 아무런 소용이 없다. 나와는 아무런 상관이 없는 일이다."

원래 탁한 목소리이긴 하지만 더욱 나직해진 목소리에 초혜림의 팔에 소름이 돋았다.

"저, 제가 단 대협 옆에 있을 테니 마차 안에 초 소저를 태우더라도 괜찮을 듯한데요."

자신에게 어떠한 가르침을 주기로 약속되어 있다면 자신은 마차 안에서 편하게 지낼 수 없었다. 그리고 이 여인의 미움을 받아서 좋을 것이 없다는 것이 서문호의 생각이었다. 그의 얼굴을 가만히 보던 단운평은 고개를 돌리며 말했다.

"마차 안에 누군가를 태울지 아닐지는 내가 결정할 문제다. 초 소저가 꼭 타고 싶다면 태워줄 수는 있지만 천앙의 무리들에 대해서는 어떠한 도움도 없을 것이다."

"알겠습니다."

어느 순간 자신에게 하대를 하는 단운평이었으나 서문호는 그것이 당연하게 여겨졌다. 자신에게 가르침을 줄 사람이 반존대를 하는 것이 더 이상한 일이라고 생각했던 것이다. 단운평의 말이 서문호와 동시에 자신에게 한 말임을 알아챈 초혜림은 마차에 올랐다.

"그럼 무림맹까지 신세를 지겠어요."

화산의 장로가 따라온 것은 무림맹으로 가는 도중에 있을지 모를 천앙 무리들의 습격을 대비해서다. 단운평은 천앙의 무리가 습격할 때 초혜림의 위기를 모른 척하겠다고 말하는 것이다. 초혜림과 서문호는 '그래도 설마' 하는 생각을 했으나 단운평으로서는 그냥 한 번 해본 말이 아니었다.

초혜림이 마차에 오르자 단운평은 아무런 말 없이 마차를 출발시켰다. 초혜림이 마차를 쫓아온 것은 세 가지 이유에서였다.

첫 번째는 개인적으로 마차를 모는 사내에 대한 호기심이 생겼기 때문이다. 엄청난 무공을 지녔으나 강호에 알려진 바가 없다. 그러나 서문세가와 인연이 있고 당대의 거부이자 고수로 알려진 금룡과도 관련이 있어 보인다. 그것도 그저 아는 것이 아니라 한쪽에서는 차기 가주를 맡겼고 다른 쪽에서는 가주의 딸을 보냈다. 정확히는 알 수 없지만 강호에 태풍이 될 자라는 것은 분명한 일이었다.

두 번째는 장로인 배명환의 명이 있었다. 젊은 나이에 자신보다 강한 고수라는 것에 충격을 받은 배명환은 잠시 멍청히 있었으나 급히 그녀에게 명해서 마차를 따라가도록 명한 것이다. 좋은 인연이든 나쁜 인연이든 이미 화산파와 연관이 된 자이다. 아무것도 아는 것 없이 지나칠 수 있는 존재가 아니었다.

초혜림 혼자 보내는 것에 위험이 있지만 단운평과 함께 있는 자는 서문호. 서문세가의 장자라면 화산파에 어떠한 위해를 가하는 행동은 하지 않을 것이다. 더군다나 서문호가 있는 이상 단운평을 놓칠 위험도 없었기에 그녀를 보낼 수 있었던 것이다.

세 번째는 사내와 싸워보기 위해서이다. 화산일룡과 화산일봉이 화산의 앞날을 이끌어갈 거라고들 말하지만 엄밀히 말해서 화산일룡과 화산일봉의 실력의 차이는 컸다. 물론 화산일봉 쪽이 우위를 차지하고 있었다. 화산의 장로인 배명환의 무위에는 비할 수 없지만 화산파 내에서 자신의 호적수인 화산일룡을 단 한 수에 꺾은 자라면 자신의 현재 위치를 가장 명확히 판단해 주리라는 생각 때문이었다.

마차에 올라타 처음으로 얻은 수확은 서문호의 말에 의해서였다. 마부는 단씨 성을 가진 인물이었다.

"서문 공자, 무림맹에 가시게 되면 앞으로 자주 보게 될 터인데 잘 부탁드려요."

초혜림의 목소리에 서문호는 목소리를 가다듬고 답했다.

"제가 부탁드려야 하는 것이지요. 화산일봉의 검이 빠르다는 것은 풍문으로 충분히 들어왔습니다."

부드럽게 대답하는 그에게 단운평이 말했다.

"무림맹에 오래 있지 못한다."

그의 말에 서문호는 흠칫 놀라며 단운평의 옆모습을 바라보았다. 단운평은 태연하게 말을 이었다.

"무림맹에 들러 많은 사람들이 있는 곳에서 천단에 들어가는 것을 거절하는 의사를 분명히 밝히고 사과의 말을 건네야 할 거다."

서문호는 문무쌍절이라는 별호를 가지고 있다. 비록 오랜 시간을 강호에서 보낸 부친이나 나이 든 강호의 명숙과 비교해서 견문이 부족해 실수를 하기도 하지만 머리가 나쁜 사람은 아니었다. 오히려 뛰어난 두뇌를 가진 자였다. 그의 말에 서문호는 부친의 의도를 쉽게 깨달을 수 있었다. 옆에 있는 이 사람이 자신을 가르치는 사람이 되는 것이다. 아니, 그가 가르치기보단 자신이 배워야 하는 입장이다. 서문호가 갑작스런 상황에 머리 속으로 많은 생각을 하고 있을 때 초혜림 역시 머리를 열심히 굴리고 있었다.

'서문세가주가 직접 부탁한 듯한데… 서문세가주와 어떠한 관계인 거지?'

초혜림으로서는 알아낼 도리가 없었다. 하지만 분명한 것은 서문호가 천단의 가입을 공개적으로 사양하는 것이 마부와 관련이 있다는 것이었다.

반나절만 더 가면 무림맹의 외벽이 보일 것이다. 한데 이 화살들은 무엇인가.

"헉… 헉……!"

서문호는 도를 휘두르는 것이 이처럼 힘든 일이라고는 생각해 본 적이 없었다. 하루에 오백 번씩 도를 휘둘렀다. 가벼운 검에 비해 몇 배나 무거운 도를 매일 오백 번씩 휘두른다는 것은 어지간한 인내력과 근력으로 되는 일이 아니었다.

두 시진(4시간) 전이었다. 단운평은 허공에서 날아드는 화살을 서문호의 머리를 누르고선 잡았다. 그리고는 서문호에게 말했다.

"말이 화살을 맞지 않도록 잘 막아라."

단운평의 명에 서문호는 도를 뽑아 들고 마차를 끄는 두 마리의 말 중 한 마리의 등에 올라탔고, 그 후로 두 시진 동안 쉴 새 없이 도를 휘둘렀다. 일정한 초식으로 도의 길을 따라 휘두르는 것이 아니라 자신을 노리고 오는 화살과 말에게 쏟아지는 화살을 막기 위해서 도는 위아래, 혹은 머리 뒤까지 휘둘러야 했기에 온몸이 아파왔다.

평소 휘두르던 방향이 아니니 사용하지 않았던 근육들은 고통을 호소했고, 서문호의 온몸에서는 땀이 비 오듯 했다. 그런 그의 모습을 무심히 바라보며 단운평은 태연한 기색으로 마차를 몰고 있었다. 말을 먼저 맞춘 후 서문호를 노리든 서문호만을 노리든 어차피 그들이 노리는 목표물은 서문호였지 마부 따위는 그들의 관심 밖의 일이었다. 마부가 죽으면 마차와 말을 분리해 말을 타고 가버리게 된다. 오히려 일이 어려워지게 될 뿐이라는 이야기다.

이곳저곳에서 날아드는 화살은 마차를 뚫고 들어가 마차 안의 초혜림 역시 정신없이 화살을 피하기도 하고 검으로 화살을 튕겨냈다. 단운평은 가볍게 몸을 흔들며 어쩌다 자신에게 날아드는 화살을 가볍게 피하고 있었다. 서문호는 활을 쳐내다가 힐끗 뒤를 보고선 그가 편하게 화살을 피하자 화가 치밀어 올랐다. 그 순간 화살이 자신의 등을 노리고 날아들었고, 서문호는 기겁을 하며 팔을 휘둘러 활을 튕겨내었다.

챙!

화살은 가볍게 튕겨 말의 엉덩이로 날아갔고, 그 모습에 단운평은 고삐를 휘둘러 그 화살을 막았다.

"손으로 엉덩이를 긁은 적도 없나 보군."

단운평의 말은 무기는 자신의 손발과 같은 것이건만 자유자재로 사용할 수 있도록 수련하지 못했느냐 하는 말이었다. 서문호는 그런 그의 말에 소리를 질렀다.

"그런 말씀은 나중에 하시고 언제까지 화살을 막아야 합니까?"

그의 말에 대한 단운평의 대답은 너무나 간단했다.

"저들이 활쏘기를 멈출 때까지."

단운평의 대답 이후 반 시진 동안 도를 열심히 휘둘러 숨이 턱까지 치밀어 오른 서문호는 격하게 숨을 몰아쉬며 뒤를 바라보았다.

"이젠 더 이상 팔이 올라가지 않습니다."

그의 말에 단운평은 피식 웃고선 그에게 손짓했다.

"그럼 네가 마차를 맡아라."

서문호는 마차 위로 되돌아갈 힘이 있을까 고민했지만 계속 말 위에 있다간 쓰러질 것 같아 급히 몸을 돌려 마부석으로 갔다. 순간 단운평의 손에서 바람이 일고 서문호가 말에서 내려서는 순간 말에게 날아들던 화살이 힘을 잃고 땅으로 떨어졌다. 단운평은 마부석의 뒤에 있던 검은 천으로 싼 자신의 애도 묵뢰를 꺼내 들었다.

"잠시 다녀오지."

순간 단운평의 몸이 연기처럼 사라져 버렸다. 서문호가 그의 놀라운 경공술에 깜짝 놀라 고삐를 당기자 마차가 멈춰 섰다. 수없이 쏟아지던 화살의 비는 단운평이 사라지는 순간 멈췄다. 단운평이 어디로 사라졌는지는 볼 수 없었지만 서문호는 그의 위치를 금세 알아차릴 수 있었다.

뭉개뭉개 피어오르는 살기덩어리. 검다기보다는 어둡다는 느낌의 저 투기가 느껴지는 곳이 바로 단운평이 있는 곳이다. 서문호가 그곳을 바라보고 있을 때 마차의 문이 열리며 초혜림이 밖으로 나왔다. 거친 숨을 내쉬며 나오는 그녀의 모습은 서문호와 다를 바 없었다. 흐트러진 머리칼, 흐르는 땀방울, 그리고 아래로 처진 두 팔. 호흡을 가다듬은 서문호가 마차에서 내려서서 그녀에게 다가갔다.

"괜찮으십니까?"

"…네, 괜찮아요."

약한 모습을 보이기 싫었던 초혜림은 크게 숨을 들이키고는 호흡을 가다듬고 태연하게 대답했다. 하나 그녀의 그러한 행동은 서문호를 미소 짓게 만들었다.

"그는 어디로 갔죠?"

그녀의 말에 서문호는 그녀의 무공 수위가 생각보다 높지 않다는 것을 알 수 있었다. 그리고 화산일룡의 무공 수위가 그리 높지 않으리라는 것이 떠오름과 동시에 무례한 그의 행동을 묵과하지 말아야 했음을 깨달았다.

"곧 돌아올 겁니다."

"네. 그런데 그는 누굽니까? 서문세가의 숨은 고수인 듯한데……"

은근슬쩍 단운평에 대해서 물어오는 그녀에게 서문호는 대답할 말이 없었다. 부친이 그랬다. 무인은 몸으로 부딪치면 그 사람에 대해서 알 수 있다고. 자신이 몸으로 부딪쳐 본 단운평이란 사내는 괜찮은 사내라고 부친이 말했다. 부친이 단운평에게 자신을 맡긴 이유는 뛰어난 무공 실력을 가진 자라는 것도 있지만 보다 중요한 것이 그것이리라.

"저는 잘 모릅니다. 천향 곽 소저가 더 잘 알고 있겠지요. 저는 다만 아버님의 명으로 그와 함께 가고 있습니다."

초혜림은 그의 대답에 대해서 분석을 해봤다. 화산파의 장로를 가볍게 제압할 정도의 실력을 지닌 자이다. 뛰어난 무공을 지닌 것은 분명했지만 서문세가의 장자가 잘 모를 정도로 베일에 싸인 자라……. 초혜림은 머리 속이 복잡해졌다. 어찌 되었든 분명한 것은 저 엄청난 무공을 지닌 인물과 서문세가주는 어떠한 관계가 있다는 것이다.

이각(30분)의 시간이 지나고 단운평은 검은 헝겊으로 덮은 묵뢰를 들고 마차로 돌아왔다.

"괜찮나?"

자신이 물어봐야 할 말을…….

"괜찮습니다. 단 대협께서는……."

아직 마음에 드는 사람은 아니지만 자신에게 분명 큰 도움이 될 사내다. 지금 이 순간 서문호는 눈앞의 사내를 믿고 따르기로 결심했다.

"천앙의 무리들이 아니야."

단운평의 말에 서문호는 의문이 들었지만 태연히 마차에 오르는 그의 뒷모습에 더 이상 묻지 않았다. 필요한 이야기라면 했을 것이다.

"아직 도의 움직임이 많이 미숙합니다. 많은 지도 부탁드립니다."

서문호는 조금 전의 화살을 상대로 도를 휘두르게 한 것이 자신의 부족함을 깨닫게 하기 위함임을 알 수 있었다.

"도가 내 손과 같이 느껴지도록 매일 휘두르게. 단 하루도 거르지 말고."

단운평의 말에 자신의 생각이 옳았음을 깨달은 그는 알겠다는 뜻으로 가볍게 고개를 숙였다. 그러나 그런 그의 말에 발끈하는 사람이 있었다.

"서문 공자의 수련을 위해서 그렇게 했단 말인가요?"

초혜림의 목소리가 조금 날카롭다. 단운평은 그녀를 힐끗 보고는 다시 앞을 보며 말했다.

"출발할 테니 어서 마차에 오르시오."

자신의 말을 무시한 듯한 그의 말에 초혜림은 다시 목소리를 높여 말했다.

"어째서 저까지 그토록 검을 휘두르도록 한 거죠?"

고생한 것이 억울해서인지 그녀의 목소리는 칼날 같았다.

"당신을 수련시키자는 생각을 한 적 없소. 나는 당신이 검을 휘두르든지 말든지 관심없소."

"무, 무슨 소리예요? 검을 휘두르지 않았다면 화살에 맞았을 거라구요!"

놀란 그녀의 목소리에도 불구하고 단운평은 태연하게 말했다.

"나는 당신이 이 마차에 타는 것을 처음부터 반대했고 적에 대해선 모른 척하겠다고 했소."

그의 말에 초혜림은 기가 막혔으나 반박할 말이 없었다. 마차에 올라 가만히 있던 그녀가 갑자기 외쳤다.

"하지만 그들은 천앙이 아니었잖아요!"

"물론 그렇소. 하나 천앙이 아닌 누구로부터 보호해 준다는 말도 없었소."

그가 천앙에게서 보호해 주지 않겠단 말을 했기에 다른 무리들에게선 보호해 주어야 하지 않느냐는 억지였으나 단운평은 태연히 말을 받았다. 서문호의 입장에선 같은 마차를 타고 가다 초혜림이 죽거나 다치게 되면 상당히 난처하게 된다. 하지만 단운평으로서는 초혜림을 신경 쓸 이유도 없었고 서문호의 나중 입장까지 고려할 필요도 없었다. 물론 책임감 강한 단운평이 자신의 마차에 타고 있는 초혜림이 죽도록 뒀을지는 알 수 없는 일이었다.

"세상에, 여자를 이처럼 대하다니 저잔 사내도 아니야."

마차 안에서 허탈한 그녀의 목소리가 들리자 단운평은 서문호에게 말했다.

"책에서는 노인을 공경하고 아녀자와 어린아이를 보호하라고 가르치지. 그러나 무림에선 그렇지 않다."

서문호는 고개를 끄덕였다. 잠깐의 방심이 생명을 앗아가는 무림에서 외견으로 누군가를 판단하는 것은 위험한 일이다. 무림에서 노인과 여자, 아이를 만나면 긴장을 멈추지 말라는 것은 무림의 유명한 격언이다. 절대고수의 경우 노인의 모습이거나 아이의 모습을 하고 있는 경우가 많다. 여자의 경우 무림에서 여자로서 살아남아 있는 경우는 실력이 있거나 암계가 뛰어난 경우다. 둘 다 무시할 수 없는 위험한 상대일 것은 불문가지이다. 서문호가 부친에게서 누누이 주의를 받은 것이 바로 그것이었다.

"처음부터 도와주리라고 마음먹은 상대가 아닌 이상 여자든 남자든 함부로 돕지 말라. 만약 그들이 처음부터 저기 저 소저를 노린 것이고 내가 없었다면 어떻게 행동할 건가?"

그의 질문은 답하기 어려운 것이었다. 조금 전과 같은 상황에 단운평이 없었다면 자신은 적의 얼굴조차 못 본 채 화살에 맞아 죽었을지도 모르는 일이다. 물론 화살을 피해 도망갈 수는 있겠지만 초혜림이 만에 하나 도망가지 않고 대적한다면 자신은 어떻게 해야 하는가? 생명을 구하기 위해서 도망간다면 강호엔 여인을 버리고 도망간 비겁자로 낙인 찍힐 테고 같이 싸웠다가는 함께 죽었을 것이다.

"같이 피하거나 초 소저가 피하지 않는다면 초 소저를 기절시키고 같이 피하겠습니다."

그의 말에 단운평은 고개를 저었다.

"내가 그들을 봤을 때 너는 몰라도 초 소저는 피할 수 없었을 것이다."

그의 말에 서문호는 잠시 움찔했지만 이내 마음을 가다듬고 다시 말했다.

"그렇다면 초 소저가 피할 수 있도록 제가 시간을 끌겠습니다."

그의 말에 단운평은 마차를 세웠다.

"너는 상대가 강하다고 싸워볼 생각을 하지 않는군. 그러면서 잘 모르는 여인을 위해 시간이나 끌다가 죽겠다는 말인가?"

단운평의 말에 서문호는 깜짝 놀랐다.

"설마 초 소저를 두고 저만 도망가야 한다는 말씀이십니까?"

아닐 것이다. 분명 아닐 것이다.

"그것도 괜찮은 생각이군."

마차 안으로 들리는 단운평의 말에 초혜림은 어처구니가 없었다. 분명 이자는 정파의 인물이 아닐 것이다. 정파라면 이런 말을 할 수 없었다. 게다가 자신을 짐짝처럼 여기는 말이라니.

"물론 겨뤄보지 않았지만 서문 공자에게 짐으로 여겨질 정도로 약한 몸은 아닌데요?"

그녀의 말에 단운평은 피식 웃었다.

"나라면 모르는 여자를 구하려고 마음먹었다면 적과 싸울 것이고 그렇지 않다면 여인보다 내 생명을 중시할 거야. 분명한 것은 결정한 것에 대한 망설임은 없을 거야."

가볍게 초혜림의 말을 무시한 단운평의 말에 서문호는 자신의 단점이 무엇인지 분명하게 깨달았다. 화산일룡과의 만남에서도 그랬다. 자신은 우유부단하다. 아무리 머리가 좋고 아무리 무공이 뛰어나도 단한 번의 실수에도 생명을 잃을 수 있는 곳이 무림이다. 이러한 무림에서 살아남기 위해서 무엇보다 필요한 것이 빠른 판단력이다. 그리고 판단한 것을 시행하기 위해 필요한 것이 뛰어난 무공이다. 이제야 화산일룡의 행동을 용납한 자신의 행동에 대해서 좋지 않다고 말한 이유를 알았다. 신중하고 진중한 행동이 중요한 것이 아니라는 것을 깨닫고 단운평에게 고개가 아닌 허리를 숙여 감사를 표했다.

"잊지 않겠습니다."

그의 이러한 행동과는 반대로 초혜림은 검을 뽑아 들고 마차에서 내렸다.

"서문 공자께서도 저보다 무공 실력이 위라고 생각하시는 것 같은데 저로선 유쾌하지 못한 이야기군요."

무시당하고 있어도 감히 단운평에게 대적할 수는 없었다. 조금 전만해도 화살이 빗발치는 상황에서 자신에 대해선 신경도 쓰지 않던 인물이다. 여기서 죽을 순 없지 않는가. 때문에 그에 대한 분한 감정을 서문호에게 풀려 했다.

"곧 무림맹입니다. 그리고 저는 아직 피로가 회복되지 않았습니다."

서문호의 대답에 초혜림은 화가 났다. 자신도 아직 피로가 풀리지 않아 검을 뽑는 속도가 평소보다 현저히 떨어진 상태다. 자신이 바란 것은 정말로 대결하자는 것이 아니라 자신보다 강하단 말을 부정해 주는 것이었다.

"흥, 그러니 더욱 겨뤄봐야 하지 않겠어요? 무림맹에 도착하면 곧 사라지실 테니까 겨룰 수 있는 건 지금뿐이라구요. 게다가 저 역시 피로가 풀리지 않았으니 조건은 같군요."

그녀의 말에 다시금 거절하려 했던 서문호는 갑자기 세상이 빙글빙글 돌아가는 것처럼 보였다. 팔에서 느껴지는 묵직한 감촉. 서문호는 급히 몸을 돌려 땅으로 내려섰다. 단운평이 서문호의 팔을 잡고 던져버린 것이었다.

"대화가 통하지 않는 상대를 만나는 경우가 있지. 그럴 때는 무시할 정도로 거대해지거나 제압할 수밖에 없다. 아니라면 상대방에게 제압당하든지."

단운평은 말을 뱉고 느긋한 자세로 그를 바라보았다. 그의 눈빛을 받은 서문호는 신속하게 마음의 결정을 내렸다.

'피할 수 없는 상황이다. 어찌하여 아직까지 머뭇대고 있는 건가.'

자신의 단점을 고쳐야 한다. 그는 도 손잡이로 손을 가져가며 마차에서 내렸다..

"오십시오."

그의 말에 초혜림은 검을 수평으로 눕히고 서문호를 노려보았고, 단운평은 인상을 찌푸렸다.

'선수필승이라 했건만 무림의 명숙도 아니면서 선수를 양보하다니 아직 멀었군.'

하나 서문호로서는 여인에게 선수를 취하고 싶지 않았다. 초혜림은 그런 그의 행동이 여유라고 생각하고 힘껏 앞으로 뛰어갔다.

"얍!"

짧은 기합성과 함께 초혜림은 서문호의 얼굴을 향해 찔러 들어가던 검을 위아래로 휘둘렀다.

'쾌(快)와 환(幻)인가?'

서문호는 급히 몸을 움직여 검을 피하고선 도를 뽑아 들었다. 도를 뽑아 드는 순간부터 초혜림의 검을 쳐내고 그녀의 목을 노리는 발도술. 초혜림은 급히 몸을 숙여 도를 피하고는 뒤로 물러섰다. 식은땀이 흐르는 발도술이었다. 무엇보다 피하지 못했으면 죽었을 것이다.

"후."

길게 숨을 내쉬던 서문호는 갈지자[之] 형태로 앞으로 움직이며 초혜림을 압박했다.

"제법이군."

단운평의 짧은 한마디. 그리고 초혜림은 허공으로 치솟으며 아래로 검을 휘둘렀다. 화려한 검광. 수십 개의 검이 하늘에서 비처럼 떨어지고 있었다. 서문호는 몸을 잔뜩 웅크린 채 허공을 노려보았다.

"타앗!"

기합성과 함께 도신에서 뿜어져 나오는 도기(刀氣)는 순식간에 수많은 검광들을 삼키고 단 하나의 검만 남겨두었다.

第七章
무림맹.

정말로 간만에 맛보는 고기다. 하지만 꿀맛 같아야 할 오리 고기는 질긴 가죽처럼 느껴지고 있었다.

'들떠서 그런 실수를 하다니…….'

자신의 몸이 자신의 것이 아닌 것처럼 느껴졌었다. 원하는 바대로 도를 휘두를 수 있었다. 그 때문에 들떠 실수를 해버렸다. 분명 지나친 한 수였다. 초혜림의 눈앞까지 도를 가져갔었다. 다행히 그런 그의 팔을 단운평이 잡아채서 초혜림으로선 독안이 되지 않을 수 있었던 것이다.

"무림맹이 바로 앞이오. 얼른 먹고 일어납시다."

단운평의 말에 초혜림은 억지로 고기를 꾸역꾸역 밀어 넣었다. 마지막에 펼친 검식은 초혜림이 남들 모르게 익혀둔 비장의 한 수였다. 어쩌면 단운평에게도 통할지 모른다는 생각까지 하고 있었던 한 수였건만 서문호에게 깨어지다니……. 초혜림은 치솟는 눈물을 간신히 참고 있는 상태였다. 그런데 먹을 것이나 먹고 빨리 일어나자고? 단운평의 말에 감정이 치밀어 올라 초혜림은 그만 눈물을 떨구고 말았다. 그녀의 눈물에 당황한 것은 단운평이 아니라 서문호였다.

"소, 소저……."

서문호는 여인의 눈을 실명케 하려 했던 것에 대한 분노 때문에 그럴 것이라고 생각했다. 서문호가 문무쌍절이라고 했으나 어느 책에도 여인의 눈물에 대항하는 법은 없었다. 세상에서 가장 강력한 무기 중에 하나란 말은 있어도.

"도대체 얼마나 대단하신 분이길래 이처럼 절 무시하는 것이죠?"

고개를 숙이고 있던 서문호에게 들려온 그녀의 말은 서문호가 이해하기는 힘든 말이었다.

"무……."

안타깝게도 서문호의 말은 중간에 잘려 버렸다.

"무슨 일이든 제가 말하는 것은 하나도 들어주려 하지 않잖아요. 게다가 위험에 처한 여인을 모른 척하기까지 하고. 제가 뭘 잘못했나요?"

계속된 무시에 분노한 그녀의 말에 서문호는 안심이 됨과 동시에 묘하게 답답해지는 가슴을 쓸어내리며 단운평을 바라보았다. 사실 초혜림은 외모가 천하삼미에는 들지 못하지만 커다란 두 눈과 조그마한 입, 그리고 자그마한 콧망울은 상당히 귀여웠다. 거기에 무공으로 균형 잡힌 몸매는 상당히 매력이 있었다. 분명 불청객인 그녀였지만 단운평이 그녀를 대하는 태도는 지나친 감이 없지 않았다. 게다가 화산파라는 거대 문파의 일대제자가 아닌가! 그런 그녀를 이처럼 무시한다는 것은 이상한 일이었다.

"그럼 묻겠소. 내가 어찌했어야 하는 것이오?"

단운평의 침착한 대꾸에 초혜림은 소리를 질렀다.

"적어도 여인을 대하는 태도는 아니지 않나요?"

그런 그녀의 말에 단운평이 차갑게 대꾸했다.

"초 소저, 당신은 여인이오, 아니면 무림인이오?"

별개의 말이다. 무림인이니 아니니 하는 말과 여인이니 사내니 하는 말은 분명 다른 관점의 이야기다. 하지만 단운평은 그것을 함께 물었다.

"그, 그야 무림인이죠."

일개 여인으로 대하길 바라지 않아 매일매일 노력해 온 초혜림에게 단운평의 물음은 벼락이 치는 듯한 충격이었다. 그녀의 대답에 단운평은 그녀를 가만히 지켜보다가 고삐를 잡았다.

"무림인에게 무림인의 대우를 한 것이 나쁘다고 말한다면 본인더러 어쩌란 말인지 모르겠소. 난 다른 사람과 똑같이 대하는 것일 뿐이오."

단운평의 대답에 초혜림은 머리 속이 복잡해졌다. 자신이 바란 것이다. 그런데 어째서 이리 분한 것인가? 남자, 여자가 아니라 한 사람의 무림인으로 인정받고 싶었던 것이 분명한데 이처럼 보통의 남자 무림인과 같은 대우에 화가 난 것일까?

아무런 말 없이 마차에 오르는 그녀의 모습을 바라보던 서문호는 단운평이 마차에 오르자 급히 마차에 올라탔다.

"초 소저도 여인이군요. 눈물을 보일 거라고는 생각지 못했습니다."

서문호의 나지막한 목소리에 단운평은 그를 힐긋 바라보고는 말했다.

"여인으로 느껴지는가 보군. 나에게는 무림인으로밖엔 보이지 않는데. 하지만 초 소저는 위험한 여인이다."

단운평의 말에 서문호는 부정할 수가 없었다. 자신의 마차를 여인 홀로 쫓는 모습이나 화산일룡이나 자신에게 지지 않으려 거칠게 검을 휘두르던 모습이 기억난 것이다.

하지만 조금 전 보았던 초혜림의 눈물 또한 머리 속에서 지워지지 않았다. 더군다나 초혜림은 천하에 보기 드문 미녀에 뛰어난 무공을 지녔고 거기에다 화산일봉이라는 거창한 별호까지 있는 여인이다. 서문호는 시간이 흐를수록 초혜림에 대한 호감이 높아짐을 느낄 수 있었다.

"다 왔군."

저 앞으로 보이는 거대한 벽으로 둘러싸인 장소가 바로 무림맹이다. 단운평의 말에 서문호는 마차를 가볍게 두드리며 초혜림에게 알렸다.

"초 소저, 다 왔습니다. 어떻게 하실 겁니까? 저희랑 함께 가시겠습니까, 아니면 일행을 기다리시겠습니까?"

서문호와 함께 무림맹으로 들어서게 된다면 무림맹에서는 당연히 화산파와 서문세가가 친분이 있다고 생각하게 될 것이다. 뿐만 아니라 서문호와 초혜림이라는 젊은 무인들과 함께 온 단운평을 그들의 인솔자라고 오해할지도 모른다. 서문호로서는 사실상 단운평이 인솔자가 맞지만 초혜림으로서는 그렇지 않았다. 화산일룡과 화산일봉의 인솔자는 화산의 장로인 배명환이었다.

"함께 들어가는 것은 무리다."

단운평의 말에 서문호는 고개를 돌려 단운평을 바라보았다.

"서문세가와 화산파는 그 정도의 친분이 없다."

단운평이 생각하는 것은 다른 것이었다. 이렇게 함께 들어가게 된다면 화산파와 서문세가뿐만이 아니라 화산파와 단운평 본인과도 어떠한 관계가 있으리라고 생각하게 될 것이다. 후에 화산파와 어떠한 분쟁이 생겼을 때 단운평 쪽에서 의를 저버린 것이라고 믿을 것이 분명했다. 대화산파와 이름 모를 마부 중에 어느 쪽에 믿음이 더 갈 것인지는 깊이 생각해 보지 않아도 쉽게 예측할 수가 있는 일이었다.

'물론 이곳에서 나는 마부 그 이상도 그 이하도 아니겠지만.'

단운평으로서는 자신에 대해서 알려지지 않기를 기대하지만 분명 서문세가주가 무림맹에 단운평에 대해서 연락을 해두었을 것이라는 것은 그도 예측하고 있는 일이었다.

"함께 들어가겠어요."

마차가 서자 마차 문을 열고 내려선 초혜림의 말에 단운평은 마부석에 앉아서 그녀를 물끄러미 내려다보았다.

'의외군.'

단운평은 자신의 예상과는 다른 초혜림의 말에 고개를 저었다. 그 모습에 초혜림은 고개를 돌리며 덧붙였다.

"물론 저는 일행이 아니라 화산파로서 들어가겠어요."

당연한 말이지만 초혜림의 입에서 나온 말은 조금 더 많은 것을 내포하는 듯했다. 초혜림은 천천히 무림맹의 정문을 향해 걸어갔다. 그 모습에 단운평 역시 채찍을 휘둘러 마차를 출발시켰다.

무림맹의 거대한 문에 이르자 서문호는 마차에서 내려 자신의 신분을 밝혔다. 그러자 곧 나타난 두 명의 접객당의 무사가 초혜림과 서문호를 안으로 안내했는데 단운평은 그들의 뒤를 따라 마차를 몰아 마구

간으로 향했다.

"이건 맹주님께 보내는 서찰입니다."

서문호가 내미는 서찰을 받아 든 무사는 급히 내원으로 향했고, 잠시 후 다시 나타난 그 무사는 남아 있던 무사에게 고개를 끄덕여 보인후 단운평을 데리러 갔다.

"맹주님께서 두 분을 만나보고 싶어하시는군요."

무사의 말에 바싹 긴장을 하게 된 두 사람은 아무런 말도 하지 못하고 그의 뒤를 따라 어디론가로 향했다.

"서문 소가주가 도착했습니다."

무림맹 가운데에 위치한 건물의 작은 방 앞이다. 서문호와 초혜림, 그리고 단운평은 문 앞에서 다시 만났다.

"어서 들어오게."

들려온 차분한 목소리에 서문호는 잠시 머뭇하다가 문을 열었다.

"서문 가주에게서 연락을 받았네. 자네가 서문호인가?"

자연스런 하대가 당연하게 느껴지는 눈앞의 사내에게 서문호는 가볍게 몸을 숙였다. 멀리서 본 적이 있는 사람이다. 그런 그에게 가볍게 웃던 사내는 눈을 돌려 단운평을 바라보았다.

"자네에 대한 이야기도 들었지."

사내의 온몸에서는 무서운 기세가 일었다. 그런 사내의 기세를 단운평은 거스르지 않고 가볍게 받았다. 그런 그의 모습에 사내는 감탄하며 말했다.

"서문 가주의 말이 과장되었다고 생각했건만 적힌 것 이상이군. 반갑네."

그의 말에 대답할 수조차 없을 정도로 단운평은 놀랐다. 자연스럽게 사내의 기세를 받았지만 알 수 있었다. 눈앞의 사내가 전력을 다한 기를 뿜어냈다면 자신은 결코 이처럼 편히 서 있지 못했을 것이다.

단운평은 눈앞의 사내가 누군지 알 수 있었다. 쉰 중반쯤 되어 보이는 얼굴과 무림맹의 가운데에 위치한 방. 그렇다. 이 눈앞에 보이는 사내의 정체는 무림맹의 맹주 검왕 우진명이었다. 실제 나이가 쉰셋인 당대 최고의 검수 중 한 명으로 검왕이라는 별호를 지닌 무림맹주이자 곤륜파의 수장인 인물이었다. 아무런 말 없이 서 있는 단운평의 모습에 초혜림은 조용히 고개를 숙이며 말했다.

"화산의 초혜림이 무림맹주를 뵙습니다."

그녀의 인사에 우진명은 단운평에게 쏠려 있던 눈을 돌려 초혜림을 바라보았다.

"화산일봉이라 불리는 이가 자넨가 보구먼."

그는 가볍게 의자에서 일어섰다. 그 순간 느껴지는 부드러운 기운에 서문호와 초혜림은 경외감을 가지고 무림맹주를 바라보았고, 단운평은 자신이 생각했던 것 이상으로 무림맹주의 무공 실력이 뛰어남에 호승심을 가지고 그를 바라보았다.

"원래 자네들은 이곳이 아니라 청룡당으로 갔어야 하지만 서문세가주의 편지를 받고서 자네들을 한번 만나보고 싶었네. 가능하다면 손을 한번 나눠보고 싶기도 해서 주변 사람들에게 이 주변으로 다가오지 못하게 했네만, 어떤가?"

그의 말에 초혜림과 서문호는 놀라지 않을 수 없었다. 도대체 서문세가주가 어떻게 편지를 썼기에 무림맹주가 이러한 조치를 취했단 말인가.

"저는 단지 서문 소가주를 이곳까지 데려온 마부일 뿐입니다. 감히 무림맹주와 손을 나눠보다니요."

아무리 주변에 사람이 없다고는 하나 자칫하면 무림 전역에 자신의 이름이 퍼져 나가게 될지 모른다. 무림맹주와 겨루어 패하든 이기든 무림인들은 자신에 대해서 좋은 감정을 가지지는 않을 것이다. 어찌 되었든 무림맹주는 천하를 지탱하는 하나의 축이기 때문이다.

하지만 우진명은 그냥 넘어갈 수가 없었다. 서문세가주의 말에 의하면 단운평이라는 이 사내는 엄청난 무공을 지니고 있다지 않는가. 만나본 결과로는 서문세가주 이상으로 걱정이 되는 우진명이었다. 혹시나 이자가 정파의 인물이 아니라면 위험한 존재로 무림맹에서도 이자를 감시할 필요가 있다.

"자네와 손속을 나누기 위해 주변을 비운 것뿐 아니라 몇 분을 모시기까지 했네. 자네가 거절한다면 그분들에게 실례가 되지 않겠나?"

이 정도면 강제라고 할 수 있다. 단운평은 상황이 점점 피할 수 없게 되자 가만히 무림맹주를 바라보다가 말했다.

"어떤 분들입니까, 모셨다는 분들이?"

간접적인 허락. 일단은 그들을 만나보겠다는 말이다. 그러자 우진명은 가볍게 웃으며 자신을 따라오라고 하였다. 단운평이 그의 뒤를 따르자 서문호도 급히 발걸음을 옮겼다. 그러나 초혜림은 그리할 수가 없었다. 자신은 단운평과 특별히 어떠한 관련이 있는 사이가 아니다. 그들이 사라지는 모습을 보는 초혜림은 주먹을 꽉 쥐었다.

무림맹의 한곳에 위치한 연무장. 열 명의 노인이 서 있었다. 승복과 누더기를 포함한 옷들을 보아 그들의 정체를 간단히 알 수 있었다.

구파일방. 정파의 기둥이자 하늘이라 불리는 열 개의 문파. 승복을 입고 빙그레 웃음 짓고 있는 저 노승은 아마도 전대 소림의 장문인인 대각 대사이리라.

"어서 오게. 자네가 서문세가주가 당대에 따를 자가 없다고 칭찬하던 후기지수인가 보군."

말을 건넨 건 대각 대사 옆에 서 있던 선풍도골(仙風道骨)의 노인으로 대각 대사의 친우이자 현 무당 장문인의 스승인 미려대인이었다. 우진명은 아무런 대답 없는 단운평의 모습에 피식 웃으며 입을 열었다.

"아무래도 서문세가주 같은 고수에게 두려움을 줄 정도의 사내가 이십대 후반의 젊은이라면 이분들도 관심이 가지 않겠나?"

스스로 밝히지 않는 이상 상대의 출신을 묻지 않는 것이 강호의 불문율. 급한 성정의 서문항비인만큼 수많은 상대와 무공을 겨루어봤고 그만큼 상대의 출신을 알아보는 눈이 뛰어났다. 그런 그가 패배를 인정하면서도 출신을 알아보지 못했다는 것은 천상의 무리들이 무림을 노리는 이때에 가히 좋은 일은 아닌 것이다. 서문항비의 편지를 받은 우진명은 무림맹의 대장로들에게 도움을 청했고, 무료하던 그들은 흔쾌히 승낙을 했던 것이다.

"우리들은 신경 쓰지 말고 마음껏 겨뤄보게."

카랑카랑한 목소리의 저 노인은 허리춤에 검을 달고 있었다. 청성파의 장로 천검 천군보다. 검으로서 적이 없다는 신검과 신기에 올랐다는 검왕과 더불어 천하 검객의 우상인 천검 천군보의 목소리에 단운평의 옆에 서 있던 서문호는 몸을 굽혔다. 그에 대한 존경은 검과 도를 구분치 않고 널리 퍼져 있었다.

"맹주는 검을 사용한다네. 혹시 자네도 무슨 무기를 쓰는가?"

목소리 하나만큼은 신선이나 다름없지만 외양은 누더기에 새빨간 코. 영락없는 주정뱅이 노인이다. 하나 그는 강룡십팔장과 타구봉법이 극에 이르러 그 적이 없다는 천하 거지들의 왕으로 불리는 취걸개이다.

"잠시만 기다려 주시오."

단운평의 말에 순간 서문호는 움찔했다. 눈앞에 있는 사람들은 명성에서 뿐만 아니라 실제로도 천하 정파인들의 존경을 받는 사람들이다. 게다가 나이조차 셈할 수 없을 정도로 많은 사람들이건만 단운평은 존칭을 사용하지 않고 있지 않은가.

"허어, 강제로 이곳에 불러낸 것이니 저렇게 말한다 해도 뭐라고 할 수가 없구먼."

느긋한 대답을 하는 인물은 화산의 태상장로 신검 태허관이었다. 화산일룡과 화산의 장로까지 제압한 자라 들었다. 그 때문일까? 그의 눈빛은 잔뜩 호기심을 띠고 있었다. 그 순간 단운평의 몸이 사라지자 그런 그의 신법에 모두들 탄식을 했다.

"들은 것 이상이군."

간신히 보였다. 보법이 매우 뛰어나다고 했지만 경공까지 우수하다. 당대 최고의 경공술을 지녔다는 유운행보 지령수의 말에 모두들 고개를 끄덕였다. 곤륜파의 대장로이자 우진명의 사숙이 되는 그는 그의 경공술을 다시금 생각하며 생각에 잠겼다.

"맹주, 조심하시오. 까딱하면 망신당하겠어요."

중년의 미부. 하나 이미 일흔을 넘긴 아미파의 살아 있는 전설 검후 봉연령이다. 신검, 검왕, 천검에 비해서는 한 수 아래지만 천하 여검수의 신봉을 받는 인물이었다.

그녀는 검뿐만 아니라 진법에도 능해 그녀가 강호에서 가지는 위치는 가볍지 않은 것이었다. 그 순간 단운평이 다시금 모습을 드러냈다. 그가 나타나는 모습을 지그시 바라보던 지령수는 탄식을 했다.

"그렇군."

그의 말에 그의 옆에 있던 종남파의 현 장문인인 지광 진인이 지령수에게 물었다.

"저자의 내력을 아시겠소?"

모두의 눈이 지령수에게로 향했다. 하나 그는 고개를 흔들며 말했다.

"확실한 건 아니오. 다만 예전에 저런 움직임에 대한 이야기를 들은 것이 기억난 것이지. 좀 더 지켜보고 말하겠소."

그의 말에 점창파의 태상노군 무화자가 우진명에게 말했다.

"어서 시작해 보시게."

무화자의 말에 우진명은 길게 숨을 내쉬었다. 우진명의 눈빛이 변하는 것을 본 공동파의 환옹이 눈을 빛냈다. 그리고 나머지 아홉 명의 전설적인 무인들도 급히 연무장 주변에 자리를 잡고 앉아 형형한 눈빛을 내기 시작했다. 그러자 서문호는 어쩔 줄을 모르고 그 자리에 서 있었다. 그들 모두 일정한 간격을 둔 채 연무장 주변에 앉아 있어 감히 그들 가까이 갈 수 없었던 서문호는 단운평에게 도움의 눈길을 보냈다.

"대각 대사 곁으로 가는 게 좋겠군. 그곳이 제일 안전하네."

그의 말에 우진명을 비롯한 열한 명의 무인은 어이없다는 표정으로 단운평을 바라보았다. 대각 대사의 위치는 단운평의 뒤다. 우진명의 공세가 자신 뒤로 갈 일은 없다는 말인가? 물론 단운평의 의도는 그런 것이 아니었다. 가장 방어적인 무공을 지닌 곳이 바로 소림이었기 때문이지만 변명까지 할 필요는 없었다.

"꽤나 시간이 흘렀군. 시작해 봅시다."

그의 말에 우진명이 안색을 굳히며 천천히 검을 뽑아 들었다. 단운평도 묵뢰를 감싸고 있는 검은 천을 벗겨내었다.

"아이야, 네 아비의 편지엔 자세한 것이 없었다. 저자는 어떤 도법을 사용하느냐?"

서문호는 조금 떨어진 곳에서 자신에게 물어오는 미려대인의 말에 아무런 대답도 할 수 없었다. 사실 그가 도를 쓰는 모습을 본 적이 없었기 때문이다. 도를 들고 화살이 빗발치던 곳으로 달려간 적은 있으나 그의 도법을 볼 수는 없었다.

"잘 모르겠습니다."

그가 대답하는 순간 단운평은 화살처럼 앞으로 쏘아져 갔다. 우진명은 순식간에 자신의 눈앞에 나타난 단운평의 도를 허리를 꺾어 피하고는 옆구리를 노려 검을 휘둘렀다. 순간 단운평은 다시금 뒤로 물러났고, 우진명은 자신의 검이 허공을 벤다는 느낌이 들자마자 몸을 숙여 뒤로 물러났다.

"엄청나군."

서문호에게는 자세히 보이지도 않는 움직임이었지만 연무장 주변에 있던 십 인의 전대고수들은 알 수 있었다. 단운평이 우진명의 얼굴을 노리고 움직인 것은 단 한 걸음이었다. 그것은 단운평이 우진명의 공간을 제압했다는 의미였다. 원하면 언제든 상대를 자신의 공격 거리에 둘 수 있다는 의미.

그 순간 우진명은 검을 가볍게 휘두르며 앞으로 뛰어갔다. 눈을 깜빡이는 순간 자신의 눈앞에 상대의 도가 날아들었다. 간신히 피할 수 있었던 도가 연속적으로 다시금 날아온다면…… 생각만 해도 식은땀이 흐르는 우진명은 가볍게 검을 휘둘러 단운평의 접근을 막으며 단운평의 신형을 잡기 위해서 앞으로 나아갈 수밖에 없었다.

'바람이 불어 구름이 걷히니······.'

단운평은 천앙의 혈풍 이후로 한 번도 자신의 무예를 가다듬는 것을 소홀히 한 적이 없었다. 마차를 몰 때도 도를 들지는 않았지만 시간이 나면 머리 속으로 도로(刀路)를 그렸다.

순간 묵뢰가 검은 빛을 뿌려댔다.

챙!

"헉!"

섬뜩한 기세에 급히 검을 치켜들어 단운평의 도를 막았다. 이어지는 단운평의 쾌도술에 우진명은 옆으로 급히 움직였다. 우진명은 단운평의 도가 어떻게 날아드는지 궤적을 살필 여유가 없었다. 다시금 날아드는 그의 도는 우진명이 가지고 있는 구명절초를 사용하게 만들었다.

"곤륜의 검은 빛을 가른다!"

우진명이 외친 것은 분광검법을 설명하는 가장 간단한 말이다. 그만큼 쾌속한 검법인 것이다.

펑!

검과 도가 마주치는 순간 단운평은 엄청난 기운에 뒤로 물러서며 그 기운을 흩어냈다. 하나 우진명은 뒤로 물러설 수 없었다. 분광검법은 뒤로 물러서면 안 되는 검법이었다.

순간 우진명은 기합성과 함께 허공으로 치솟아 올랐다. 운룡대구식이라 불리는 천고의 검법이자 보법이 시행된 것이다. 하늘을 가득 채운 검광은 단운평에게 쏟아져 내렸고, 단운평은 급히 몸을 뒤로 움직였다. 땅에 발이 닿자마자 우진명의 검은 다시금 단운평에게 날아들었고,

눈앞을 가득 메운 검의 형상에 단운평은 도를 몸에 붙였다.

'떠도는 구름의 변화에⋯⋯.'

파바박! 채재쟁! 콰쾅!

연무장을 가득 메운 폭음과 먼지들. 우진명은 놀라지 않을 수 없었다. 도와 검의 차이는 간단했다. 검이 도보다 그 무게가 가볍고 폭이 좁은 반면에 도는 무겁고 도신이 두껍다. 즉, 간결하고 강한 힘을 위주로 한 공격을 위한 무기가 도라면 빠르게 움직이며 변화무쌍한 공격을 위한 무기가 검이었다. 그런데 자신이 엄청난 빠르기로 만들어낸 검의 숫자만큼 도의 그림자를 만들어냈다. 그 순간 단운평도 우진명을 감탄의 눈으로 바라보았다.

'풍의 속도와 운의 변화를 따라오다니. 좋다, 그렇다면⋯⋯.'

단운평은 가볍게 어깨를 한 번 흔들고는 우진명을 노려보았다.

'구름은 비를 부르고 비는 천하를 적시니⋯⋯.'

순간 단운평의 신형이 사라졌다. 우진명은 눈앞의 먼지 때문에 단운평의 형태만 보았건만 갑작스레 그런 인영(人影)이 사라지자 급히 고개를 돌려 단운평의 모습을 찾았다. 그러다가 우진명의 눈에 들어온 것이 서문호의 모습이었다. 서문호가 고개를 올리고 있는 것이 보이는 순간 우진명은 급히 허공으로 검을 휘둘렀다. 비처럼 떨어져 내리는 도기들. 우진명은 전력을 다해 검을 휘둘렀지만 어느새 왼쪽 어깨에 통증을 느꼈다.

'오랜만이군, 이런 긴장감은.'

서문항비의 기분이 이랬을까? 분하고 억울하지만 나쁘지 않은 기분이다. 우진명은 단운평이 땅에 내려서자 피가 흘러내리는 자신의 왼쪽 어깨를 보며 피식 웃었다.

"아무래도 무림맹주로서의 업무 때문에 무공 연마를 게을리 했나 보군."

단운평은 도를 치켜들었다. 자신의 생각 이상으로 강한 자이다. 자신이 펼친 우(雨) 초식은 허공에서 아래로 피할 수 없을 만큼 많은 도기를 뿜어내는 것으로 그 위력이 엄청나다. 그러나 상대는 어깨에 조그만 상처만 났을 뿐 움직임에는 전혀 이상이 없어 보였다.

"풍.운.뇌.우.섬.폭.이었던가? 여섯 글자의 도법이라 불리는 풍운뇌력도법인가?"

순간 들려온 대각 대사의 목소리. 그의 말에 단운평은 움찔했고, 지령수 역시 고개를 끄덕이며 입을 열었다.

"자네도 나와 같은 결론을 냈나 보군. 그 보법은 아마도 질풍섬각에서 나온 것 같네만……."

그의 말에 단운평은 우진명을 힐긋 보고는 몸을 돌려 지령수를 바라보았다.

"두 분의 예상은 틀리지 않았습니다. 하나 이야기는 잠시 후에 하겠습니다."

그의 존대에 대각 대사와 지령수는 고개를 끄덕이며 단운평을 바라보았다. 하나 비무는 계속될 수 없었다. 어느새 우진명의 주위로 천검 천군보와 신검 태허관이 서 있지 않는가.

"이런 중요한 때에 맹주가 다쳐서는 안 되지 않소. 맹주는 어서 치료나 하시오."

천군보의 말에 우진명은 내심 쓴웃음을 지었다. 한참 기분이 좋았건만 이 두 사람은 아마도 눈앞의 사내의 도법에 피가 들끓어 참기 힘들었던 것이다. 불행히도 우진명은 이 두 사람의 말을 따를 수밖에 없었다. 우진명에게 이들 둘은 강호의 선배이자 존경하는 검객이었으며 무림맹의 장로이기도 했기에 그들의 말을 거역할 수가 없었다.

"흠, 비무… 재밌었네."

그의 쑥스럽다는 말투에 단운평은 가만히 고개를 숙여 보였다. 이해한다는 의미였다.

"자네는 뭘 하는가?"

천군보의 말에 태허관은 피식 웃었다.

'선수를 치겠다는 말이렷다?'

"저 녀석에게 우리 화산의 장로와 화산일룡이라 불리는 멍청한 놈이 졌다는 소문은 들었나?"

간단히 말하자면 내가 손속을 나눌 테니 너는 비키란 이야기이다. 이때 그런 그들에게 또 다른 경쟁자가 나타났다.

"어험, 맹주가 못 끝낸 비무는 당연히 같은 문파인 내가 해야 되지 않겠나?"

유운행보 지령수의 목소리다. 그의 말에 천군보가 다시금 입을 열었다.

"화산도 겨루어보았고 곤륜도 겨루어보았다면 이제 우리 청성의 차례가 아닌가? 어서 비키게."

대각 대사 옆에 있던 서문호는 어이가 없었다. 차례라니? 구파일방과 다 겨루어보아야 한다는 말인가? 사실은 이들 역시 서문항비처럼 제대로 몸을 풀 수 있는 상대가 항상 그리웠던 것이다. 서문호로서는 이해가 되지 않았지만 이들 장로들은 이 좋은 기회를 포기할 수가 없었다. 더군다나 위험할 정도로 강한 무사의 정체를 밝히기 위함이라는 적절한 명분도 가지고 있지 않은가.

굴 가득 미소를 채웠다. 처음 듣는 이야기다. 단 한 번도 검과 겨뤄 패해본 적이 없는 도법이라. 도법을 익히고 있는 자신에게 있어 이보다 기쁜 이야기는 없었다. 검을 가리켜 만병지왕이라고 강호인들이 말해왔다. 그런 이야기는 도를 연마하는 자신에게 자존심 상하고 화나는 이야기가 아닐 수 없었다. 하나 정파에서 정상에 도달한 무인들이 가지고 있는 무기의 대부분이 검이라 어떻게 변명조차 할 수 없었다. 검을 상대로 불패도가 있다는 것은 천하 도수(刀手)들에게 있어 자부심을 느끼게 할 만한 이야기였다.

"윽."

작은 신음성. 어느새 단운평의 신형과 취걸개의 몸이 바짝 붙어 있었다. 어느 쪽인가? 모두의 궁금증은 쉽게 풀렸다. 이번에는 단운평의 얼굴을 가린 머리칼 사이로 드러난 그의 턱에서 핏물이 떨어지고 있었다.

"대단하이."

취걸개의 감탄성에 단운평은 자신의 복부에 닿아 있는 취걸개의 손을 가볍게 쳐내고선 뒤로 물러섰다.

"강룡십팔장이라……. 소문대로 극에 이른 것 같군요."

단운평의 말에 대각 대사는 흠칫했다. 극이라는 말은 형(型)을 완벽하게 익혔다는 말이 아닌가.

"한 번씩 주고받았으니 결과는 호각이라고 해야 하는 것 아닌가. 허허허, 나도 한번 겨루어보고 싶군."

어느새 취걸개의 뒤로 다가가 그의 어깨를 잡은 사람은 무당파의 미려대인이었다.

"우리 무당이 검만을 다루는 곳은 아니지. 우리의 태극권도 불패라는 허명이 붙어 있네만……."

그의 말에 취걸개는 발끈해서 무언가 말을 하려 했으나 그의 귀로 미려대인의 목소리가 들려왔다.

"강룡십팔장을 전력을 다해 사용하면 자네나 저 녀석 둘 중 하나는 죽을지도 모르네. 물론 나는 자네가 질 거라고는 생각지 않네만 천앙이 노리는 이때에 저런 인재를 죽일 생각인가?"

그의 말에 취걸개는 내심 불만이 가득했지만 인정할 수밖에 없었다. 강룡십팔장은 강맹한 힘을 위주로 하는 무공이다. 질풍섬각의 위력은 충분히 맛보았고 미려대인의 말처럼 둘 중 하나가 다치거나 잘못하다간 양패구상이 될지도 모르는 일이었다.

"에잉, 나이가 들어서 이제는 젊은 놈이랑 겨루는 것도 쉽지 않구먼."

연무장 바깥쪽으로 향하는 그의 모습을 보던 단운평은 그제야 눈치를 챘다. 이들은 자신을 제압하려는 것이다. 자신들에게 힘이 되는 존재가 되는지, 혹은 제거할 대상이 될지 아직은 알 수 없지만 힘으로 제압하려는 것이 분명했다.

"친구가 아니면 적이란 말이군."

혼잣말을 하듯 작게 말했지만 그의 말을 듣지 못할 정도의 실력을 가진 자는 아무도 없었다.

"음, 눈치가 빠르군. 이번에도 자네가 견뎌낸다면 자네를 조용히 보내주겠네."

"그렇지 않다면?"

"다른 결과가 나온다면 잠시 동안 자네의 신병을 구속하겠네. 그리고 자네의 신분과 강호행의 목적에 대해서도 알아야겠네."

"내가 지금 이곳을 떠난다면 어찌 되는 것이오?"

그의 말에 미려대인은 당황했다. 분명 그가 지금 이곳을 떠난다면 그의 신법을 보았을 때 잡을 수 있는 사람은 아무도 없었다. 더구나 미리 명을 내려 이 주변에는 이들 외에는 아무도 없었으니.

"그렇게 된다면 자네가 어떠한 목적을 가지고 이곳에 왔다고 생각할 수밖에 없네."

적으로 간주하겠다는 말이다.

부르르.

서문호의 팔에 소름이 돋았다. 미려대인은 다시금 놀란 눈으로 단운평을 바라보았다. 이제껏 보이지 않던 살기를 뿜어내기 시작한 것이다.

"결국 이렇게 되는 거였군."

취걸개와 호각에 가까운 무공을 지녔지만 그것은 분명 서로가 서로에게 실수를 쓰지 않았기 때문에 그러한 것이었다. 이번에는 다르다. 어떻게 될지 모르는 문제다. 어느 쪽의 상황 판단이 빠르냐의 문제다. 순간순간의 판단이 잘못된다면 생명을 빼앗길지도 모르는 상황으로 변했다.

"전력으로 가겠소. 단, 도는 사용치 않겠소."

단운평의 말에 미려대인은 내심 신음성을 삼킬 수밖에 없었다. 자신이 권각술로 하자고 했지만 분명 본인이 자신있는 것은 검이었다. 하나 이미 자신이 한 말이 있기에 다른 말은 할 수가 없었다. 그리고 공격력에서는 강룡십팔장에 미치지 못할지 모르지만 태극권은 정으로서 동을 제압하는 무공으로 단운평의 빠른 공격을 막아낼 수 있는 가능성이 컸다.

'쉽게 패하지는 않을 것이다.'

쇄액!

앞으로 달려나오던 단운평의 신형이 순간 미려대인 위로 솟구쳤고, 그 순간 대기를 가르는 소리가 들려왔다.

'뭐지?'

무시무시한 소리에 미려대인은 급히 내공을 끌어올린 두 팔을 들어 허공에 원을 그렸다. 허공으로 솟구친 단운평의 신형은 그야말로 한 마리 매처럼 미려대인을 향해 내려왔고, 그 순간 단운평의 두 손이 번개처럼 움직였다.

파바박!

그 순간 취걸개는 자신의 사부로부터 들었던 질풍섬각에 대한 설명을 기억해 내었다.

"질풍섬각의 질풍은 빠르다는 말이다. 그리고 섬각 역시 빠른 다리란 말이지. 그만큼 쾌속무비하단 말이다. 하지만 잊지 말아라. 질풍의 의미는 단지 빠르다는 것이 아니라 그만큼 허공에서 그 위력을 떨친다는 것이다. 바람처럼."

태극권. 소림에 백보신권이 있다면 무당에는 태극권이 있었다. 두 팔로 커다란 원을 끊임없이 그려내는 간단한 동작은 상대의 힘을 분산시키고 튕겨내며 상대의 손발을 원 속에 가두기도 하였다. 문제는 태극권은 빠른 움직임이 아니라 부드럽게 움직이며 흐름을 만들어냄으로써 상대의 힘을 흩어버리는 철벽의 수비를 자랑하는 무공이라는 것이다.

물론 대기의 흐름에 몸을 맡기며 움직이는 동작에는 가볍지 않은 힘이 들어 있어 그 파괴력도 가볍지 않다. 정중동이라는 말을 가장 잘 실현시키고 있는 무공이 바로 태극권이었다. 하나 지금의 상황에서는 태극권의 위력을 발휘하기 어려웠다.

허공에서의 공격. 위에서 아래로 하는 공격은 옆으로 그 힘을 분산시키기도 힘들었고 아래로 힘을 보낼 수밖에 없건만 단운평의 공격은 한 번에 끝나는 것이 아니었다. 둥글게 돌린 팔에서 나오는 힘이 단운평의 장력을 막아내자 그 반동을 이용해 단운평은 다시금 허공에서 한 바퀴 돌고서 두 발을 번갈아가며 휘둘렀다. 아니, 허공에서 미려대인의 머리 위를 계속 밟아갔다. 이른바 연환퇴. 태극권은 그 무공의 특징상 움직일 수 없었기에 계속된 단운평의 공격을 흩어내려 했지만 팔이 저려옴은 어쩔 수가 없었다. 게다가 취걸개와는 다르게 단운평의 다리엔 엄청난 경력이 쏠려 있어 자칫 실수하면 미려대인의 어깨나 머리가 박살이 날 것이다.

"하앗!"

짧은 기합성. 미려대인은 무릎을 살짝 굽혔다가 다시금 무릎을 펴서 팔을 크게 휘둘렀다. 그리고 허공에 그려지는 태극의 문양.

단운평은 그 태극의 문양에서 가늘고 얇은 기운이 뻗어옴을 알 수 있었다. 타격이 아니라 베어지는 것이다. 아마도 태극권을 이용한 수검(手劍)이리라. 단운평은 급히 허공에서 몸을 비틀어 날카로운 기운들을 피하며 뒤로 물러섰다. 땅에 내려선 단운평은 가만히 미려대인을 바라보았다.

스르륵.

흘러내리는 단운평의 머리칼. 차가운 눈빛에 미려대인은 어느새 바닥에 박힌 자신의 발을 빼내었다.

'맹수다, 저런 눈빛은.'

미려대인은 은근히 느껴지는 어깨의 통증에 미간을 찡그리고는 한 발 앞으로 나섰다.

"무기를 사용치 않는다고 한 것 같은데……."

고개를 가볍게 흔들며 말하는 단운평에게 미려대인은 가볍게 웃으며 답했다.

"내게 무기가 어디 있는가?"

피식.

단운평은 그의 말에 고개를 절레절레 흔들고서는 말했다.

"수검을 사용하고서도 무기를 들지 않았다니, 뭐, 수검을 들었더라도 태극권을 펼쳤으니 권법이라고 해야 하는가?"

혼잣말을 하듯 중얼거리는 그의 말에 미려대인은 안색을 굳혔다. 다음공격은 심상치 않을 것이다. 허공에서 철퇴로 내려치는 듯한 공격이었다. 막은 것이 아니라 수검으로 같이 공격했다.

질풍섬각은 최강의 공격력을 가진 권각술이다. 태극권으로 견뎌낸 것은 최강의 수비식이기 때문이건만 수비식을 포기해 버렸다. 아니, 자신의 태극권 성취로서는 질풍섬각을 막아낼 수 없었다는 것이 옳은 이야기일 것이다. 자신이 수검을 사용하는 것을 알게 된 단운평의 공격을 막아낼 수 없을지도 모른다. 미려대인은 머리 속으로 많은 초식들을 생각하고 또 생각했다.

순간 미려대인의 방심이 생긴 순간 단운평의 움직임은 또다시 인간이 움직일 수 있는 한계를 넘어서고 있었다.

스르륵.

꿈결처럼 다가간 단운평의 신형은 어느새 미려대인의 안쪽으로 파고들었다. 쇄액.

바람 소리를 일으키며 단운평의 주먹이 미려대인의 관자놀이를 강타하려는 순간 단운평의 머리를 울리는 소리가 있었다.

"아이야, 손속에 인정을 두거라."

머리를 울리는 소리는 단운평의 기를 흔들어 움직임을 멈출 수밖에 없었다. 목소리에 실린 힘만으로도 경지를 넘어선 존재임을 알 수 있는 신형은 순식간에 미려대인의 옆으로 다가가 미려대인의 옷사락을 잡고 연무장 밖으로 던져 버렸다.

선풍도골이라는 말이 어울리는 백미와 백염의 소유자. 백미와 백염에 어울리지 않게 무척이나 젊은 얼굴을 한 중년인은 누구란 말인가. 그러나 외모와는 다르게 단운평은 중년인에게서 풍기는 위험한 기운에 온몸의 신경이 짜릿할 정도로 곤두섰다.

"무림맹주가 대단한 고수가 나타났다고 해서 와봤더니 과연 대단하긴 대단하구먼."

그의 말에 단운평은 덜컥 가슴이 내려앉는 느낌이었다. 알 수 있었다. 눈앞의 사내는 현재의 자신이 감당할 수 있는 존재가 아니다.

"아이야, 나는 초류염이라고 하는 늙은이다."

자신의 궁금증을 미리 눈치챈 듯한 중년인의 말에 단운평과 서문호의 눈이 커졌다.

철혈무제(鐵血武帝) 초류염. 사파의 제일고수라는 도왕 화엽상과 더불어 무신이라 존경받는 인물이다. 과거 일천의 비무를 모두 승리로 장식하고 화엽상과 벌인 일야의 대결은 강호무림 역사상 가장 장엄한 대결로 일컬어지고 있었다. 그 전설의 주인공이 바로 눈앞에 있는 사내란 말인가.

"질풍섬각이라……. 질풍뇌력이 언제부터 그런 이름으로 불리게 된 건지는 모르지만 이미 몸이 많이 상했다. 이곳에서 쉬다가 가거라."

취걸개, 미려대인과의 겨룸에 앞서 몸의 상태가 좋지 않음을 간파하고 있다는 사실에 단운평은 놀라지 않을 수 없었다. 어떻게 그렇게 쉽게 알 수 있단 말인가. 게다가 어떻게 질풍뇌력이란 이름을 알고 있는 것인지…….

스윽.

부드럽게 다가오는 초류염의 손은 이내 거대하게 변해 단운평을 압박하였다. 급히 뒤로 물러서려 했지만 초류염은 다른 이들과 다른 방법으로 그의 몸을 제압해 들었다. 거대한 기로써 단운평의 몸을 구속한 것이다. 제아무리 단운평이라 할지라도 나이라는 한계로 인해 내공의 차이가 워낙에 컸기에 초류염에게 쏟아져 나오는 기에 아주 잠시동안 움찔했고, 그 순간을 놓치지 않은 초류염은 가볍게 손을 뻗어 단운평의 마혈을 짚고 말았다.

그렇게 단운평은 쓰러지고 말았다. 너무나 쉽게 기의 그물에 걸려 꼼짝없이 당한 단운평. 초류염이라는 이름에 놀라 잠시 동안 평정을 잃었던 탓에 너무나 쉽게 제압당한 것이다.

"음."

단운평은 가벼운 신음성과 함께 눈을 떴다. 어느새 주변은 어둑해져 있었다. 가만히 자신의 몸 상태를 확인하던 단운평은 머리를 스치는 생각에 고개를 흔들었다.

"무형검의 경지로군. 선인지로 단 일식(一式)인가?"

선인지로라면 말 그대로 앞으로 손을 뻗는 동작이다. 선인이 되려면 바른길로 똑바로 가야 하지 않겠는가. 간단한 동작에 너무 맥없이 당하고 말았다.

'평정을 잃다니⋯⋯. 다음에는 지지 않는다.'

그때의 한 수를 생각하자 피가 끓어오르는 듯한 기분이 들었다.

"기침하셨습니까?"

문밖에서 들리는 목소리는 서문호였다.

"무슨 일인가?"

단운평의 대답에 살짝 문을 열고 들어오는 서문호의 손에는 묵뢰가 들려 있었다. 서문호는 단운평에게 다가가 두 손으로 묵뢰를 내밀었다. 진중한 발걸음과 행동. 단운평은 서문호의 이러한 행동을 하는 이유를 짐작할 수 있었다.

"네가 배운 것과는 다르다. 그러나 같은 길을 가는 것이다."

간단한 말이지만 서문호는 이해할 수 있었다. 도를 쓰는 자에게, 아니, 무공을 익히는 자에게 있어 최종 목표는 최강이라는 칭호를 듣는 것이다. 그렇다면 자신의 도법과 단운평의 도법이 다르더라도 분명 배울 점이 있으리라는 의미다. 어차피 자신의 도법이나 단운평의 도법이나 인간이 펼치는 것은 매한가지이다.

"앞으로 많은 지도 부탁드립니다. 무엇이든 시키는 대로 열심히 하겠습니다."

"음⋯⋯."

지나치게 번쩍이는 저 눈빛. 단운평은 가만히 서문호를 바라보다가 묵뢰를 들어 말했다.

"수련을 위해 빌려주마."

서문호는 의구심 가득한 눈빛으로 묵뢰를 다시금 받아 들며 입을 열었다.

"무슨……?"

"내가 어딜 가든 넌 항상 그 도를 들고 내게 따라와야 한다. 그리고 어떠한 일이 있더라도 매일 묵뢰를 휘둘러야 한다. 내가 정해준 방식으로 천 번씩."

간단한 그의 설명에 서문호는 팔의 힘이 쭉 빠졌다. 자신의 손에 들려진 도의 무게는 일반적인 도보다 몇 배, 아니, 몇십 배 이상 무거운 것이었다. 이 도를 천 번 휘두르게 된다면 젓가락도 들지 못하게 될지 모른다.

"뭐 하는 거냐?"

단운평의 날카로운 말에 서문호는 급히 도를 자신의 품속으로 당기며 고개를 숙였다.

"지금부터 시작하지 않으면 해가 저물기 전까지 끝내기 힘들 텐데?"

'설마 오늘부터란 말인가!'

서문호가 급히 방문을 열고 나서는데 그 뒤로 단운평의 목소리가 이어졌다.

"위에서 아래로 곧바로 내려쳐라. 바닥에 한 점을 찍어야 한다."

한 점. 반드시 땅에 닿아야 하며 땅에 깊이 박혀 선이 되어서도 안 되며 옆으로 빗나가도 안 된다는 의미다. 천 번을 그렇게 하라는 것은 불가능한 이야기다. 하지만 서문호는 아무런 반박을 할 수 없었다. 분명 불가능한 일이지만 저자는 할 수 있는 일일 것이다. 천 번이 아니라 만 번이라도 그렇게 할 수 있을 것이다. 그렇지 않고서야 불패의 전설을 지닌 도법을 펼치는 자라고 말할 수 없을 테니까.

서문호를 방 밖으로 내보낸 후 단운평은 다시금 초류염의 한 수를 떠올리고 있었다.

'아직 질풍뇌력에 도달하지 못했다. 하지만 풍운뇌력도법이라면 어느 정도 승산은 있으리라.'

초류염이 말한 질풍뇌력은 질풍섬각을 극에 이른 뒤에 배우게 되는 단계의 무공이다. 익힌 후 신법을 행할 경우 대기가 찢어지는 듯한 소리가 난다 해서 뇌력이라고 불렀던 무공이다. 하지만 단운평의 질풍섬각에 대한 성취는 무음의 경지. 아직은 한참이나 부족한 공부였다.

'질풍뇌력이라는 말을 알고 있다면 풍운뇌력도법을 피할지도……'

순간 머리 속을 파고드는 생각에 단운평은 급히 몸을 일으켰다. 철혈무제 초류염은 역사상 그 경지에 오른 자가 다섯 명이 채 되지 않는다는 검강을 시전할 수 있는 자이다. 때문에 철혈무제를 무신이라 부르는 것이다. 자신의 풍운뇌력도법의 성취로 검강을 막을 수 있을까? 거기에 대한 대답은 불행히도 아직은 아니다였다.

'부족하다. 아직 나는 많이 부족하다.'

단운평은 자리에서 일어나 선 상태로 천천히 손으로 허공에 그림을 그렸다. 바람 같기도 하고 구름 같기도 하며 소나기 같기도 한 그런 그림을 허공에 그렸다. 그리고 점점 빠르게 손을 움직여 허공에 하나의 공간을 만들어갔다.

따사로운 햇살이다. 햇살이 가볍게 서문호의 눈가를 간질이자 서문호는 어쩔 수 없이 눈을 떴다.

"크악!"

이러한 고통은 맹세코 처음이다. 햇살에 눈을 가리려 팔을 움직이는 순간 어깨가 뽑히는 듯한 느낌이 들었다. 비명을 지름과 동시에 어깨에서 목으로 이어지는 근육이 파열되는 듯 뚜둑 하는 소리를 내지 않는가. 서문호는 간신히 허리를 굽혀 몸을 일으키는데 순간 호흡이 곤란할 지경이었다. 허리에서 역시 근육들이 심하게 뭉친 듯 엄청난 고통이 함께하였다. 일어선 채 부들부들 떨고 있는 그에게 단운평의 목소리가 들려왔다.

"일어났으면 준비하고 어서 나와."

부들거리는 온몸을 자신의 도로 지탱한 채 묵뢰를 등에 걸쳤다. 그리고 몸을 움직여 문밖으로 나섰다. 그 순간 온몸에 힘이 빠져 주저앉아 버렸다.

얼굴을 길게 가로지른 상처, 창백하나 어딘지 모르게 검게 보이는 얼굴, 그리고 검은 안대. 분명 그리 무서운 인상은 아니지만 순간 느껴지는 것은 공포였다. 눈앞의 사내의 눈빛이 자신의 몸을 꿰뚫고 지나갔다.

"뭐 하나, 어서 서두르지 않고? 그리고 내 도는 등에 메라고 한 것이 아닌데?"

특유의 목소리. 그렇다면 저자가 단운평이란 말인가? 처음으로 제대로 보게 된 단운평의 얼굴은 충격이었다. 의외로 어려 보이는 얼굴이다. 분명 이십대 후반이라고 알고 있었건만 상처만 없었다면 이십대 초반이라 해도 믿을 수 있을 것이다. 다만 저 냉기 가득한 표정과 커다란 상처, 그리고 눈빛에서 말하고 있다. 자신은 애송이가 아니라고.

"미려대인을 이기지는 못했다. 하지만 떠나도 좋다는 전갈을 받았다."

그렇게도 단운평을 보내지 않으려 했던 무림맹 측이 그를 보내주는 것은 아마도 초류염의 입김이 있었으리라. 무슨 이유인지는 몰라도 빚을 져버렸다는 생각에 단운평은 마음이 편치 않았다. 어쨌거나 자신의 처음 계획처럼 무림맹을 나서게 된 것으로 만족하고 마차로 다가가던 단운평은 마차 앞에서 멈칫 설 수밖에 없었다.

"무슨 일입니까?"

단운평의 차가운 목소리. 서문호는 묵뢰의 무게와 시원찮은 몸 때문에 단운평으로부터 뒤처져서 허겁지겁 달려나오고 있었는데 눈앞의 상황에 놀라 입만 쩍 벌리고 있었다.

"무림맹에서만 있는 것도 이젠 지겨워서 말이지. 나도 함께 가겠네."

미소를 지으며 마차 안에서 얼굴을 내밀고 있는 자는 신검 태허관이었다. 게다가 그 옆에 앉아 있는 사람은 천검 천군보가 아닌가.

"나도 강호 유람을 해본 지가 오래라……. 같이 가는 데 불만이 있는 건 아니겠지?"

유들유들한 웃음. 그 신선 같고 하늘처럼 보이던 인물들의 이 같은 모습은 서문호에게 충격이었다.

"함께 갈 생각은 없습니다."

단운평의 말에 천군보와 태허관은 피식 웃고는 입을 열었다.

"비록 아무도 볼 수 없도록 지시하였다 하나 맹주와 취걸개가 내상을 입었고 우리들이 모두 모였었다. 그리고 연무장은 엉망이 되어 있고… 무림맹에도 천앙 무리의 첩자가 있음은 틀림없고, 또 무림맹의 대다수가 너에 대해서 궁금해하고 있지. 확신은 없지만 분명 너와 관계된 일이었음은 세 살 먹은 어린애도 예상할 수 있는 것이고."

"하고 싶은 말이 뭡니까?"

말이 길어지기 시작하자 단운평이 재빨리 말을 끊었다.

"즉, 우리가 너의 호위가 되는 것이지. 네 녀석만큼 뛰어난 무인을 그냥 보내줘서는 안 된다는 말이 나와서 말이지."

거짓말일 것이다. 분명하다. 말 그대로 강호 유람을 하고 싶다면 굳이 자신의 마차에 탈 일도 없고 자신을 보호해야 한다는 말도 이해할 수 없는 말이다. 자신의 실력을 보았다. 그들과 자신의 실력이 비슷한 것을 알고 있으면서도 호위가 되겠다는 것은 억지였다. 하지만 그들의 이어지는 말에 더 이상 거절할 수가 없었다.

"게다가 맹주께서 더 이상 구파일방과의 충돌을 피하기 위해서 누군가가 동행을 해야 한다고 하니……."

화산파와의 충돌이 있었다. 작은 일이라면 작은 일이라고 할 수도 있지만 명예를 중시하는 정파에서 한 방파의 장로와 문파의 후기지수 중 한 명이 이름 모를 무인에게 패했다면 상대에 대해 적지 않는 원한을 품게 되는 것은 당연한 일이었다. 그것을 막아준다는 말이다. 물론 단운평으로서는 크게 신경 쓰이지 않는 일이었으나 계속 그들이 덤벼들 것이라면 생각보다 적지 않는 부담이 될지도 모를 일이다. 단운평은 한숨을 푹 쉬고 마차에 올랐고, 서문호는 상황을 파악하고 단운평의 옆 자리로 몸을 실었다.

무림맹을 나선 지 삼 일째다. 어디로 가는지 아무런 말이 없던 단운평이 입을 연 것은 말을 쉬게 한다며 마차를 잠시 쉬게 하고서 서문호에게 횡으로 도를 휘두르게 한 지 이각이 흐른 뒤였다.

"아무래도 저들을 떼어두려면 화산파에 들러야겠군."

그의 말에 서문호는 열심히 도를 휘두르면서 그의 말에 동의했다.

"헉헉, 한시라도 빨리 화산과 청성에 들, 헉헉, 러서 두 분을, 두 분을 헉, 모셔다 드리는 게 좋을 것……."

그는 채 말을 잇지 못했다.

"우리가 언제 화산에 데려다달라고 했느냐?"

천검 천군보가 어느새 다가와 하는 말에 서문호는 단운평을 바라보며 도움의 눈길을 보냈다.

"제가 언제 두 분을 손님으로 모신다고 했습니까?"

차가운 대꾸.

"맹주의 명을 받고 움직이는……."

"그건 나와는 상관없는 이야기요."

다시금 짧아진 말투. 옆에서 그런 모습을 보던 서문호는 고개를 흔들고 다시금 도를 휘둘렀다. 어제처럼 흔들리는 마차 위에서 도를 휘두르고 싶지는 않았다. 그것은 이처럼 땅에서 휘두르는 것보다 몇 배, 아니, 몇십 배나 힘든 일이었다. 그리고 자신은 이미 단운평을 따르기로 한 몸. 천검과 신검을 바라보고 존경한다 해서 자신이 그러한 위치에 오르는 것은 아니지만 단운평을 따르면 천검과 신검의 위치까지 오르게 될 것이다. 자신은 단운평을 믿고 따르기만 하면 되는 것이다.

"그럼 무림맹의 명을 듣지 않겠단 말이냐?"

어느새 언성이 높아진 천군보는 버럭 소리를 질렀다. 하지만 단운평은 태연했다.

"화산에서 저의 모습은 알고 있을 테고 두 분의 한마디면 그들과 부딪칠 일은 없소. 게다가 보호라는 것은 함께라기보단 한발 뒤에서 하는 것이 아니오? 이처럼 귀찮게 하는 것은 호위가 아니라 볼모로 잡는 것과 뭐가 다른 것인지……."

단운평의 날카로운 지적에 천군보는 아무런 대답을 하지 못했다. 다년간 호위무사를 한 단운평이다. 세상에 호위를 이런 식으로 하는 자는 없다. 오히려 자신이 이들을 보필하고 있는 것이 아닌가.

"그래서?"

옆에서 가만히 듣고만 있던 태허관의 차가운 목소리. 점점 더 분위기는 위험하게 변해가고 있었다. 물론 단운평이나 서문호는 태연했다.

"휴, 오늘 분량은 다 했습니다."

가볍게 묵뢰를 내리며 말하는 서문호의 이마에서 굵은 땀방울이 흘러내렸다.

"그럼 이제 출발하지."

태허관의 말을 무시하고 마차에 오르는 단운평과 그런 그의 말에 태허관과 천군보를 지나쳐 마차에 오르는 서문호의 모습은 너무나 자연스러웠다. 그리고 태허관과 천군보가 마차에 오르기도 전에 마차는 출발했다.

"네 이놈!"

신검 태허관의 쩌렁쩌렁한 외침과 동시에 태허관의 검이 단운평의 목을 향한 건 순식간의 일이었다.

"합!"

짧은 기합성과 함께 서문호가 들고 있던 묵뢰를 잡고서 허공으로 치솟은 단운평은 위에서 아래로 도를 힘껏 내려쳤다.

쾅!

도와 검이 부딪치는 소리치고는 너무나 큰 소리다.

"백만 번쯤 이러한 동작을 연습하면 정면에서 오는 공격은 모두 튕겨낼 수 있을 것이다."

어느새 사뿐히 마차 위로 내려신 단운평의 말에 서문호는 자신이 하는 연습이 완성된 순간의 위력을 알 수가 있었다. 하루는 머리 위에서 발끝까지, 다음날은 수평으로, 그리고 그 다음날은 비스듬하게 우측 위에서 좌측 아래로, 좌측 위에서 우측 아래로 도를 휘두른다. 전력을 다해서, 그리고 분명한 선을 그리면서 행하는 단순한 휘두름은 순수하게 팔만 움직여서 하는 연습이라 내공을 사용하더라도 두 팔은 매일 푸르죽죽하게 변하곤 했다.

하지만 지금과 같은 위력이라니……. 태허관의 어검술(馭劍術)은 그 위력이 엄청나 사람들이 그를 가리켜 신검이라 부르고 있거늘 저처럼 할 수 있다면 백만 번이 아니라 천만 번이라도 휘두를 수 있다고 생각하는 서문호였다. 필요한 것은 깨달음이 아니었다. 단순하지만 효율적인 수행이 저러한 경지에 올려주는 것이다.

그 순간 다시금 허공으로 치솟아오른 단운평은 어느새 마차에 접근한 태허관의 몸을 향해 좌측 발을 내밀었다. 간단한 한 수. 태허관은 그런 단운평의 다리를 옆으로 회전하며 피하고선 검으로 단운평의 가슴 언저리를 찍어갔다. 순간 검신을 우측 발로 살짝 밟아 뒤로 물러선 단운평은 자신의 발이 마차 위에 닿자마자 쾌속하게 앞으로 쏘아져 나갔다.

"놈……."

태허관은 그의 쾌속무비한 움직임에 허공에서 급히 천근추의 수법으로 땅에 내려섰고, 그 순간 단운평의 머리가 땅을 향한 채 허공에서 내려오고 있었다. 뒤에서 그 모습을 본 천군보는 오싹해졌다. 허공에서 아래로 향하던 단운평은 두 손을 번갈아가며 내지르며 장력을 발했다.

쿠릉! 펑!

태허관이 급히 옆으로 피한 순간 태허관이 있던 자리는 커다란 구덩

이가 파였다. 무림맹에서 보던 강맹한 위력을 지닌 공격은 각법이었건만 질풍섬각은 각법만이 아니었다.

"계속하신다면 전력으로 상대해 드립니다."

단운평의 서슬 퍼런 눈길에 태허관은 이내 정신을 차렸다. 자신을 무시하는 듯한 사내의 행동에 화가 났으나 분명 자신은 초류염의 명을 받고 이들이 불편함없이 다닐 수 있도록 해야 한다. 동시에 이들의 행동을 초류염과 무림맹에 보고하지 않으면 안 된다. 그런데 이렇게 싸운다면 이자의 뒤를 따라다니는 일이 힘들게 될 것이 아닌가.

"하하하, 장난이네. 그냥 자네의 솜씨가 궁금해서 말이지."

어느새 다가온 천군보의 말에 태허관은 말도 안 되는 변명에 어이가 없다는 표정을 지었으나 이내 자신도 단운평을 향해 미소를 지으며 말했다.

"허허허, 그래, 그렇지. 나도 자네와 한번 겨루어보고 싶었네."

늙은 생강이 맵다는 말을 실감하게 된 단운평은 한숨과 더불어 손을 흔들었고, 서문호는 마차를 세웠다.

"화산까지는 태워 드리죠."

단운평의 말에 태허관은 무슨 말을 이으려고 했지만 천군보는 그런 그의 팔을 살짝 잡아당기고선 눈빛을 보냈다.

"장난이라……. 위험한 장난이군요."

이제는 완전히 단운평에게 빠져든 것인지 서문호의 말투는 어느새 단운평과 닮아 있었다. 그의 말에 태허관과 천군보는 화가 치밀었으나 마차에 가만히 앉아 전음으로 동행을 위한 작전을 짜기 시작했다.

第八章

다시금 움직이는 천앙의 무리들

중원의 오악 중 한곳인 화산. 그 화산의 정상 연화 봉 가까이에는 거대한 문파가 존재하고 있다. 이 화산과 같은 이름을 가진 그 문파의 이름은 화산파. 차가운 겨울이 끝난 것을 알리는 매화 가득한 이곳에서 매화검법이라는 검법이 만들어진 것은 우연이 아닐 것이다. 선비의 맑은 정신을 상징하는 눈 속의 매화처럼 고고한 화산 도문의 정신이 있었기에 지금의 화산파가 있고 매화검법이 있는 것이 리라.

현 화산파 장문인 일향검객(一香劍客) 기대영은 화산파의 정문에 신 검 태허관이 왔다는 소리에 정신없이 정문으로 달려갔다. 기대영에게 있어 태허관은 화산파의 이름을 지켜주는 든든한 벽이자 이제는 한 명 뿐인 사숙이었다.

"사숙님, 다녀오셨습니까?"

급하게 온 듯 조금은 흐트러진 머리칼이었으나 침착한 어조로 말하는 그의 모습에 태허관은 미소를 지으며 답했다.

"장문인, 무얼 그리 서두르시는 겐가. 무림맹에서 계속 있으려 했으나 일이 있어 급히 이리 왔네. 아참, 나 혼자 온 게 아니니……."

슬쩍 고개를 돌리는 그의 모습에 기대영은 급히 고개를 숙여 천군보에게 인사를 했다.

"급한 마음에 인사가 늦었습니다. 그리고……."

천군보의 옆에 서 있는 잘생긴 젊은이와 완전히 보이지는 않지만 반쯤 드러나 있는 얼굴에 엄청난 상처가 있는 사내를 보며 말을 흐리며 태허관에게 다시 눈길을 돌렸다. 자신의 사숙인 태허관이 호탕한 사람이지만 얼마나 자존심 강한 인물인지는 누구보다도 잘 알고 있다. 그러한 태허관과 함께 온 두 사내는 그저 그런 존재는 아닐 것이다.

그의 눈길에서 의문이라는 단어를 읽은 태허관은 조금 전 있었던 일에 내심 기분이 나쁘기도 하고 자존심도 상해 단운평 등의 소개를 하지 않았다.

"저는 서문호라고 합니다."

서문호가 조용히 고개를 숙여 인사를 하자 그런 그의 모습을 보던 천군보가 입을 열었다.

"저 젊은이는 당대의 문무쌍절이라 불린다네. 그리고 이 사람은 자네도 알고 있을 것일세."

천군보의 말에 기대영은 고개를 갸웃했다. 분명 어디선가 본 듯한 모습이었다. 아니, 분명 만난 적은 없다. 하지만 왜 그런지 분명히 자신이 아는 인물이라고 생각되고 있었는데 천군보의 말을 들으니 정말로 생김새가 익숙하게 느껴졌다.

"장문인, 자네의 사제와 제자가 누구에게 패했는지 아직 보고받지 못했는가?"

노기 가득한 태허관의 질책에 기대영은 그제야 알 수 있었다. 눈앞 사내의 외양과 그 뛰어난 실력에 대한 이야기는 배명환과 임선곽에게 수없이 들었고, 또 초혜림의 전서구를 통해서 머리 속 깊숙이 새기기까지 했다. 어디서 본 듯한 기분은 그 수많은 이야기들 때문이리라.

"아!"

기대영은 사내의 정체에 대해서 알게 되어 시원하다는 느낌과 동시에 이 사내가 화산파의 명예를 실추시켜 버린 존재라는 생각에 화가 치밀어 올랐다. 하지만 태허관과 천군보라는 거물이 함께 왔다면 분명 어떠한 이유가 있을 것. 분노를 가다듬고 그에게 가볍게 웃으며 말했다.

"혜림이로부터 온 서찰에 자세히 적혀 있어 모르던 사이라고 느껴지지 않군요. 이 젊은이가 문무쌍절이고 당신이 선곽이에게 가르침을 준 자로군."

순간 천군보의 인상이 구겨졌다. 일반적으로 강호에서 상당한 무공을 지닌 젊은이를 칭할 때 소협이라는 말을 주로 사용한다. 당신, 자 등 이런 단어를 사용하는 것은 분명한 적개심의 표출이다. 물론 기대영의 나이가 단운평보다는 훨씬 많고 위치도 화산파의 장문인으로 훨씬 높지만 태허관과 자신이 데리고 온 자를 당신이라는 표현으로 맞아들이다니……

"누구를 말씀하시는지 모르겠소만 내가 가르치지는 않았소. 가르치기엔 시간이 너무 짧았으니까."

단운평의 말에 기대영은 눈앞이 하얘지도록 화가 치밀었다. 알고 있는 일이다. 단 한 수에 자신의 제자가 무너지고 단 한 수에 자신의 사제가 물러났다. 자존심 상하고 분한 일이었지만 간신히 참고 있던 일인데.

"장문인!"

조금은 크고 단호한 목소리로 자신을 부르는 태허관의 목소리에 기대영은 단운평에게서 눈을 떼고 태허관을 바라보았다. 가볍게 고개를 흔드는 태허관. 싸워선 안 된다는 의미. 자신에게 물러서라는 말이다. 무거운 표정의 태허관의 모습에 기대영은 잠시 눈을 치켜떴으나 자신의 눈을 직시하는 태허관과 천군보의 모습에 고개를 숙여 따르겠다는 의사를 표했다.

"이만 가보겠습니다."

가볍게 몸을 돌리는 단운평의 모습에 천군보는 급히 그의 앞을 막아섰다.

"뭐가 그리 급하나. 이리 왔으니 마차 삯 대신에 식사라도 대접하게 해주게."

그의 말에 서문호는 어이가 없었다. 이곳은 화산파다. 어째서 천군보가 그런 말을 하는 것인지…….

하지만 그의 그러한 행동에 의문을 표하는 자는 아무도 없었다. 그의 한마디에 기대영은 자신의 사숙과 천군보가 이자를 붙잡아야 하는 이유가 있다는 것을 알아챘고, 단운평은 그 말에 이들이 쉽게 자신을 보내주지 않으려 함을 알아챘다.

"이곳으로 온 것도 충분히 시간을 소비한 것입니다."

그의 말에 태허관과 기대영의 이마에 힘줄이 치솟았다. 화산파에 오는 것이 시간 낭비란 이야기가 아닌가.

"시간도 늦어 지금 산길을 가기는 힘들 것 같은데 이곳에서 자고 내일 하산하는 것이 어떻습니까?"

서문호의 한마디는 아주 시기 적절하였고, 잠시 조용히 생각하던 단운평은 자신의 얼굴을 뚫어지게 보는 태허관과 기대영에게 한마디 하였다.

"하루쯤 묵어가려 해도 그리 살기등등해서 어찌 쉴 수 있겠소."

기대영은 고개를 휙 돌리며 자신을 따라오라는 듯 앞장섰고, 태허관은 숨을 고르고선 천군보와 더불어 단운평과 서문호의 뒤를 따랐다. 누군가 그 모습을 보았다면 손님을 정중하게 모신다기보단 적을 감시한다고 생각했을 것이다. 분명 그리 틀린 생각은 아닐 것이다.

기대영은 화산 이대제자를 불러 단운평과 서문호가 머물 방을 안내케 하고는 태허관과 천군보를 자신의 방으로 안내했다. 오늘 방문의 목적을 알아야 했다. 물론 태허관에게 있어선 집으로 돌아온 것이고 태허관과의 친분을 생각했을 때 천군보의 방문도 그저 놀러 온 것이라 생각해도 그만이다. 하지만 태허관이나 천군보가 함께 온 사내에게 행한 행동은 이해하기 힘든 모습이었다.

그리 무례한 자를 용인하다니……. 당금 천하에 그 누가 그들 앞에서 그렇게 건방지게 행동할 수 있단 말인가라는 생각으로 한편으로는 감탄까지 하게 될 지경이었으니…….

"적으로 만들 수 없는 자이네."

가볍게 차를 한잔 들이킨 천군보가 하는 첫 말이 바로 이것이었다.

"누굽니까?"

그에 대한 대답치곤 엉뚱한 말이었지만 기대영의 질문은 핵심을 찌르고 있었다.

"나도 모르네. 다만 취걸개와 동수를 이루었네. 저 나이에 그 정도의 실력을 지닌 자라면 둘 중 하나겠지."

"천앙의 무리가 아니라면 은거기인의 제자란 말이겠군요."

세상에 이름없던 자가 갑자기 나타나 천하를 호령하는 무공을 지니기는 힘들다. 물론 엄청난 천재여서 스스로 무공을 창안하고, 익히고 동시에 어떤 기연을 만나 엄청난 내공을 얻게 된다면 가능성있는 일이다. 하지만 그것으로 취걸개와 동수를 이룰 수 있다는 것은 아무래도 무리가 있다. 취걸개 역시 젊었을 때는 천재 소리를 듣고 자란 인물이며 뛰어난 사부를 가졌고 많은 영약을 복용한 인물이다. 분명 사내의 내력은 심상치 않은 것이다.

"이름은 단운평이라고 하더군. 그리고 풍운뇌력도법과 질풍섬각을 익힌 자라네."

천군보의 말에 기대영은 잠시 기억을 더듬었다. 분명 자신이 어렸을 때 들어본 말이다.

'풍운뇌력도법이라……'

"단검불패도라고도 하지."

검을 끊는 패배를 모르는 도. 그제야 기대영은 그가 말하는 도법이 무엇인지 알아차릴 수 있었다.

"천하제일도수 풍운객!"

분명 도왕 화엽상 이전에 존재했던 도왕이 사용하던 도법이다. 단삼 년간 모습을 드러내 천하의 검객과 도수들을 꺾어가며 불패도의 전설을 만든 인물이 펼친 도법을 풍운뇌력도법이라 하였다.

어느 날 갑자기 나타났다가 어느새 사라진 신비의 고수 풍운객. 기대영은 그제야 자신의 사숙과 천군보가 왜 온 것인지 알 수 있었다. 천하낭인 도수의 우상이었던 풍운객. 그의 후인이라면 현재 천앙의 무리와 정, 사파 간 대립 관계에서 관망하고 있는 낭인 무리들을 끌어낼 수 있을 것이다.

화산파에 들어선 후 보인 태도를 보면 분명 무림맹에서도 저처럼 행동했을 것이다. 정파인에게 있어 자존심은 생명보다 소중한 것인데도 무례한 태도를 참고서 아무런 제재 없이 보내준 것은 바로 이러한 이유 때문일 것이다.

현재 천앙의 무리와 사파가 암묵적으로 서로를 배척하지 않는 상태에 무림맹이 이들 두 세력과 겨루고 있는 시점이다. 고수 한 명이 아쉬운 이때에 천하 도수들을 끌어들일 수 있는 비장의 한 수가 될 존재가 바로 단운평인 것이다.

무림맹에서는 단운평과 함께 다니는 사람이 무림맹의 장로인 것을 알림과 동시에 그가 풍운객의 후인임을 천하에 알리고 있을 것이다. 무림맹의 장로가 있다는 것만으로도 확인할 필요성이 없을 테고 동시에 신검과 천검이 호위할 정도의 자라면 풍운객의 후인임은 너무나 자명한 일이기 때문이다. 물론 단운평은 그러한 사실은 모르고 있을 것이다.

"아마도 저자는 더 이상 우리와 함께 다니지 않을 걸세. 하지만 저자가 무림맹과 관계가 있다는 것이 이미 널리 알려지고 있으니 천하의 도수들이 무림맹으로 몰려들 걸세. 아니, 도수들뿐만 아니라 낭인들 전부 다 모여들지 모르지. 하나 아직은 그의 정체를 의심하고 있는 이들도 많으니 그가 갈 때 화산 문도를 함께 보내야 하네."

천군보의 말에 기대영은 순간 소름이 돋았다. 어쩌면 풍운객이란 존재와 완전하게 적이 될지도 모르는 일이다. 도대체 누가 이러한 계획을 세웠을까? 분명 무림맹주는 아닐 것이다. 그는 이처럼 교활하지 않다.

나중에 무림맹과 아무런 관계가 없다는 것을 알고 반발하는 낭인들을 그냥 둘 리 없는 일. 분명 교활하고 독한 마음을 지닌 자의 계획일 것이다. 그것이 아니라면 풍운객에게 좋지 않은 감정을 지닌 존재일지도. 하여간 지금 중요한 것은 천앙의 무리들을 제거하는 것. 그것을 위해선 가장 효과적인 계획이 아닐 수 없다.

이들 삼 인의 대화는 이후로도 계속 이어져 새벽이 올 때까지 이어졌다. 그리고 날이 밝아오자 그들은 방을 나섰다.

"아마도 저들은 나를 이용하고 있다고 생각할지 모른다."

갑작스런 단운평의 말에 서문호는 의문의 눈길을 보냈다.

"한동안 잊고 살려 했지만 이렇게 된 이상 나도 그들을 이용할 수밖에 없었다."

그의 두 번째 말 역시 이해하기 힘들었다.

"풍운객이란 이름이 널리, 그리고 빠르게 퍼져야 나도 자유로울 수 있다."

세 번째 말에도 서문호는 여전히 고개를 갸웃거릴 수밖에 없었다. 그리고 날이 밝기 전에 짐을 챙기는 그의 모습에 서문호는 아무 말 없이 자신의 짐을 챙겼다. 분명 날이 밝기 전에 떠나려는 것이다. 떠나기로 마음먹은 이상 머뭇거릴 이유는 없다.

현재 자신의 목표는 그를 따라가는 것이다. 그것이 자신과 자신의 세가에 어떠한 영향을 미칠지는 모른다. 하지만 부친이 이리하도록 한 것은 분명 특별한 이유가 있으리라. 부친 역시 문무쌍절의 후인이 아닌가.

그렇게 그들은 화산파를 떠났다.

화산에서 내려온 후 한참을 달리던 마차는 자그마한 객점에서 멈춰섰다.

"화산파 문을 지키는 제자들의 수혈을 찍은 건 너무한 행동이 아닌지 모르겠습니다."

서문호의 걱정스런 말에 단운평은 피식 웃으며 말했다.

"그런 것을 걱정할 여유가 있을지 모르겠군."

그의 말에 서문호는 침을 꿀꺽 삼켰다. 오늘 새벽, 마차에서 단운평이 새롭게 명했다. 오늘부터는 도를 삼천 번 휘두르란다. 매일 천 번을 휘두르고도 녹초가 되어버리는 자신이건만… 서문호는 단운평이 악마처럼 보였다.

"시간이 없지 않습니까?"

그의 불만 어린 말에 단운평은 가볍게 답했다.

"이제는 마차 위에서도 열심히 휘둘러야 한다. 아마도 이제부터가 제대로 된 여행의 시작일 테니 각오를 단단히 하는 것이 좋을 것이다."

그의 말에 서문호는 얼굴을 폈다. 지금 발생하는 일들의 전반적인 사항에 대해서 알지 못하고 있다. 그리고 무림맹과 단운평의 행동에 숨겨진 의도도 모르고 있다. 그러나 서문호도 분명히 알고 있는 것이 있었다. 그것은 단운평이라는 사내가 무림에 등장한 이후 천하의 움직임이 이 사내의 움직임과 큰 관련을 가지고 움직이고 있다는 것이다.

혼란스러운 상태의 강호에서 사건의 중심이 되는 것은 상상 이상으로 위험하다는 것은 깊게 생각하지 않아도 알 수 있는 일이다. 짐이 될 수는 없다. 자신의 자존심을 떠나서 자신의 가문을 생각해서도 그래서는 안 된다.

"끝까지 묻지 않는군."

단운평의 말에 서문호는 상념을 거두고 그를 바라보았다.

"내가 어째서 자네를 맡았고, 자네 부친과 어떠한 약조를 맺은 건지……."

그의 말에 서문호는 가만히 소면을 먹으며 답했다.

"때가 되면 가르쳐 주리라 생각했습니다."

그의 말에 단운평은 미소를 지었다. 물론 그 미소는 순간 나타났다가 이내 사라져 서문호는 자신이 본 것이 과연 미소가 맞은 것인가 하는 생각이 들었지만.

"내 가문은 의술로 유명하지."

단운평의 말에 서문호는 소면을 들었던 젓가락을 내려놓았다. 그 누구도 알고 있지 않은 단운평의 내력이 밝혀지는 순간이었다. 저 거친 얼굴과 무시무시한 손속을 지닌 자가 의가 출신이라니…….

"물론 나는 의술을 잘 몰라. 다만 선친의 의술은 신술이라 불릴 정도였지. 그리고 선친은 무공을 전혀 익히지 않았어. 항상 죽음을 한 손에 담고서 어찌 사람을 살릴 수 있겠느냐고 하셨지. 그 말은 진실이야. 나는 활인류 따위는 자기 만족에 불과한 거라고 생각하고 있다."

냉소적인 그의 말에 서문호는 고개를 끄덕였다. 자신 역시 사람을 살리는 활인류 따위는 있을 수 없다고 생각한다. 무공은 내가 다치지 않고 남을 제압하는 것에 그 목적이 있다. 내가 다치지 않는다는 말에는 남이 다쳐도 괜찮다는 암묵적인 생각이 들어 있는 것이다. 무공이 사람을 살리기 위해서 어쩌고 하는 건 위선적이라고 생각될 수밖에 없지 않는가.

"침술의 극의를 이루었다고 해서 선친을 사람들은 신수라고 불렀지."

단운평의 눈은 허공을, 아니, 과거의 어느 순간을 바라보았다. 그의 말에 서문호는 언젠가 부친이 말했던 신수를 지닌 자에 대한 이야기를 기억해 낼 수 있었다.

신수(神手) 단첨익.

신의(神醫) 편작의 침술을 이어받은 자라고 칭송받는, 모르는 병이 없고 치료하지 못하는 병도 없다는 인물. 천하 병자들에게 있어 최후의 희망으로 존재하는 그를 가리켜 사람들은 신수라고 불렀다.

처음 그 소문을 들은 많은 사람들은 그의 존재를 인정하지 않았다. 그런 이가 있을 리가 없다는 것이다. 그러나 한두 명씩 그에게 치료를 받았다는 사람들이 나타났고, 그들 모두가 신수의 신기에 가까운 의술에 대해서 침이 마르게 칭찬을 하니 신수의 존재는 어느새 하나의 신화가 되었다.

그러던 어느 날 그가 천하제일의 의원으로 알려지게 된 사건이 있었으니 개봉양가의 가주 양거범에 관한 일이었다. 과거의 비무로 인한 상처로 반신불수가 되어 긴 시간을 자리에 누워서만 있던 양거범이 신수에게 치료를 받은 지 일주일 만에 자리를 털고 일어난 것이다.

그러나 그 사건은 신수를 신화에서 꺼낸 일임과 동시에 그를 전설로 남기게 된 일이었다. 그 일 이후로 누구도 신수를 본 사람이 없었기 때문이다.

"제가 알고 있는 그 신수를 말씀하시는 것이 맞습니까?"

가만히 서문호의 눈을 바라보는 단운평. 서문호는 눈앞의 사내가 농담을 즐기는 사내가 아니란 것을 잘 알고 있었다. 그 눈빛에서 느껴지는 것은 살의. 자신의 질문 탓이 아니다. 과거를 이야기하면서 나타나는 그리움과 살의. 서문호는 알 수 있었다. 신수는 살해당했다.

"모른 척 지내왔다."

잠시 후 다시금 말을 시작하는 단운평의 모습에 서문호는 바싹 긴장을 했다. 지금부터 하는 이야기는 매우 중요한 내용일 것이다. 그렇지 않고서야 눈앞의 사내가 저러한 눈빛을 할 이유가 없었다. 이제는 함께 갈 동료라는 것, 그리고 그 때문에 위험할 것을 각오하길 바라며 말하는 것이리라.

단운평이 다섯 살 되던 해 그는 부친으로부터 침술을 받았다. 단전과 손목에 짧은 시침을 받았고 백회혈과 용천혈에는 긴 침을 꽂아 넣고 뜸까지 받았다. 일반적인 침술과는 다른 기의 흐름이 원활하지 못하도록 하는 시침이다.

침술이라는 것은 인간의 생명력을 증대시키기 위해서 막힌 혈을 뚫거나 기의 흐름을 원활하게 하는 데 그 목적이 있다. 이처럼 행하는 침술은 어디에도 없을 것이다. 그리고 그렇게 시침을 받은 단운평은 제대로 걷지도 못하고 제대로 먹지도 못하면서 반년을 보냈다.

인간은 환경에 적응하는 동물이라고 했던가? 그렇게 반년이 지나고 나서야 단운평은 간신히 자신의 몸을 제대로 움직일 수 있게 되었다. 그리고 아홉 살이 되었을 때 단운평은 남들처럼 달릴 수도 있었고 무거운 물건을 들 수도 있었다.

시간이 흘러 단운평이 얼굴에 미소를 찾으려는 순간 그들 부자 앞으로 황금빛 옷을 입은 한 사내가 나타났다.

"자네 집안에서 내려오는 침술을 적어둔 비서가 있다고 들었네만."

그의 느닷없는 말에 신수 단첨익은 냉소를 띠며 말했다.

"뉘신지 모르지만 초면에 자네란 표현을 할 정도로 나이가 많아 보이지 않소만."

그렇다. 황금빛 옷의 사내는 얼핏 보기에도 어려 보였다.

"허허, 노부가 어려 보이는 건 사실이지만 분명히 자네보다 곱절의 삶을 살았을 걸세. 또 자네의 가문과는 상당한 인연을 가졌으니 거짓말은 통하지 않네."

그의 말에 단첨익의 안색이 어두워졌다. 좋지 않은 목적으로 온 사내일 것이다. 자신의 신상에 대해서는 아무런 말 없이 자신의 가문에 대해서 잘 알고 있다고만 말하고 있다.

"무엇 때문에 오신 겁니까?"

단첨익의 말에 황금빛 옷의 주인은 차가운 눈빛으로 그를 바라보며 말했다.

"역류만자침법이 필요하다. 줄 수 있겠지?"

그는 입가엔 미소를 띠고 있었다. 절대로 거절할 수 없으리라는 확신을 가진 미소. 단첨익은 그처럼 역겨운 얼굴이 있으리라고 생각지 못했다.

"역류만자침이라 하셨소?"

단첨익의 어투에 황금의를 입은 사내는 잠시 미간을 찡그렸으나 이내 얼굴을 펴고 다시 말했다.

"분명 그리 말했네. 목숨은 살려줄 테니 어서 주게."

사람의 생명을 자신의 입속에 든 음식물처럼 말하고 있다. 순간 단첨익과 단운평은 자신들 앞에 있는 자의 성품이 어떤지 쉽게 알 수 있었다. 자신에 대한 절대적인 자신감, 그리고 자신을 위해서 타인에게 얼마든지 잔인해질 수 있는 사내. 단첨익은 그의 뒤 서 있는 단운평에게 몸을 돌리고 손가락 하나를 보였다. 그것의 의미는 간단하지 않았다.

"피 한 줌에 생명을 걸어 천하를 굽어보니……."

단첨익의 말에 단운평은 몸을 흠칫 떨고선 고개를 떨궜다. 저 다음에 나올 말을 너무나 잘 알고 있었다. 부친이 술이라도 한잔하는 날이면 언제나 하는 말이었으니…….

부친은 죽음을 각오한 것이다. 역류만자침법은 부친이 자신의 몸에 행한 시술. 자신이 의술과 무예 중 무예를 선택한 후 시술받은 침술법이다. 친가의 의술과 외가의 무예 두 가지 모두를 동시에 익히는 것을 허용치 않은 아버지였던 것이다.

이유는 간단했다. 피로 물들고 죽음을 갈구하는 손으로 생명을 구하는 의술을 행할 수 없으며 의술을 행하는 자가 사람의 생명을 빼앗는 기술을 익히는 것 또한 있을 수 없는 일이라는 것이 부친의 신념이었던 것이다.

'사방은 어둡고 몸은 외로워라.'

다음 이어질 말이 바로 이것이다. 앞으로 힘들고 외로울 자식의 앞길을 걱정하는 부친의 마음이 담긴 말이었다. 황금의를 입은 사내는 그 말이 자신에게 비급을 가져오게 하는 어떠한 약어라고 생각할지 모르지만 말이다.

"어째서 그것이 필요한 것이오?"

단첨익은 아들이 자신의 말을 이해한 듯 고개를 떨군 채 몸을 돌려 걸어가는 모습을 미소를 띠고서 바라보다가 사내에게 물었다.

"천하일통!"

확신 가득한 그의 말에 단첨익은 고개를 저었다.

"불가하오."

"나에게 있어 불가능이란 없다. 우연히 알았지. 세상엔 괴상한 술법이 많더군. 인간의 능력을 단시간에 높여주는 비술이 있다니……."

그의 말에 단첨익은 피식 웃었다.

"단시간에 능력을 높여주는 것이 아닌데……."

그의 말에 사내는 차가운 눈빛을 보였다.

"감히 내게 그런 냉소를……."

피슉!

허공을 찢는 듯한 소리와 함께 단첨익은 쓰러졌다. 어느새 왼쪽 허벅지에서 치솟는 피. 심한 통증에도 불구하고 단첨익은 다시금 웃어 보였다.

"허공을 가르는 지법(指法)이라……. 게다가 황금의를 좋아한다니, 당신은 파황이구려."

파황(破皇) 괴운화.

단첨익의 백부와 겨루고 죽을 정도의 상처를 입었던 사내다. 그의 심한 상처를 돌본 사람이 바로 단첨익의 부친이었다. 백부와 부친이 괴운화에 대해서 한 말은 간단했다. 존재하지 않는 것이 존재하는 것보다 세상에 도움이 될 자, 아집과 독선으로 가득한 자. 그것이 그에 대한 평가였다.

"그때 난 부친을 뒤로한 채 그곳을 떠났다. 그리고 한 달 뒤에 그곳을 다시 찾아 부친의 시신을 거두었지."

단운평의 말에 서문호는 이해할 수가 없다는 표정을 지었다.

"어떻게 부친을 두고……."

"그것이 최선이기 때문이다. 같이 죽어야 한단 말인가?"

문득 서문호는 그의 목소리가 떨린다는 생각이 들었다. 그렇다. 세상에 그 누가 자신의 부친이 죽는데 마음 편히 도망칠 수 있겠는가. 서문호는 가만히 그를 바라보았다. 그리고는 고개를 숙였다.

"경솔했습니다."

서문호의 그 모습에 단운평은 가만히 그를 바라보다가 다시금 이야기를 이어갔다.

"우리 가문의 의술은 죽간에 고문자로 적혀 있지. 혹시 누군가가 가져가도 함부로 사용하면 안 된다는 생각에서였다. 의술이란 잘 쓰면 더없이 소중한 것이지만 잘못 사용한다면 더없이 위험한 것이지."

서문호는 그의 말에 고개를 끄덕였다. 예전에 약을 잘못 먹고 간단한 병이 악화되어 고생하던 총관의 모습을 본 적이 있기 때문이었다.

"죽간은 사라졌지만 그가 그것을 제대로 사용하지는 못할 거야. 게다가 그가 찾는 역류만자침법은 무림일통을 위해 사용하긴 불가능하다."

"왜 그렇습니까?"

"그건 우리 가문에서 나처럼 특이한 체질을 가진 이의 생활을 돕기 위해서 만든 의술이다. 긴 세월을 연구해 완성한 의술인만큼 부작용은 없지만 조건은 충족해야겠지. 나처럼 특이한 체질의 사람이 아니라면 그 침술은 오히려 독이 될 거야. 태어날 적부터 나는 혈류량이 지나치게 많아 혈관이 저절로 파열되곤 했다."

"혈관이 파열된다는 것이……."

"멍이 든다는 말이다. 가만히 있어도 온몸에 멍이 들고 혈관이 터질 때마다 심한 고통을 겪게 되는 것이다. 때문에 부친에게 역류만자침법을 시술받았지. 그 침법은 혈류를 제어하는 방법이다. 침을 박아 넣어 많은 피가 흐르지 못하도록 하는 것이지."

서문호 역시 본 적이 있었다. 혈관이 약해 조금만 격한 놀이에도 쉽게 온몸에 멍이 드는 여자애가 있었다. 그 멍이라는 것이 혈관의 파열이라는 것을 알고 있었다. 일상생활에는 지장이 없지만 무공을 익히는 자에게는 큰 위험이 되는 것이었다.

"지나치게 많은 양의 피가 존재해서 문제인 사람의 피를 강제로 빠르게 흐르지 못하게 하였으니 몸의 통증은 더욱 커지지만 각 기관에 피가 모여 있다 보니 혈관은 파열되지 않지. 그 후 혈관을 강화하기 위해 수련을 했다. 물론 본격적인 무공이라기보단 기초적인 움직임으로 혈관을 강화하는 것뿐이지. 각 기관에 많은 혈액이 모여 있으니 호흡이나 내공을 돌릴 때는 부담이 적었지만 팔다리에 힘이 없기 때문에 힘을 낼 수가 없더군. 생활을 위한 최소한의 움직임도 제대로 할 수가 없었어. 몸은 지나치게 건강한데 팔다리는 지나치게 약한 것이지. 시간이 지나 근력을 키우고 천천히 침을 제거했는데 이번에는 이것이 또 문제가 되더군."

"사지의 근력을 높였다면 혈관이 튼튼해졌다는 것인데 뭐가 문제인 것입니까?"

자신이 모르는 이야기라 더욱 흥미가 도는 서문호의 말에 단운평은 피식 웃고서 말을 이었다.

"그동안 팔다리에 많은 피가 흐르지 않다 보니 혈관은 물론 혈맥도 튼튼해졌더군. 하지만 갑자기 모든 것을 풀어버리기엔 강해진 혈관으로도 부담이 되더군. 그래서 조금씩 조금씩 제어를 풀어 혈관의 부담을 줄여주었지. 물론 갑자기 많아진 혈액으로 인해 조금씩 풀어질 때마다 엄청난 고통을 겪어야 하는 것은 어쩔 수가 없는 일이었지."

"예."

서문호는 엄청난 고통이었다는 말을 그대로 받아들였지만 단운평이 말하는 고통은 서문호가 받아들이는 수준의 고통이 아니었다. 왜냐하면 그것을 푸는 과정은 침술로 하는 것이 아니라 타격으로 인해 각 기관에 쌓여 있는 피가 흐르도록 하는 것이기 때문이다.

하나 단운평은 자세한 이야기는 하지 않았다. 이 정도면 충분하다. 자신이 동료라고 인정하듯 서문호라는 사내가 자신을 동료라고 믿을 수 있기 위해서는.

그 순간 객점의 문이 열리며 한 무리의 사람들이 들어왔다. 덕분에 부친과 단운평의 인연이 어떠한 것인지 들을 수 없게 된 서문호는 짜증 가득한 얼굴로 그들에게로 고개를 돌렸다.

"하하하, 그러게 말입니다! 감히 형님에게 그런 말을 하다니! 죽이지 않은 것만 해도 감사해야 하는 것이죠!"

커다란 목소리의 주인공은 남의를 입은 젊은 사내였다.

"흠, 팔 하나 정도는 잘라 버릴 걸 그랬나? 감히 나를 그따위 눈으로 쳐다보다니!"

거만한 목소리. 백의를 입은 사내는 남의를 입은 사내보다 두어 살 많아 보였으나 같은 이십대 초반으로 보였다.

"형님, 되돌아가서 이번엔 팔이 아니라 다리도 부러뜨려 버릴까요?"

남의를 입은 사내의 반대쪽에서 백의인을 따르던 청의인은 거칠게 말하며 객점의 가운데 자리로 가서 자리를 잡았다. 그 순간 서문호의 인상이 심하게 구겨졌다.

"아는 사람인가?"

단운평의 물음에 서문호는 간신히 인상을 펴고선 대답했다.

"저자는 광동진가의 차남 혈견 진마옥이라 하는 재수없는 놈입니다."

단운평은 피식 웃었다. 혈견 진마옥이라면 들어본 적이 있는 자였다. 무림맹에 속해 있는 광동진가의 차남이 혈견이라는 지극히 사파적인 별호를 가졌다는 것으로도 유명한 진마옥은 성격이 매우 급하고 손속이 잔인해 광동 일대에서는 공포의 대명사로 알려져 있었다.

"여, 고명하신 문무쌍절 나으리가 아니신가? 이곳엔 웬일인가?"

어느새 다가온 진마옥의 목소리에 서문호는 인상을 구겼다.

"제발 서로 모른 척하고 지냈으면 좋겠다만……."

그의 짜증스런 목소리에 진마옥은 차가운 눈빛으로 그를 바라보았다.

"벌써 잊어버린 건가? 네놈 역시 팔 하나로는 정신을 차리지 못하나 보군."

그에 말에 당황한 서문호는 단운평을 힐긋 바라보고선 급히 소리쳤다.

"네 녀석 허리에 생긴 상처는 기억 못하냐?"

그렇다. 이들은 어릴 적 서로 겨룬 적이 있었는데 서문호는 팔 하나가 부러지는 중상을 당했고 그와 동시에 진마옥은 서문호의 도에 허리를 베었다. 때문에 이들은 지금까지 서로에게 분을 품고 있는 앙숙이자 서로의 기술을 너무나 잘 알고 있는 경쟁자였다. 가만히 서문호를 노려보던 진마옥이 고개를 돌려 단운평을 바라보았다.

"오호, 제법 건방진 분위기를 풍기는군. 뭐 하는 놈이냐?"

아마도 그의 눈에는 서문호를 따르는 호위무사쯤으로 보였던 것이리라.

그때였다. 단운평의 입가에 미소가 걸린 것은. 서문호는 어떻게든 말려보려 했으나 이미 늦었다고 생각했다. 사실 그리 말리고 싶지도 않았다.

진마옥과 함께 객점에 들어왔던 사내들은 그저 멍하니 바라볼 수밖에 없었다. 어찌 혈견 진마옥이 단 한 수에 저처럼 객점 바닥에 처박힐 수가 있단 말인가.

"윽! 뭐, 뭐냐?"

가슴에서 느껴지는 통증에 진마옥은 몸을 일으킬 수가 없었다.

파박!

옆구리를 파고드는 사내의 발길질에 진마옥은 허공으로 잠시 떠올랐다가 바닥으로 다시금 내려졌다.

"혈견이라……. 괜찮은 별호를 가지고 있는 자치곤 너무 형편없는 것 아닌가?"

단운평의 말에 서문호는 자꾸만 웃음이 나왔다. 단 두 번이다. 진마옥은 꿈에서조차 자신이 단 두 수에 벌레처럼 바닥에서 꿈틀대게 될 줄 상상도 못했겠지만 서문호로서는 그가 이곳에 들어온 순간 이러한 일이 발생되리라고 예상하고 있었다. 진마옥이 이곳에 들어서는 순간부터 단운평이 그를 주시하고 있음을 알아챘기 때문에 그에 대한 설명을 하였고 진마옥의 성격을 알고 있던 그로서는 자신과 함께 있던 단운평에게 도발을 할 것임을 알고 있었다. 하나 그런 서문호도 짐작하지 못한 일이 있었다.

"일어서라."

차가운 단운평의 목소리에 진마옥은 옆구리를 부여잡고 일어서 그를 노려봤다.

"감히 나에게······!"

퍽!

주르르 흘러내리는 저 입가의 피는 진마옥의 이성을 사라지게 하였다.

"죽어랏!"

혈견 진마옥이 오늘의 명성을 가지게 만든 권각술. 진가초궤권. 광포하기가 호랑이와 같다 해서 호폭권이라고도 불리는 진가초궤권의 움직임은 살기등등하기로 유명했다. 그리고 귀찮다는 듯 그에게 주먹을 휘두른 단운평을 향해 진마옥은 순간적으로 내력을 끌어올려 팔을 뻗었다.

슈슈욱!

광포한 기운과 함께 늘어나듯 뻗어가는 오른팔.

순간 서문호의 눈이 번쩍였다. 저것이다. 저것이 바로 어린 시절 자신의 팔을 부러뜨린 기술이다. 강력한 내력으로 인해 검까지 튕겨내버리는 저 기술의 이름은 진가초궤권의 비장의 절초인 혈룡진격(血龍進擊)이다.

혈견이라는 별호가 생기게 된 결정적인 이유가 되는 혈룡진격은 강력한 내력으로 두 팔을 보호하고 주먹에서 내뿜은 경력은 상대의 움직임을 봉쇄하였다. 어느새 단운평의 가슴 언저리까지 다가온 그의 주먹은 무시무시한 소리와 함께 뒤로 튕겨져 갔다.

"제법이군."

어느새 단운평의 가슴 앞으로 나타난 검은색 물체. 서문호는 식탁 위에 올려져 있던 묵뢰가 어느새 단운평의 가슴 앞에 있어 놀라지 않을 수 없었다.

쾌속. 섬전과 같은 움직임이 아닐 수 없었다.

웅!

묵뢰의 묵직한 울림은 자신의 주먹을 바라보던 진마옥의 경계심을 최대한 끌어올리게 하였다.

"피해라."

나지막한 목소리. 서문호는 단운평의 말에 급히 몸을 움직였다.

슈욱!

가볍게 위에서 아래로 도를 휘둘러 보는 단운평의 모습은 너무나 자연스러웠다. 눈앞의 굳은 표정의 진마옥도, 구석으로 몸을 옮겨 장내를 바라보는 서문호도 안중에 없는 듯한 태도. 진마옥은 이러한 단운평의 모습에서 무언가 심상치 않은 기색을 읽은 듯 오른발을 뒤로 둔 채 상대의 공격을 막아내려는 듯한 동작을 취했다.

'좋지 않군.'

진마옥은 수많은 싸움으로 혈견이라는 별호를 얻은 자이다. 다른 사람보다 위험을 느끼는 능력이 뛰어난 그에게 몸을 파고드는 기분 나쁜 느낌은 팔다리를 뻣뻣하게 만들었다.

서문호로서도 이상한 느낌이 들었다. 바람 소리라고 해야 할지 귀곡

성이라고 해야 할지 모를 이상한 소리가 귀에서 울렸다.

웅웅!

분명 도는 움직이지 않고 있다. 그런데 저러한 소리가 들리는 건.

"재밌군, 재밌어."

정말 오랜만이다. 뼈아픈 교훈을 얻은 그날 밤 이후 처음이다. 제대로 도를 잡은 것은. 물론 그사이에도 꾸준히 도를 생각했고 또 도를 마음에서 놓은 적은 없다. 마음속으로 꾸준히 단련해 왔다. 하지만 도를 잡으며 살기를 품은 건 그날 밤 이후 오늘이 처음이다.

단운평은 자신의 손에서 꿈틀대는 묵뢰에 힘을 싣고 한 발 앞으로 나섰다. 다른 이에게는 보이지 않았지만 서문호와 진마옥에게는 보였다. 단운평의 발끝에서 시작해서 온몸을 휘감는 굵은 기의 흐름.

"단 대협!"

서문호는 말을 채 잇지 못했다. 진마옥이 낭패를 당하는 모습을 기대했지만 지금 상황으로 봐서는 그 이상이 될지도 모른다. 서문호에게 진마옥이란 존재는 껄끄럽고 화나게 하는 존재임과 동시에 스스로를 채찍질하는 데 도움이 되는 경쟁자이기도 하다. 어쩌면 자신에게 가장 필요한 존재일지도 모르는 자이다. 하지만 자신이 다가가면 자신조차 베겠다는 강렬한 기세에 서문호는 머뭇거릴 수밖에 없었다.

"이 한 수를 버텨낼 수 있을까?"

단운평의 말에 진마옥은 아무런 대답 없이 여차하면 옆으로 피할 요량으로 실내 구조를 살폈다. 진마옥의 눈빛이 흔들린 순간 단운평의 도가 허공을 갈랐다.

웅!

허공을 가르고 진마옥에게 다가간 도는 진마옥의 눈앞에서 수백 개로 불어났다.

"환(幻)!"

서문호의 경악에 찬 외침과 함께 진마옥은 우측으로 몸을 던졌다. 옆에서 바라보는 서문호와는 달리 그에게는 수천 개의 도들이 패(敗)의 기운을 함께 포함하고 있음이 보였기에 피할 수밖에 없었다. 맨손으로 그것을 받아내다가는 결코 가볍지 않은 타격을 받게 됨을 알았던 것이다.

진마옥은 몸의 균형을 잡을 새도 없이 다시 좌측으로 몸을 던지다시피 하며 굴렀다. 보이지는 않았으나 '웅' 하는 소리에 급히 몸을 피할 수밖에 없었다. 그리고 다시 몸을 일으켜 세우는 순간 자신의 눈앞으로 단운평의 도가 멈춰 있는 것이 보였다.

"느려."

그의 한마디에 진마옥은 죽음이란 단어를 떠올리지 않을 수 없었다. 그 순간 단운평은 뒤에서 느껴지는 기척에 몸을 돌렸다.

펑!

단운평이 몸을 돌려 그것을 막아내자 폭음이 터졌다.

"드디어 나왔군. 아무래도 동생이 죽는 것을 지켜볼 수는 없었겠지?"

수치심으로 얼굴이 붉어진 진마옥은 단운평을 노려보고 있는 한 사내를 보고 두 눈을 크게 떴다.

"형님!"

그렇다. 단운평의 눈앞에 나타난 사내는 혈견 진마옥의 형이자 광동 진가의 장자인 진무옥이다.

"기다렸지. 나타나지 않을지도 모른다고 생각했지만 나타났군."

단운평의 입가에 맺혀 있는 미소에 서문호는 소름이 돋았다.

"뉘신데 이렇게 내 동생을 대하는 것이오?"

침착한 목소리. 진무옥의 말에 단운평은 고개를 저었다.

"질문할 사람은 내 쪽인 것 같은데……. 왜 우리 뒤를 쫓은 것인가?"

단운평의 말에 진무옥과 서문호는 흠칫했다.

"무슨……?"

"화산에서 내려온 후 쭉 우리 뒤를 따른 것을 알고 있다. 설마 이 객점에 네 동생이 들어와서 우릴 만난 것이 우연이라고 말하고 싶은 건가? 게다가 광동진가의 장자와 차남이 이곳에 나타난 것도 우연이라?"

단운평의 말에 서문호는 놀라지 않을 수 없었다. 그렇다. 혈견이 이곳에 있을 이유가 없었다. 광동과 화산은 꽤나 먼 거리가 아닌가.

"언제 알았소?"

진무옥의 말에 단운평은 피식 웃었다.

"어찌 모르겠나? 화산을 내려온 후로 계속 쫓아온 데다가 이 객점 안의 모든 이가 무공을 익히고 있다면 그것 또한 있을 수 없는 일이 아닌가?"

그제야 서문호는 그가 자신에게 말한 피하라는 말의 참뜻을 알았다. 이 객점의 모든 이가 자신에게 기습을 가할 수 있는 상황이었던 것이다. 긴장한 채 벽에 붙어 서지 않았다면 벌써 기습을 당했을지도 모르는 일이었다.

"무림맹에서 보낸 것은 아닌 듯하고, 천앙의 무리에 속한 곳인가?"

단운평의 말에 객점 안이 살기로 가득 찼다.

"합!"

기합성과 함께 진무옥의 권풍이 밀려오자 단운평은 몸을 뻣뻣이 세운 채 마치 누군가 끌어당긴 것처럼 뒤로 쭉 물러났다. 단운평이 뒤로 물러서자 진무옥은 발끝으로 땅을 박차고 앞으로 뛰어나갔다. 잠시 멍해 있던 진마옥 역시 정신을 차리고 단운평의 등 뒤를 향해 주먹을 뻗었다.

펑!

가볍게 등 뒤로 도를 휘돌린 단운평은 도신으로 진마옥의 주먹을 막고선 허공으로 치솟았다.

자신에게도 달려드는 객점 안 사람들의 공격에 서문호는 도를 휘두르다가 그러한 단운평의 모습을 보고 최대한 구석으로 몸을 옮겼다. 단운평은 허공에서 도를 내려쳤다. 서문호로서는 두 번째 보는 도식이었다.

'구름은 비를 부르고 비는 천하를 적시니……'

풍운뇌력도법 초식 우(雨).

파바박!

수십, 수백의 도기가 진마옥과 진무옥의 온몸을 향해 내리 꽂혔다.

"피해랏!!"

진무옥의 외침과 동시에 진마옥은 전력을 다해 뒤로 물러났으나 검은 비는 어느새 그 둘의 몸을 촉촉하게 적셨다.

"윽!"

짧은 신음성과 함께 진무옥은 도기에 튕겨져 객점 벽에 부딪쳤다. 그리고 진마옥은 바닥에 웅크린 채 있었는데 좌측 어깨에서 쏟아져 나오는 피가 바닥을 적시고 있었다.

"하늘의 재앙, 오랜만이군."

차가운 단운평의 목소리. 다시 시작이다. 잠시 동안 잠들었었다. 자신이 해야 할 일을 잊어버리려 했었다. 하지만 이들 스스로가 자신을 일깨워 주고 있다. 이들에게 더 이상의 시간을 줄 수는 없다.

"무슨 일로 우리 뒤를 쫓은 건가?"

진무옥은 힘겹게 몸을 일으켜 진마옥에게 다가가 그의 어깨를 점혈을 하고선 고개를 돌렸다.

"천하 낭인의 우상 풍운객의 후예… 무림맹에서 낭인들을 규합한다고 들었소. 그저 지켜만 보던 강대한 세력이 우리에게 적이 될지도 모르는 상황이니 어쩌하겠소. 그저……."

진무옥의 푸념에 서문호는 눈앞이 아찔했다.

"형님이 어째서……?"

서문호의 목소리에는 힘이 하나도 없었다. 진마옥이 자신의 경쟁자라면 진무옥은 그런 자신에게 따스한 형 같은 존재였다. 세가의 일원이라는 공통점 때문에 각 세가는 왕래가 잦았다. 그러나 서로가 경쟁자이기에 겉으로는 웃으며 서로를 반겼으나 속마음은 그러하지 않았다. 하지만 광동진가를 찾아갈 때마다 자신을 진심으로 따뜻하게 맞이해 준 이가 있었으니 그가 바로 진무옥이었다.

"옳지 못한 일인지 옳은 일인지는 모른다. 하지만 따르지 않는다면 우리에게 미래는 없다."

짧은 설명. 하나 그것을 이해 못하는 사람은 아무도 없었다. 옳고 그름을 판단할 수 있는 것이 아니었다.

"멸문을 피하기 위해서인가? 그것이 변명인가?"

단운평의 한마디에 쓰러진 채 있던 진마옥이 몸을 일으키며 소리쳤다.

"그럼 어쩌란 말이냐? 따르지 않으면 멸문이고 따르면 무림맹의 보복을 당할지도 모른다! 하지만 당장 죽을 수는 없지 않은가?"

그의 외침에 단운평은 피식 웃었다.

"그것이 변명이라면 너무 옹색하군. 숨는 것은 무인의 수치라 너희들의 선택에 포함시키지 않았나, 아니면 부족하더라도 싸운다는 생각을 하는 것은 어리석다고 생각한 건가?"

그의 말에 진무옥은 고개를 절레절레 저었다.

"그들을 따른다면 적어도 강호에서 도태되지 않아도 된다는 것이 우리의 결정이었소. 그리고 도망치라니? 그건 있을 수 없소."

그의 말에 단운평은 천천히 도를 들었다.

"우습군. 지킬 수 없으면 도망치든지. 자신이 살기 위해서 남을 죽이는 것이 자신의 선택이고 그것이 당연하다? 그걸 이렇게 당당히 말할 수 있다니 대단하군."

부르르.

묵뢰의 도신이 떨렸다. 서문호는 급히 그의 곁으로 가 그의 팔을 잡았다.

"단 대협, 이번 한 번만……."

그 순간 단운평은 팔을 휘둘러 서문호를 밀쳐 내었다.

"다시 한 번 그따위 소릴 한다면 죽여 버리겠다!"

단운평의 차가운 목소리에 서문호는 비틀거리는 몸의 균형을 잡고 그를 바라보았다.

"과거의 인연이 어떤지는 모른다. 하지만 분명 지금은 적이다. 그리고 자신을 위해서 남을 희생시키는 것을 결정한 놈들이다. 용서하라고? 무얼 용서하라는 것인가? 그들은 자신의 선택을 당당히 여기고 있다. 그들이 잘못했다고 생각지 않는데 나더러 그들을 용서하라는 것은 있을 수 없는 일이 아닌가?"

화가 난 것이 분명했다. 저처럼 길게 설명할 단운평이 아니었다. 그리고 서문호도 그의 말이 옳다는 것을 알고 있었다. 용서라는 것은 잘못을 인정한 사람에게 통용되는 말이었다.

"그리고… 네 녀석이 나에게 배운 것이 있긴 있는 거냐?"

도를 들어 올려 진마옥과 진무옥을 바라보는 단운평의 입에서 나온 날카로운 소리에 서문호는 잠시 고개를 숙였다. 무슨 말인지 생각해 보기 전에 자신의 팔에 돋아 오른 소름이 설명해 주고 있었다. 진마옥과 진무옥뿐이 아니었다. 객점 안의 모두가 진마옥 정도의 실력을 가진 자인 것이 틀림없었다.

'이들이 이처럼 태연히 있는 이유가 그것이었나?'

진무옥이 나타난 이후로 방심하고 있었다. 마음이 흔들려 버린 것이다.

"이미 늦었단 말인가!"

서문호는 그제야 깨달았다. 진마옥과 진무옥은 단운평만 노린 것이 아니었다. 자신의 생명까지 요구하고 있는 것이다.

진무옥은 차가운 눈으로 말했다.

"재밌는 것을 보여주지."

객점 안을 메우고 있던 사람들은 하나둘씩 무기를 꺼내 들고 단운평의 주변으로 모여들었다. 진마옥과 진무옥을 어린애처럼 다룬 그의 모습에 조금은 창백한 모습들이었으나 그들의 눈엔 자신감이 가득했다.

슈욱!

어느새 앞으로 쭉 미끄러지듯 나아간 단운평의 신형은 그들을 놀라

게 했다. 그리고,

서걱!

"윽!"

자신의 팔을 잡고 뒤로 물러선 사내는 팔에서 뿜어져 나오는 피에 급히 지혈을 하려 했다. 하지만 뒤로 물러선 단운평의 신형은 다시금 앞으로 달려나가 그런 그의 안면을 도면으로 힘껏 갈겨 버렸다.

펑!

튕겨져 벽에 처박혀 버린 그의 팔다리가 부르르 떨리는 모습은 그가 살아 있기를 기대하지 못하게 했다.

"죽어라!!"

어느새 다가온 또 다른 사내는 단운평의 뒤통수를 노리고 도를 내려 쳤다.

부웅!

바람 소리를 내며 돌려 쳐진 단운평의 도는 상대의 도를 쳐내었고, 그 모습에 서문호는 자신이 했던 도 휘두르기와는 다른 시기 적절한 도의 움직임을 볼 수 있었다. 그리고 이어지는 단운평의 일갈.

"멍청한 놈!"

그의 외침과 함께 서문호는 급히 좌측으로 몸을 굴렸다.

퍽!

자신이 서 있던 나무 바닥은 어느새 갈라져 있었다. 서문호는 급히 몸을 일으켜 자신을 공격한 상대를 바라보았다. 진마옥과 함께 들어오면서 그에게 형님이라고 말했던 자였다.

"기습이라니!!"

서문호의 일갈에 공격했던 사내와 단운평은 피식 웃었다.

"상황 판단이 늦은 것 같군. 무슨 수를 사용하던지 너희를 제거한다면 우리는 안심이지."

사내의 빈정거림에 서문호는 현 상황을 직시할 수 있었다.

"죽고 싶은가 보군."

차가운 서문호의 말. 이죽거리던 사내와 간신히 몸을 일으킨 진마옥은 순간 자신의 팔에 소름이 돋는 듯한 느낌이 들었다. 조용하고 무던한 사람이 한번 화내면 폭발하듯 무서운 것처럼 지금의 서문호의 모습이 그러했다.

획!

서문호는 자신을 향해오는 물체를 잡아챘다. 서문호에게도 도는 있건만 단운평은 묵뢰를 던져 준 것이다.

"네가 해결해라."

조금 전까지 모두를 죽일 듯한 기세의 단운평이 서문호에게 이곳을 맡겼다. 이들을 이길 수 있을지 모르지만 서문호가 이들을 제압하지 못하더라도 이들 모두는 단운평의 손에 의해 죽을 것은 분명했다.

"한 시진 기다려 주마. 그전에 해결하지 못한다면……."

서문호는 알고 있었다. 자신에게도 진마옥과 진무옥을 살려두어서는 안 되는 사람이다. 무림맹의 적, 천앙의 무리다. 살려둔다면 자신에게도, 그리고 자신의 가문에도 크나큰 오점이 될지도 모른다. 하지만 진무옥과 진마옥을 죽이고 싶진 않았다.

"호를 죽일 셈이오?"

가만히 있던 진무옥의 음성에 서문호는 생각을 멈췄다.

"우습게 보인 모양이군."

그리고 서문호의 도가 춤을 췄다.

혼전이었다. 서문호가 이죽거리던 사내에게 달려가 힘껏 도를 내려치는 순간부터 객점 안의 무인들은 다시금 공격을 시작했고, 단운평은 가벼운 몸놀림으로 자신에게 다가서는 자들을 피했다. 그리고 서문호를 노려보고 있던 진마옥과 진무옥을 향해 다가갔다.

"이놈!"

커다란 소리와 더불어 이리저리 도를 휘두르는 서문호의 모습은 마치 성난 호랑이처럼 보였다. 그리고 그런 몸놀림에 놀란 진마옥과 진무옥은 단운평이 달려오는 모습을 잠시 놓쳤고, 순간 온몸의 힘이 빠지는 것을 느꼈다.

잠시간의 방심이었으리라, 이처럼 쉽게 제압당한 것. 자신들과 비슷한 무위를 지녔다고 생각했던 서문호의 예상외의 모습은 적지 않은 충격으로 다가왔던 것이다.

"이곳 상황이 정리된 후에 저 녀석과 겨루어보는 것이 좋을 듯하군."

단운평은 진마옥과 진무옥을 구석으로 던지고서 허공으로 솟구쳤다.

챙!

가벼운 떨림과 함께 사방에서 단운평을 향해 날려든 검은 서로 부딪쳤고, 단운평은 허공에서 가볍게 몸을 돌려서는 자신에게 날아오는 채찍을 가볍게 발바닥으로 쳐냈다. 그리고 그 반동을 이용해 서문호를 향해 섬전처럼 움직였다.

"수련이 부족한가 보군."

서문호의 옆으로 내려서면서 내뱉은 단운평의 한마디에 서문호는 화가 치밀어 올랐다.

"이들의 실력은……."

하나 그는 채 말을 이을 수 없었다. 차가운 단운평의 눈빛이 보였기 때문이다.

"언제든 이야기해도 좋다. 포기하고 도와달라고 한마디만 하면 된다. 그러면 내가 죽이겠다."

이길 수 있고 견디어낼 수 있느냐가 아니었다. 모두 죽일 수 있다는 말이다.

서문호는 알고 있다. 눈앞의 사내는 거짓말을 하는 자가 아니다. 분명 단운평은 이들을 모두 제압하고 또 죽일 것이다. 얼마 전에 이야기한 적이 있었다. 죽이려는 자는 자신도 죽을 각오를 하고 또 해야만 한다고 했다. 그것이 무인의 숙명이라는 것이다.

이들 모두는 죽음을 각오하고 온 것이다. 그리고 어느 쪽이든 승리한 쪽이 상대의 생명에 대한 권리를 갖게 된다. 그것이 무림이었다. 강자존. 그것이 무림의 유일무이한 법이었다.

그때였다. 서문호를 공격하던 무리들은 한 사람의 일갈과 함께 모두 허리춤에서 무언가를 꺼내 들어 허공으로 던졌다.

"산(散)!"

파바박!

허공을 가득 메운 크고 작은 단검과 은침들. 그 화려한 은빛에 서문호는 눈을 감았고 단운평은 있는 힘껏 발을 굴렸다.

쾅!

굉음과 함께 바닥이 울림과 동시에 서문호의 신형은 흐트러지며 몸을 숙였고, 동시에 바닥을 구른 반동을 이용해 단운평은 허공으로 솟구쳐 올랐다.

　"이야아앗!!"

　조금은 답답한 느낌이 드는 기합성과 함께 단운평은 강하게 회전했다. 그리고 그런 단운평을 향해 단도와 침들이 정확히 날아들었다. 서문호는 자신의 손에 들려진 묵뢰가 허공으로 빨려 들어가는 것을 보았다. 동시에 단운평의 손에서 검은 빛이 사방으로 퍼져 나오는 것이 보였다.

　'천하는 비에 젖어 흘러내린다……'

　쾅! 펑!

　폭음과 함께 허공에서 가만히 내려서는 단운평의 모습은 객점 안을 침묵으로 몰아갔다. 아니, 침묵을 부른 것은 풍운뇌력도법의 또 다른 초식 폭(暴)이었다.

　서문호는 손을 들어 자신의 목을 만져 보았다. 수많은 단도와 침은 그를 노린 것이 아니었다. 순간의 방심을 노리다가 단운평이 자신에게 다가서자 공격을 한 것이었다. 분명 자신을 구하기 위해서 빈틈을 보일 거라는 예상을 하고. 하지만 자신의 온몸을 노리고 날아오던 은빛을 떠올리자 서문호는 자신이 상처 없이 있다는 것이 믿기지가 않았다.

　"아마도 반 시진이면 충분한 시간일 거 같군."

　다시금 자신에게 도를 주는 단운평의 행동은 서문호뿐만 아니라 객점을 가득 채우고 있던 천앙의 무리들에게도 황당한 것이었다. 그리고 자신들이 무시당했다고 생각되자 천앙의 무리 중 일부가 단운평을 향해 다가왔다.

　퍽!

　순식간에 달려드는 사내의 눈앞까지 나아간 단운평은 사내의 턱을 가볍게 차올렸다.

"움직여라!"

무거운 단운평의 말에 서문호는 도를 들고 다시 몸을 일으켰다. 그리고 단운평에게 다가갔다. 그런 그의 신형을 막는 이는 아무도 없었다. 방금 있었던 일로 알 수 있었다. 지금 자신들이 하는 일은 화약을 지고 불 속으로 달려드는 일이라는 것을.

'불행인지 다행인지 모르지만 이들은 시술받지 않았고 굉폭천뢰 역시 지니지 않은 놈들이다. 역시나 놈의 정체는……'

단운평은 간단하게 생각을 정리하고 조용히 말했다.

"무엇을 약조받은 것인지 모르지만… 서문세가 역시 안전하다고 생각할 수 없겠군."

나직한 목소리로 내뱉은 말에 서문호의 머리 속에서의 갈등은 사라져 버렸다. 그렇다. 이들은 단운평만을 노리고 왔지만 자신을 살려둘 생각은 없을 것이다. 일부 세가들이 천앙에 속해 있다는 것을 알리고 싶지는 않을 것이라는 건 너무나 당연했다.

그렇다면 단운평의 말처럼 서문세가 역시 안전하지 않을 것이다. 어서 무림맹에 알려 이러한 사실을 자신들만이 아는 것이 아님을 알려야 한다. 그렇지 않다면 서문세가는 집중적인 공격을 받을 것이다. 이제 서문호의 어깨에도 무거운 짐이 올려진 것이었다.

"이야앗!"

커다란 기합성과 함께 화살처럼 앞으로 나아가는 서문호는 자신에게 다가서는 검을 묵뢰로 튕겨내며 눈앞의 사내를 일도양단해 버렸다. 뜨거운 핏물이 자신의 얼굴을 적셨으나 뒤이어 날아드는 도를 왼쪽으로 허리를 굽혀 피하면서 도를 휘둘렀다.

서걱.

분명 그리 날카로운 날을 가지지 못한 묵뢰였으나 휘두르는 속도와 적절하게 주입된 기로 인해 사람의 몸은 쉽게 베어졌다.

"내가 아니라도 다 죽일 모양이군."

어느새 진무옥과 진마옥의 옆으로 온 단운평은 진무옥을 바라보며 말했고, 그 말에 진마옥은 부들부들 떨었다. 혈이 제압된 상태라 소리를 낼 수는 없었지만 그가 하고 싶은 말은 간단했다.

'네놈이 그렇게 만들었잖아!'

하지만 단운평의 생각은 전혀 달랐다. 서문호를 이렇게 만든 것은 이들이다. 아니, 천앙이라는 무리였다.

"그건 그렇고, 자네들을 이끌고 온 놈은 아직 모습을 드러낼 생각이 없나 보군."

단운평의 말에 진무옥은 놀라 두 눈을 부릅떴다.

"놀랄 것 없다. 비슷비슷한 무위의 놈들만 그냥 보냈을 리는 없고 모두를 통솔할 자가 있는 건 당연한 것 아닌가?"

그렇다. 예전에도 붉은 옷을 입은 자를 통솔하던 푸른 옷의 사내가 있었다. 소속도 다르고 무공도 각기 다르나 실력은 비슷한 자들을 끌어 모았다면 분명 그들보다 뛰어난 실력을 가진 자가 있으리라는 것은 세 살 먹은 아이도 생각할 수 있는 일이었다. 물론 지금처럼 정신없이 싸우고 있는 중에서는 세 살 먹은 아이가 생각할 수 있는 것도 생각지 못하는 것이 당연하겠지만.

"으윽."

짧은 신음성. 단운평은 얼굴을 찌푸렸다. 허리춤을 왼손으로 막고 있는 서문호의 모습이 보였다.

"변함없이 멍청하군."

분명 사내를 일도양단하면서 튕겨진 핏물 때문에 눈앞이 선명하지 않아서였으리라. 이마에서 흘러내린 피에 의해 잠시간의 흐트러짐이 있었고, 그 순간 허리를 베인 것이었다.

"이제 얼굴을 드러낼 모양인데 나도 슬슬 움직여 볼까?"

단운평의 말과 동시에 객점의 문이 벌컥 열렸다. 객점 안으로 들어서는 인물. 두 사람이다. 한 사람은 남자고 한 사람은 여자. 그리고 그 여자는 분명 단운평과 서문호가 잘 알고 있는 인물이었다. 단운평은 한숨을 내쉬고는 여인을 향해 물었다.

"여긴 웬일이오?"

여인은 단운평의 질문에 대한 대답을 할 수가 없었다. 대신 훤칠한 키에 사내답게 생긴 사내가 가볍게 고개를 숙이고는 답했다.

"뵙게 돼서 영광입니다. 저는 천앙에서 청객들을 담당하고 있는 흑객 중 한 명으로 이들을 담당하고 있는 사람입니다."

사내의 말에 단운평의 머리 속으로 붉은 옷을 입은 자를 다루던 청의인이 떠올랐다.

"청의인들을 다루는 자란 의미인가, 아니면 살인 기계로서의 흑객이란 말인가?"

단운평의 말에 사내는 웃으면서 답했다.

"아쉽게도 전자로서의 명을 받고 왔습니다. 그건 그렇고, 예전에 황룡보에 계셨다구요? 우리와는 예전부터 인연이 있었는데 모르고 있었다니 부끄러울 따름입니다."

사내의 말에 단운평은 안색을 굳혔고, 그 순간 서문호는 허공을 가르며 도를 뻗었다.

"그 손 치워!!"

하나 서문호의 움직임은 객점 안의 사내들에 의해 가볍게 저지되었고, 단운평은 다시금 물었다.

"어찌해서 이곳에 온 것이오?"

다시금 여인에게 질문하는 단운평의 모습에 흑객이라고 자신을 밝힌 사내가 피식 웃으면서 답했다.

"풍룡 단운평. 그 이름이 천하를 진동시킨다더니 저따위는 안중에 없으신 듯하군요. 이 여인은 객점에서 조금 떨어진 나뭇가지 위에서 발견했지요."

그의 말에 단운평은 고개를 갸웃했다.

"풍룡이라… 나도 모르는 이름이 내게 붙었나 보군. 여하튼 초 소저 혼자 있지는 않았을 텐데 초 소저 곁에 있던 사내는 어떻게 되었소?"

누구든 강호에서 긴 시간을 보내면 자연스럽게 별호가 생겨난다. 단운평의 경우 무림에 모습을 드러낸 지 그리 오랜 시간이 흐르지는 않았지만 무림맹에서 의도적으로 그의 소문을 퍼뜨렸기에 짧은 시간에 거창한 별호가 생겨난 것이다.

"아, 그 화산파의 멍청이 말인가 보군요. 죽지는 않았습니다. 다만 그 녀석은 별로 도움이 되지 못할 것 같아 두고 왔지요."

자존심 같은 것이리라. 너무나 보잘것없어 보이는 상대는 죽이는 것조차 수치라고 생각한 것이리라. 그러나 그것은 천앙의 모습과는 거리가 있어 보였다.

'그럴 수도 있겠지.'

"혹시 그 여인이 내게 위협이 될 것이라고 생각하는 것인가?"

단운평의 말에 사내는 가볍게 고개를 끄덕였다.

"당연하지 않습니까? 설마 화산일봉을 눈앞에서 죽이겠단 말씀이신지……."

그렇다. 사내의 옆에 있는 여인은 화산일봉 초혜림이었다. 사내의 말에 서문호가 자신에게 날아드는 검을 쳐내며 소리쳤다.

"우리는 정파다! 어찌……!"

"난 정파 따위가 아닌데 어쩌지?"

서문호의 말을 끊은 단운평의 말에 모두의 움직임이 멈춰졌다. 아니, 단 한 사람, 초혜림의 신형이 휘청했다.

"난 정파 따위가 아니다. 풍룡 따위도 아니고 말이지. 나는 단운평이다."

조용한 어조로 말을 하던 단운평의 몸이 섬전처럼 앞으로 쏘아져 나갔다.

"혁!"

어느새 자신의 옆에 있던 초혜림의 신형이 제법 떨어진 앞으로 이동해 있자 흑의의 사내는 경악성을 토했다.

"드디어 네놈의 자신만만한 얼굴이 깨졌군."

단운평의 한마디에 사내는 허리춤으로 손을 가져갔다. 그 순간 '펑' 하는 굉음과 함께 객점의 문이 산산조각이 되어 날아들었다.

"윽!"

몇몇의 무인은 그 파편에 적중되어 신음성을 토하며 쓰러졌다. 그리고 객점 안으로 또 다른 두 명의 인영이 모습을 드러냈다.

"휴, 몇 되지도 않는 아는 얼굴들을 자주 보게 되는군."

단운평의 한탄과 더불어 급히 파편을 피하느라 허공으로 솟아올랐던 흑의의 사내는 바닥에 발이 닿자마자 소리쳤다.

"웬 놈이냐?"

그의 일갈에 두 인영은 허리춤에서 검을 뽑아 흑의의 사내에게 휘둘렀다.

"감히!"

"죽고 싶은 모양이군."

쇄애액!

엄청난 속도로 날아드는 두 개의 검.

채쟁!

흑의의 사내는 급히 검을 뽑아 날아드는 검을 막았으나 엄청난 기운에 손목이 부르르 떨렸다.

"제법이군. 이것도 한번 막아보거라."

다시금 부드럽게 곡선을 그리며 날아드는 검. 흑의의 사내는 그제야 나타난 두 인영의 정체를 알 수 있었다.

"신검(神劍)!"

가벼운 경탄성과 함께 흑의의 사내는 급히 뒤로 물러서며 힘껏 검을 휘둘렀다.

그렇다. 새롭게 등장한 이는 신검 태허관과 천검 천군보였다. 그때 태허관을 향해 날아드는 물체가 있었다. 아니, 물체가 아니라 털썩 태허관의 발밑으로 떨어지는 것은 마혈이 제압된 여인. 그 여인은 바닥에서 눈물을 흘리고 있었다.

"어째서 네가 여기에……?"

태허관은 급히 초혜림의 마혈을 풀었다. 그리고 그녀는 혈도가 풀리는 순간 단운평을 향해 달려갔다.

"죽어!"

제압된 상태였기에 그녀는 아무런 무기가 없었다. 하나 그녀는 두 주먹을 불끈 쥐고 단운평을 향해 손을 뻗었고, 그런 그녀의 모습에 단운평은 가볍게 그녀의 손을 왼손으로 쳐냈다. 가벼운 그의 손놀림에 초혜림은 달려가던 기세를 못 이기고 균형을 잃고 흔들거렸으나 이내 몸의 균형을 잡았다.

"두 번째는 손목이 부러뜨려질 것이오."

담담한 단운평의 한마디. 초혜림은 부르르 몸을 떨고는 몸을 돌려 태허관이 있는 곳으로 향했다. 난생처음 당해보는 짐짝 취급에 대한 분노와 원망이 가득했으나 눈앞의 사내는 허튼소리를 하는 사람이 아니라는 것은 지난번 마차 습격 시 그의 모습으로 잘 알고 있었다.

"두 분은 무슨 일로 이곳에 오셨습니까?"

단운평의 말에 태허관과 천군보의 얼굴이 시뻘겋게 변했다. 감히 자신들의 눈을 피해 화산파에서 도망갈 거라고는 생각지 못했다. 그리고 다시금 그들 뒤를 쫓아왔는데 이처럼 어처구니없는 상황이라니…….

하나 변명을 해야만 하는 상황이었다. 어찌 되었든 자신들의 문파, 아니, 무림맹에서 필요한 인물이다. 아직은 적이 되어서는 곤란한 인물이 단운평이라는 사내였다.

"자네가 아무런 말 없이 떠나니 걱정이 되어서 말이네."

천군보의 한마디에 단운평은 피식 웃고는 서문호를 바라보았다.

"이제 슬슬 시간이 다 되어가는 듯한데…….."

그의 말에 서문호는 급하게 도를 휘두르기 시작했다. 처음과 같은 세기의 도의 기세에 단운평은 고개를 돌리고서 태허관과 천군보, 그리고 흑의의 사내를 향해 입을 열었다.

"자, 이제 더 이상 올 사람은 없는 듯한데 슬슬 정리해 봅시다. 무림

맹에서는 나를 따라다니며 내 이름을 이용할 모양이고, 천앙에서는 나를 어쩌하기 위해서 이들을 보냈는가?'

그의 말이 끝나기가 무섭게 태허관과 천군보의 안색이 딱딱하게 굳었다. 객점에 도달하기 전에 쓰러져 있던 화산일룡에게 적들에게 기습을 당했다는 말을 들었으나 천앙의 무리라고는 생각지 못했다. 게다가 저기 구석에 있는 청년들은 본 적이 있는 자들이다. 분명 광동진가의 자식들이다. 이들은 또 왜 이곳에 있는 것인가?

그때였다. 객점의 뒷문이 열리면서 한 무리의 사람들이 들어왔다. 그들 중 한 명이 광동진가의 후인들을 향해 말했다.

"오랜만이군. 잘들 있었나?"

어느새 서문호를 노리던 무인들 대부분이 상처를 입고 구석으로 움직였고 새롭게 등장한 한 무리의 사람들이 태허관과 천군보, 초혜림을 포함하여 단운평, 서문호를 둘러쌌다.

새로 등장한 인물들은 모두 스물두 명. 기척도 없이 숨어 있었기에 태허관과 천군보는 놀라지 않을 수 없었다.

하나 단운평은 태연했다. 흑객이 자신에 대해서 설명한 이후 이들이 있으리라고 생각하고 있었기 때문이다. 스물두 명의 새로운 인물들 중 스무 명은 적의를, 나머지 두 명은 청의를 입고 있었다.

"두 분도 참 재수가 없나 보네요. 이런 때에 우리에게 오다니. 자네도 어서 이리 오게."

서문호를 향해 가볍게 손을 흔들던 단운평은 섬전처럼 앞으로 쏘아나가 흑객을 향해 손을 뻗었다. 그리고 그와 동시에 스물두 명의 천앙의 무리들이 그들을 향해 출수했다. 흑의의 사내는 얼굴로 날아드는 단운평의 주먹을 한 손으로 가볍게 막았다. 그와 동시에 뒤로 물러서며 주먹에 담긴 힘을 풀어내고는 왼발을 들어 올려 어느새 날아드는 단운평의 다리를 피했다.

"과연."

흑의의 사내는 채 말을 잇지 못했다. 어느새 단운평의 모습이 보이지 않았다. 흑의의 사내는 급히 온몸에 기를 돌려 위험에 대비함과 동시에 허리춤에 있는 검의 손잡이를 잡았다.

"헉!"

어느새 눈앞에 나타난 단운평의 얼굴. 흑의의 사내는 반사적으로 검을 뽑았고, 그 순간 단운평의 신형이 또다시 사라졌다.

횡!

허공을 가르는 흑객의 검은 바람 소리를 내었고, 다시금 검이 제자리로 돌아가는 순간 단운평의 주먹이 흑객의 얼굴로 날아들었다.

펑!

검을 든 채 오른팔로 단운평의 주먹을 막았으나 그 충격에 흑의의 사내는 뒤로 세 걸음이나 물러났다. 충격을 흩어보려 했으나 부딪치는 순간 몸이 움직이지 않았다.

"쿨럭."

흑의의 사내는 엄청난 충격에 속에서 피가 올라오는 것을 느꼈다.

"상상 이상이군."

네 적의인의 공격을 막아내던 천군보는 흑객을 경탄의 눈으로 바라보았다. 단운평은 다시금 앞으로 나아감과 동시에 흑객 바로 앞에서 허공으로 뛰어올랐다. 그 모습을 본 태허관의 머리 속에 단운평이 개방의 취걸개에게 사용하던 기술이 떠올랐다. 그리고 급히 자신에게 다가오는 비도를 쳐내고 초혜림의 손을 잡아끌고서는 천군보에게 소리쳤다.

"피해라!!"

쿵!

묵직한 소리와 함께 바닥이 흔들렸다. 그리고,

와지직!

충격은 바닥뿐 아니라 벽에도 전해져 가는 금이 갔다. 그리고 바닥에 생긴 깊숙한 구멍. 이어지는 단운평의 움직임은 빠르지만 부드러웠다.

"피 한 줌에 생명을 걸어 천하를 굽어보니 사방은 어둡고 몸은 외로워라."

나직한 단운평의 목소리. 단운평의 말이 의미하는 바를 눈치챈 서문호는 급히 몸을 돌려 허공으로 치솟으면서 객점의 구석에 있던 광동진가의 두 사내에게 다가갔다. 그리고 묵뢰 끝으로 가볍게 그들의 혈을 풀고서는 벽을 향해 힘껏 도를 내려쳤다.

콰직!

나뭇조각처럼 부서지는 벽 사이로 바깥 풍경이 보이자 서문호는 진무옥과 진마옥을 바깥으로 던지고 자신의 몸을 날렸다. 벽이 무너지는 소리에 흑의의 사내는 잠시 서문호에게 눈을 돌렸고, 그 순간을 놓치지 않은 단운평은 몸을 돌려 서문호를 향해 달려가는 청의사내의 머리를 오른발로 내리찍었다.

퍽!

잘 익은 과일이 터지는 소리와 함께 사내의 머리에서 피가 뿜어져 나왔고, 그 순간 뒤에서 달려오는 흑객의 검을 피해 옆으로 이동한 단운평은 그대로 바닥에 쓰러져 있는 의자를 들어서 던졌다.

퍽!

무언가 맞는 소리가 들렸으나 단운평은 고개도 돌리지 않은 채 서문호가 만든 공간을 통해 바깥으로 몸을 던졌다.

그런 그의 모습을 바라보던 서문호는 자신을 향해 달려오는 단운평의 모습에 힘이 빠지는 것을 느꼈다. 무시무시한 기세로 달려드는 단운평의 모습에 조금은 놀랐기 때문이리라.

가볍게 서문호의 옷깃을 잡은 단운평은 그의 신형을 끌었다. 그리고는 그들의 모습이 사라졌다.

흑의의 사내는 자신이 막은 의자의 조각이 뺨을 스쳐 피가 흐르는 것도 모른 채 그들이 사라진 방향을 바라보다가 자신의 등 뒤에서 느껴지는 기세에 급히 몸을 돌렸다. 뒤에는 엄청난 기를 내뿜고 있는 두 명의 노검객이 있었다.

"놈, 네놈 덕에 단가 녀석을 놓쳤다."

그러자 흑의의 사내는 가볍게 웃으면서 품에서 무언가를 빼내 들었다.

"분명 두 분보단 어리지만 하대받을 만한 이유는 없습니다만……."

탁!

가볍게 바닥을 치고 뛰어오른 흑객은 손에 들고 있는 것을 가볍게 던졌다.

"풍룡의 움직임은 섬전과 같아 피하려고 한다면 잡을 자가 없다는 소문을 들었습니다. 엄청난 보법에 그의 신형은 보이지도 않더군요."

흑의의 사내가 던진 비도를 가볍게 쳐냄과 동시에 앞으로 달려나간 천군보는 검으로 사내를 찔러갔다.

"그런데?"

천군보의 물음과 동시에 날아드는 검을 향해 다시금 비도를 던진 흑의의 사내는 차가운 눈빛으로 주변 사내들을 향해 손을 들어 올렸다.

"그러니 저를 방해한 대가를 치러야 하지 않겠습니까?"

갑작스럽게 빨라진 적의인들의 움직임과 함께 흑객 사내의 손에서 다시금 비도가 날아들었다.

"이곳은 나 혼자서도 충분하니 자네와 혜림이는 어서……."

펑!

말을 하며 가볍게 비도를 쳐낸 천군보는 갑작스럽게 폭발한 비도 때문에 균형을 잃었다. 파편은 없었으나 커다란 소리와 퍼져 나오는 검은 연기에 잠시 평정을 잃었기 때문이다.

"숨을 멈추게!"

태허관은 소리를 지름과 동시에 초혜림에게 달려드는 적의인을 향해 검을 휘둘렀다.

챙!

태허관의 예상과는 다르게 너무나 쉽게 막힌 검. 태허관은 무언가 모를 압박감이 느껴져 초혜림의 손을 잡고 깨어진 벽을 향해 달려갔다.

스슥.

어느새 그들의 앞을 막는 청의인. 청의인은 검을 휘둘렀다. 허공을 촘촘히 매운 검날. 갑작스럽게 빨라진 검이다. 어느새 걷혀진 연기에 태허관은 자신의 몸에 이상이 없는 것을 확인하고는 숨을 골랐다.

"이제 좀 괜찮으냐?"

태허관의 질문에 초혜림은 고개를 끄덕이고는 눈앞의 청의사내를 바라보았다. 그리고 전력을 다해 청의사내를 향해 검을 들고 달려들었다.

"이 녀석아, 서둘러선……."

휘릭!

바람 소리와 함께 태허관은 몸을 돌려 세 명의 적의인이 휘두른 검과 도를 쳐냈다.

웅!

검이 울리는 소리와 함께 태허관의 손목이 부르르 떨렸다.

'처음과 다르다. 너무나 많이.'

갑작스럽게 힘과 속력이 빨라졌다. 무공을 숨겼던 것은 아니리라. 단운평이란 사내 앞에서 무공을 숨길 만한 여유가 있을 정도는 아니었기 때문이다. 그런데도 분명히 조금 전보다 강해졌다.

영약이나 독약을 복용했다면 이처럼 움직일 수 없을 것이다. 약이란 것은 복용 후 시간이 필요하다. 그리고 그 시간 동안 어느 정도 안정을 취해야 한다. 그렇다면 어떠한 술법이라는 것인데 그것은 일정 수준 이하의 자에게 펼치는 것이다. 저기 있는 천군보와 엇비슷하게 겨루고 있는 검은 녀석의 수준은 분명 자신보다 훨씬 아래였지만 술법을 사용할 정도로 약한 자가 아니다.

그렇다면 결론은 하나였다. 저것은 의술을 바탕으로 한 어떠한 수단이다. 그리고 자신들이 나타나자마자 갑작스럽게 사라진 단운평 등은 분명 이들을 피한 것이다. 단운평이란 자는 자신을 공격하는 자를 결코 피하지 않는다. 그렇다면 이들에겐 이러한 것 외에 또 다른 어떠한 숨겨진 것이 있고, 그것은 분명 상상 이상으로 위험한 것이리라.

마음을 굳힌 태허관은 서서히 내공을 끌어올렸다. 눈앞의 놈들이 아무리 애송이일지라도 지금은 전력을 다해야 할 때인 것이 분명했다.

단운평은 객점에서 조금 멀어지자 서문호에게 손을 내밀었다.

"묵뢰를 돌려받을 때가 됐군."

서문호는 아무런 말 없이 도를 돌려주었다. 그리고 허리춤의 자신의 도로 손을 가져갔다.

"이들을 피신시켰으니 어서 돌아가야……."

"난 그럴 생각이 없다."

진마옥과 진무옥이라는 짐덩이를 치워두기 위해 객점을 빠져나온 것이라고 생각했던 서문호는 멍하니 단운평을 바라보았다.

"그녀를, 아니, 그분들을 버려두고 가잔 말입니까?"

격해진 서문호의 목소리에 단운평은 그를 가만히 응시했다.

"난 자네의 안전을 부탁받은 몸, 저곳으로 돌아가서는 자네의 안전도 도모할 수 없지."

서문호가 다치게 되든 자신이 다치게 되든 단운평으로서는 서문항비와의 약속을 제대로 지키지 못하게 될지 모를 일이다.

"하지만 그분들은 정파의 살아 있는 신화로서……."

"웃기는군."

서문호의 말을 다 듣지도 않은 상태에서 단운평은 몸을 돌렸다. 그의 그러한 모습에 서문호는 순간적으로 단운평의 팔을 잡아챘다.

"그분들을 구해야… 헉!"

천천히 고개를 돌리는 단운평. 머리칼 사이로 비치는 단운평의 안광에 서문호는 급히 그의 팔을 놓았다.

"내가 왜 그래야 하지? 난 화산파에서 받은 은혜가 하나도 없다. 그리고 그들과 어떠한 계약을 한 것도 아니고."

단운평의 목소리는 평소와 조금도 다를 것이 없건만 서문호의 팔에는 소름이 돋았다.

"하지만 초 소저는 우리와 함께 무림맹으로 온 사람입니다. 뿐만 아니라 같은 정파인으로서 그들을 모른 척하기는…….”

“같은 정파라……. 그럼 이들은 왜 구했지? 천앙의 무리들은 무림맹의, 아니, 정파의 적이 아니었나?”

단운평의 목소리에서 노기가 느껴졌다.

“조금 전에도 말했다시피 초 소저를 구해야 할 의무 따위는 내게 없다. 그녀 역시 무림인이라면 그 정도의 각오는 하고 있을 것이고.”

“무옥 형은 저에게 소중한 존재입니다. 그리고 초 소저와 어르신들을 두고 떠나는 건 신의를 저버리는 행동이라고 생각합니다.”

단운평은 묵뢰를 뽑아 들고선 허공을 향해 가볍게 휘둘렀다.

‘답답하군.’

단운평은 서문호의 모습이 답답했다.

“너와 관련된 자면 살려야 하고 그렇지 않으면 적이다, 그런 것인가? 그리고 그러한 너의 생각에 나까지 따라야 하고?”

단운평의 말에 서문호는 아무 말도 할 수 없었다.

“결국 네가 원하는 대로 모두가 따라줘야 한다는 것이군. 어리광을 부리는 것인가?”

“아닙니다. 전 정파로서…….”

쇄액! 챙!

쿵!

소리가 터져 나오지는 않았지만 서문호에게는 분명 들렸다. 엄청난 충격이었다. 자신의 오른발이 땅으로 쑥하고 박혀 버렸다.

“제법이군. 이걸 막다니. 정파라……. 그래, 언제나 그랬다. 사람이란 자신들만이 옳다고 여기지. 물론 나 역시 그렇다. 그러니 나는 내가 옳다고 생각하는 것을 행한다. 그리고 그것에 대한 반감을 가진 너와 더 이상 동행할 수 없다. 내 도를 막을 정도였으니 서문 가주의 부탁도 이루었고. 이제 너와 나는 더 이상 아무런 관계도 아니다."

단운평의 묵뢰를 서문호가 막아냈다. 물론 전력을 다한 한 수는 아니었지만 이 정도의 공격을 막아설 정도라면 서문호의 실력은 상상 이상으로 성장한 것이다.

단운평은 조용히 묵뢰를 허리춤에 차고선 몸을 돌렸다. 설득할 수 있는 일이 아니다. 서로가 살아오면서 배워온 것을 지키려는 것이다. 한 발도 물러설 수가 없는 문제였다. 그리고 단운평의 어떠한 말도 서문호를 납득시킬 수 없었다.

"감사했습니다."

서문호는 단운평과의 사이에 있는 허공을 향해 도를 휘둘러 무언가를 끊어내는 시늉을 했다.

"은혜는 잊지 않겠습니다."

그리고 몸을 돌려 다시금 객점을 향해 뛰어갔다. 그 순간 객점에서 폭음이 터져 나왔다.

서문호가 객점 안으로 들어섰을 때는 상황은 급변해 있었다. 그리고 이처럼 변한 상황을 서문호는 이해할 수 없었다. 아니, 믿을 수가 없었다.

"서, 서문 공자……."

피범벅이 된 머리칼로 비틀거리며 다가서는 초혜림. 서문호는 급히 그녀의 팔을 붙잡고 그녀의 몸을 지탱했다.

"제법이군. 제법이야."

음산한 목소리. 한쪽에 서서 웃고 있는 사내는 분명 흑의의 사내다.

흑의의 사내 앞에 서 있는 청의를 입은 두 사내는 고개를 돌려 서문호를 바라보았다.

"이놈!! 어디를 보는 게냐? 네놈들의 상대는 우리들이다!!"

벽력같은 외침을 하는 태허관.

서문호는 아직까지 믿기지가 않았다. 어째서, 어째서 천검이 저처럼 처절한 모습으로 서 있는 건가. 신검 태허관과 천검 천군보는 바닥을 검극으로 찍은 채 서 있었다. 아니, 검을 지팡이 삼아 서 있다는 표현이 옳은 것이리라.

"어서 떠나라! 무얼 하는 게냐?"

태허관의 목소리에 가늘게 떨고 있던 초혜림은 아무런 말도 못하고 눈물만 흘렸다.

"후후, 그래, 어서 도망가세요. 그렇지 않으면 초 소저를 공격하던 적객을 막으려 하다가 청객에게 저리 당한 두 분의 희생이 무의미하지 않습니까?"

흑의의 사내의 말에 초혜림은 부르르 떨었다. 방금 전에 자신의 눈 앞에서 두 팔이 날아갔음에도 불구하고 자신의 목을 물려고 달려들던 붉은 옷의 사내가 떠올랐다. 엄청난 위압감이었다. 아니, 두려움이었다. 단 한 번도 생각한 적이 없었다. 누군가가 자신의 목숨을 그처럼 노릴 수가 있다는 것은.

다행히 잔뜩 긴장한 채 사내의 얼굴만 바라보던 그때 태허관과 천군보가 그 사내의 목을 쳐냈지만 청의의 사내 둘은 그 짧은 빈틈을 놓치지 않았다.

"제법 가죽이 질기시군요. 과연 늙은 생강은 맵다는 것인가요?"

흑의의 사내의 말에 태허관과 천군보는 발끈했지만 움직일 수가 없었다. 눈앞의 두 청객의 실력은 만만치 않았다. 몸이 온전한 상태일지라도 간신히 이겨낼 정도의 실력이었다. 어떠한 술수를 썼는지는 알 수 없지만 저 흑의의 사내 역시 같은 술수를 쓴다면 백이면 백 자신들의 패배가 확실했다. 그렇다면 초혜림이라도 살려 보내서 이 일을 알려야 했다.

"그런데 풍룡은 어디로 갔습니까? 내 임무는 당신들을 죽이는 것이 아니라 풍룡을 척살하는 것입니다."

흑객의 말에 초혜림은 급히 고개를 돌려 서문호의 주변을 살폈다.

"단 대협은 어디 있어요?"

초혜림의 목소리엔 다급함이 서려 있었다. 자신을 짐짝처럼 취급했던 저주해 마땅한 사람이지만 지금 이 상황을 해결할 사람은 단운평밖에 없었다.

"방금 헤어졌습니다."

서문호는 안타까웠다. 자신에게 힘이 없음이. 그리고 모두들에게 자신은 있으나마나 한 존재로 보여지는 것에 분노가 치밀었다.

"제가 저 청의인 둘을 상대할 테니 두 분은 저자를 잡아주세요."

서문호의 말에 천군보와 태허관은 고개를 절레절레 저었다.

"청의인들 정도는 상대할 수 있습니다."

서문호의 말에 흑의의 사내는 피식 웃었다.

"오호, 신검과 천검을 뛰어넘는다는 말인가요?"

"무슨 소리냐? 내가 어찌 두 분을 능가한단 말이냐? 저 두 분은 신검, 천검이시다!"

서문호는 아직 그들의 변모된 모습을 보지 못했다. 그리고 태허관과 천군보가 저리 곤욕을 치르고 있는 것은 기습에 의한 것이라고 생각했다.

"신검 나으리의 옆구리가 찢어진 걸 아직 못 본 모양인데, 그럼."

휙!

가벼운 움직임과 함께 쭉 늘어나는 듯한 모습으로 다가서는 흑객의 모습에 서문호는 급히 도를 휘둘렀다.

"윽!"

어느새 자신의 목에 겨눠진 검. 서문호는 믿을 수가 없었다.

"이 정도 실력으로 떠든 건가? 저 두 분은 움직일 수가 없을 겁니다. 아니, 숨을 쉴 수도 없을 겁니다. 그러니 서문 공자도 이만 편히……."

쇄액!

바람을 가르는 소리와 함께 검이 날아들었다. 떨어져 있던 검을 초혜림이 잡아서 던진 것이었다.

"이 정도의 검이라면 저를 어쩔 수 없는 건 잘 아실 텐데요?"

펑!

가벼운 손놀림과 함께 허공에서 폭발해 버린 검. 초혜림은 움찔하고선 한 발짝 뒤로 물러섰다.

"장난은 그만두고 이제 슬슬 정리해야 할 테… 윽!"

흑의의 사내가 신음성을 토했다. 어느새 그의 오른쪽 어깨에 단도가 박혀 있지 않은가!

"누구냐?"

흑의의 사내의 일갈에 허공에서 떨어져 내리는 인물.

"나는 천수비도(千手飛刀) 양이록이라고 하는데 들어보았는지?"

능글맞은 웃음을 짓는 사내는 호리호리한 몸에 긴 팔을 지닌 사내였다.

"천앙 사냥꾼 양이록?"

흑객 사내의 말에 천수비도 양이록은 피식 웃었다.

"그리 불리기도 하지. 그런데 어째서 천앙의 무리가 화산 근처에서 얼쩡거리고 있는 거지?"

양이록의 말에 흑의의 사내는 아무런 대꾸 없이 청의인들에게 손을 들었다. 그리고 어깨에 박힌 단도를 뽑아 들었다. 다행히 그리 깊게 박힌 것이 아니었지만 적지 않은 고통에 흑의의 사내는 인상을 구겼다.

"네놈이 왜 우리 천앙을 습격하고 다니는지 모른다. 하지만 여기서 살아나갈 생각은 하지 마라."

"너희를 습격하는 이유? 간단해. 난 풍룡이란 사람을 봐야 하거든. 그런데 무림맹에서는 내 신분이 명확치 않아서 안 된대. 신분을 증명하기 위해서는 너희들을 잡아야 하지. 아마도 검은 옷을 입은 널 잡아가면 이번엔 풍룡을 볼 수 있을 거야."

양이록의 말에 흑의의 사내는 자신의 손목에 있던 침을 뽑았다. 그리고 자신의 어깨에서 뽑은 비도를 양이록에게 던졌다.

"네놈 역시 죽어줘야 할 듯하군."

양이록은 자신의 목젖을 향해 날아드는 비도를 고개를 뒤로 젖혀 피하고는 뒤로 두어 걸음 물러섰다. 양이록이 뒤로 물러서는 순간 어느새 양이록의 왼쪽에 나타난 흑의의 사내는 검을 휘둘러 양이록의 옆구리를 노렸다. 그러자 양이록은 비도를 휘둘러 검을 튕겨내었다.

"급하군. 그런데 말이야, 내 이름을 들어봤으면 내가 혼자가 아니라는 것쯤은 알고 있을 텐데……."

자신의 검을 튕겨낸 양이록의 움직임에 잠시 멈칫하던 흑의의 사내가 객점 천장을 향해 검을 휘둘렀다.

쉬익! 쉑!

두 번의 칼부림은 허공에 검풍을 일으키며 무언가를 향해 날아갔다.

채쟁!

맑은 검명과 함께 허공에서 내려오는 두 인영. 한 명은 낡은 가사를 입은 큰 키의 사내였고 다른 한 명은 호리호리한 몸매의 장검을 든 여인이었다.

"우리가 구경만 하는 것이 그리 배가 아픈 것인가?"

"당연하지, 이 땡중."

"저러고도 우리 무리의 수장을 맡고 있다니… 어휴."

가사를 입고 있음에도 불구하고 긴 머리칼을 지닌 사내의 이름은 단혼권사 황군명이었고 한숨을 쉬는 차가운 표정의 여인은 검령미후 주화령이었다.

그 순간이었다. 잠시간의 방심을 틈타 태허관과 천군보가 청의인들을 향해 검을 휘두르고는 뒤로 물러서며 서문호와 초혜림이 있는 곳으로 움직였다.

"이제 우리 쪽에 승산이 더 많아진 듯하군."

천군보의 말에 흑의의 사내는 아무런 말 없이 고개를 숙이고 있었다.

"분명히 말하지만 난 저자를 잡기 위해서 온 것이지 신검 나으리와 천검 나으리를 돕기 위해 모습을 드러낸 것이 아닙니다."

양이록의 말에 태허관과 천군보는 두 눈을 부릅떴고 황군명과 주화령은 고개를 절레절레 흔들었다.

"알려진 대로 멍청한 녀석이군."

차가운 목소리. 양이록을 비롯한 일곱 명은 흠칫했다. 흑의의 사내로부터 심상치 않은 기운이 퍼져 나오는 것이 아닌가. 그리고 적의인들이 달려들기 시작했다.

"좋아, 한번 겨뤄보자!"

양이록의 외침과 동시에 모두는 각자의 무기를 들었고, 서문호는 한 켠에 서서 긴장의 빛을 보였다. 양이록과 황군명 등은 천앙을 쉽게 생각하고 있다. 사실 지금 자신들이 살기 위해서는 이곳에서 도망쳐야 했다. 그러나 서문호는 아무런 말을 할 수가 없었다. 자신들이 살기 위해서는 도망쳐야 한다고 신검과 천검에게 말할 수는 없지 않은가. 자신들은 명예를 목숨처럼 여기는 정파다. 그리고 서문호의 이러한 걱정은 금세 현실이 되어 그들을 덮쳤다.

"윽!"

초혜림은 자신의 팔에 생겨난 또 하나의 상처에 신음성을 내었다. 초혜림은 몸을 움츠리며 뒤로 물러섰다. 그러자 초혜림의 옆에 있던 서문호가 도를 휘둘러 적의인을 물러나게 했다.

"초 소저, 평정을 잃으면 안 됩니다."

서문호의 말에 초혜림은 고개를 끄덕였지만 어찌 평정을 유지한다는 말인가. 서문호와 자신의 뒤에서 숨을 헐떡이는 사람은 다름 아닌 신검 태허관이다. 자신을 구하기 위해서 다친 옆구리의 검상은 그렇다 치더라도 조금 전 천앙의 공격은 그야말로 공포였다.

자신들이 베이더라도 사방에서 달려들어 자신들을 공격하는 적의인들은 야차 같았다. 검에 베이고 신체가 잘리더라도 앞으로 돌진했고, 쓰러지면 뒤에 있던 적의인들이 달려들었다. 정신을 차리고 보니 태허관의 팔에는 긴 검상이 있었고, 천군보 역시 등에 가볍지 않은 상처를 입고 말았다.

"제길, 뭐 이런 놈들이 있는 거야!"

양이록의 외침에 황군명이 힘겨운 목소리로 답했다.

"그렇게 아직은 나서지 말자고 하지 않았나."

"그러게 말이에요. 예전에 적의인 두어 명과 싸울 때랑은 다르다고 했잖아요."

주화령까지 원망 섞인 말을 하자 양이록은 자신에게 달려드는 적의인을 향해 비도를 던짐과 동시에 뒤로 물러서며 큰 소리로 말했다.

"시끄러! 너희 둘이 풍룡과 겨루어보고 싶다는 말만 하지 않았어도 이리되지는 않았을 거야!"

그때였다.

"욱!"

짧은 신음성과 더불어 한 움큼의 피를 뱉어내는 사람이 있었다. 그의 이름은 천검 천군보. 서문호는 안타까운 마음이 가득했지만 그를 구하러 갈 수가 없었다. 자신의 뒤에는 이미 상처 입은 태허관이 있었기 때문이다.

"역시나 천검과 신검은 명불허전이군. 이만큼 버티다니."

흑객 사내의 말에 양이록의 얼굴이 시뻘게졌다. 사실 그를 비롯한 삼 인은 멋지게 등장한 것과는 다르게 천앙의 무리들에게 일방적으로 밀렸다. 지금껏 버틴 것은 흑객 사내의 말처럼 천군보와 태허관이 동분서주했기 때문이다.

'전에 겨루어본 놈들이랑은 전혀 다르다. 이놈들은 괴물이다.'

양이록의 생각은 조금은 잘못된 것이었다. 분명 그가 겨루어본 자들도 동일한 수준의 인물이었다.

다만 그가 겨뤘을 때는 청의인들이 없었고, 때문에 적의인들은 자신들을 봉인한 침을 뺄 수가 없었을 뿐이었다.

"큭큭, 잘난 체하더니 결국은 천검과 신검이 도망갈 기회조차 앗아가 버리지 않았나. 천수비도 양이록, 어서 힘을 내보게."

흑의의 사내는 비웃음과 함께 다시금 손을 위로 치켜들었다.

'이제 끝인가?'

자그마한 탄식과 함께 천군보는 검의 손잡이에 힘을 가했다.

"무인에게 수치를 주지 말고 네놈이 직접 덤벼라!"

천군보의 외침에 흑의의 사내는 부드럽게 웃으며 답했다.

"그래도 한 시대를 풍미한 전설적인 검객인데 제가 예의를 갖추어야 하겠지만 별로 그러고 싶지가 않군요."

그의 말에 천군보를 비롯한 여덟 명은 분노를 금치 못했다. 죽더라도 범인(凡人)에게 죽지 않고 강한 자에게 죽겠다는 조그마한 소망을 저리도 쉽게 뿌리치다니. 누가 뭐래도 천군보는 천검이라 불리는, 검을 익히는 자에게는 선망의 대상이 아닌가.

하지만 흑의의 사내 생각은 달랐다. 천앙의 무리 중 가장 아래에 위치한 이들이 적객이고 그 다음이 청객이다. 흑객보다 청객에게 천검이 당했다는 소문이 자신들에 대한 두려움을 더 크게 만들어내고 그로 인해 많은 이들의 복종을 보다 쉽게 이룰 수 있다.

태허관은 거친 숨과 함께 다시 몸을 일으켰다. 많은 피를 흘린 탓에 눈앞이 어질어질한 상태였으나 지금 상황에 힘들다고 앉아 있을 수는 없었다.

"잘 가십시오."

흑의의 사내가 말한 것이 신호가 되어 청의인과 적의인들이 일제히 그들에게 달려들었다. 그리고 그 순간 흑객을 향해 달려드는 한 인영이 있었다.

쇄액! 팍!

어느새 가슴 언저리가 베어 피가 뿜어져 나오자 흑의의 사내는 급히 옆으로 굴러 자신에게 상처를 입힌 사내를 바라보았다.

"죽어라."

탁하고 나지막한 목소리. 흑의의 사내는 몸을 일으켜 사내를 향해 검을 들었다.

"기습이라 미안하군."

나지막한 목소리의 주인공은 허공을 향해 도를 휘둘렀다. 그리고 그 도는 허공에 한줄기의 빛을 뿌렸다.

소리도 없었다. 아니, 소리보다 빨라서일지도 모른다. 흑의의 사내는 자신의 망막을 가득 채운 빛을 보고 피할 생각조차 할 수가 없었다. 그리고 섬뜩한 느낌과 함께 자신의 옆구리에서 아릿한 통증을 느꼈다. 그렇게 흑의의 사내는 쓰러졌다.

순간의 적막. 동시에 청의인 둘이 흑객 쪽으로 달려왔고, 사내는 허공으로 솟구쳐 올라 아래를 향해 도를 휘둘렀다.

"흥분만큼 위험한 것이 없더군."

독백과 함께 내려쳐진 도는 핏빛 비를 뿌렸고, 태허관을 비롯한 주변 모두는 아무 말도 할 수가 없었다.

'여섯 글자의 도법 풍운뇌력도법. 천앙 너희를 위해 준비한 내 작은 선물이다.'

그렇다. 흑의의 사내와 청객의 사내 둘을 베어버린 사람은 단운평이었다. 잠시간의 흐트러짐을 보인 흑의의 사내를 '섬(閃)' 초식으로 베어내고 평정을 잃은 두 사내를 '폭(暴)' 초식으로 날려 버린 것이었다. 비록 기습이었으나 흑객을 너무나 쉽게 베어버린 것에 모두의 표정은 묘했다.

"어째서 여기에 오신 겁니까?"

조금은 높은 서문호의 목소리. 이젠 살았다는 기쁨보다 역시나 자신은 짐덩이였고 스스로의 부족함에 분노한 것이리라. 그런 서문호의 질문을 단운평은 가볍게 무시했다.

"하늘조차 꿰뚫는 비도를 지닌 낭인과 검의 소리를 듣는 여인이라 불리는 여검수, 그리고 소림의 권을 완벽하게 구사한다는 권사라……. 왜 나를 만나려 하는가?"

객점 밖에서 그들의 목소리를 들었던 단운평은 양이록 등을 바라보며 말했다. 마차를 몰며 들었던 소문 중에는 그들에 대한 것도 있었기에 이들에 대한 정보를 기억해 낸 단운평이었다.

서걱.

태연한 모습으로 양이록 등에게 걸어가는 단운평은 가벼운 손놀림으로 천앙의 적객을 베어내었다. 기습에 가까운 공격으로 흑객과 청객을 벤 후라 혹시나 있을지도 모를 굉폭천뢰에 대한 경계가 불필요해진 단운평은 조금의 긴장감도 없이 그들을 베면서 양이록 등에게 걸어가고 있었다.

한데 그러한 단운평의 모습에 천앙의 무리들뿐 아니라 태허관 등 무림맹 소속의 무인들과 양이록 등의 삼 인도 공포를 느낄 수밖에 없었다. 손속에 조금의 인정이 없다는 것도 공포의 한 가지 이유였으나 그보다는 정확하게 목을 베어내는 단운평의 손놀림에는 군더더기가 하나도 없어 사람을 베는 순간 느끼는 이질감이 하나도 보이지 않았다.

'무섭군. 풍운객의 후인이 아니라면 천살성의 후예라고 해도 부족함이 없겠어.'

태허관은 단운평이 사방에서 달려드는 적객들을 두부를 베어내듯 부드럽게 베어내는 그의 모습에 중과부적(衆寡不敵)이란 말이 이 순간을 위해 존재한다고 생각했다.

"하앗!"

기합성과 함께 단운평의 묵뢰가 바람 소리를 내며 무서운 속도로 움직였다. 무서운 기세에 적객들은 하나둘씩 뒤로 물러서기 시작했고, 그러자 단운평은 손을 멈추고선 적객들로부터 몸을 돌려 등을 보였다.

"꺼져라!"

단운평의 말에 적객들은 서로를 바라보다가 조용히 몸을 돌렸다. 물론 객점을 나서며 흑객과 청객의 시신을 수습하는 것은 잊지 않았다. 하나 적객들과 다르게 천앙에 속해 있는 무리 중에 처음 단운평을 습격했던 진마옥의 일행은 아직 객점을 떠나지 못하고 있었다. 불행히도 그들은 적객들과 반대편에, 즉 단운평이 향하고 있는 곳에 있었기에 움직일 수 없었던 것이다.

"가서 전해라. 나는 천앙의 적이지만 무림맹의 일원도 아니라고."

그의 말에 천군보와 태허관, 그리고 서문호는 안색을 굳혔다. 무림맹의 일원이 아니라는 말이 의미하는 바는 결코 가볍지 않았다. 어쨌거나 단운평의 말에 진마옥 등과 일행이었던 그들은 급히 객점 밖으로 나섰다. 그들이 객점을 나선 후 잠시간 적막이 흘렀다.

"다시 묻지. 나를 찾은 이유가 뭔가?"

양이록을 향해 묻는 단운평. 하나 양이록은 대답할 수가 없었다. 낭인의 우상이라는 풍운객의 후인이 맞는지 확인하고 가능하다면 한번 겨루어보고 싶다고 말하기에는 상대가 너무 강했다. 자신이 확인하고 말고 할 어떠한 권리도 없었으며 겨루어보고 싶다고 말할 능력도 없다는 것을 깨달았기 때문이다. 입을 연 건 그들이 아니라 서문호였다.

"다시 묻겠습니다. 왜 오신 겁니까? 그리고 이제 무림맹과는 어떠한 관계가 있는 겁니까?"

펙!

서문호가 질문을 마치자마자 단운평은 서문호의 면전으로 다가가 주먹으로 그의 복부를 가격했다.

"우윽!"

서문호는 엄청난 충격에 급히 고개를 숙여 자신의 복부를 살펴봤다. 마치 복부가 뚫려 버린 듯한 느낌이었지만 다행히도 복부에 구멍이 생기진 않았다. 그것을 확인하는 순간 서문호는 허물어지듯 털썩 주저앉아 버렸다. 그렇지 않아도 천앙들로 인해 적잖은 무리를 한 상황에서 단운평의 주먹으로 인한 고통이 더해지자 더 이상 버틸 힘이 없어진 탓이었다.

"이미 너와의 인연은 끊어졌다. 심문하듯 내게 말할 자격이 있다고 생각하는 것인가? 또한 내가 무림맹과 어떠한 관계에 있든 그건 내 결정이다. 그것에 대한 설명을 누군가에게 할 필요는 없다."

단운평의 차가운 말에 서문호는 아무 말도 할 수가 없었다. 짧은 적막 후에 태허관이 입을 열었다.

"고맙네."

그의 말에 단운평은 조용히 객점을 나서며 말했다.

"이로써 무림맹에서 받은 빚은 갚았습니다. 더 이상 무림맹과의 인연은 없습니다. 덕분에 나란 존재가 강호에 널리 알려졌지만 고마워하지 않겠습니다. 당신들이 호의로 그렇지 않은 건 너무나 잘 알고 있으니까."

단운평이 천천히, 그러나 당당한 모습으로 객점 밖으로 나가는 동안 모두는 조용히 서 있을 수밖에 없었다.

第九章
풍운회의 태동

단운평이 무림맹을 나선 지 얼마간의 시간이 흐른 후 강호에는 풍룡 단운평이라는 사내의 이름은 상상할 수 없을 정도로 커져 있었다. 무림맹에서 풍운객의 후인이라며 단운평에 대한 소문을 의도적으로 퍼뜨린 것도 있지만 그것보다 더욱 그의 이름을 강호인들에게 각인시킨 일이 있었으니 그것은 다름 아닌 풍운회의 등장이었다.

무림맹의 돈줄이라고 할 수 있는 황룡보가 갑자기 탈퇴를 선언하며 풍운회에 가입했음을 알리면서 풍운회라는 곳의 이름이 드러난 직후 강호에는 풍운회에 대한 소식이 빠르게 전해졌다. 천하제일의 거부인 황룡보주가 무림맹이 아닌 풍운회를 선택했다는 것 하나만으로도 그들의 세력이 만만치 않다는 것을 알 수 있었던 강호인들은 그곳에 대한 소문에 촉각을 곤두세웠다. 한데 풍운회가 낭인들을 중심으로 한 거대한 무림 집단이 될 거라는 소문에 무림맹과 천앙, 그리고 사파에서도 움직임을 멈추고 그들의 징보를 읽기 위해 동분서주하기 시작했다.

"풍운회라……. 예상치 못했던 일이군."

철혈무제 초류염. 그의 말에 그 앞에서 무릎을 꿇고 있던 한 사내가 답했다.

"결국은 주군의 예상대로 되지 않겠습니까? 그 정도의 세력으로는 주군의 행보를 방해할 수 없을 것입니다."

무릎을 꿇은 사내의 말에 초류염은 조용히 고개를 저었다.

"난 그 아이가 세력 따위는 만들 리가 없다고 생각했는데… 기분이 나쁘군."

무릎을 꿇었던 사내는 그제야 알 수 있었다. 초류염은 풍운회의 등장에 신경을 쓰고 있는 것이 아니라 자신이 바라보았던 단운평이라는 사내의 그릇이 제대로 읽혀지지 않았음에 신경을 쓰고 있는 것이다.

"풍운회에 대해서 자세히 조사해 보거라."

초류염은 이 말을 뱉고선 조용히 눈을 감았다. 무언의 표현. 무릎을 꿇었던 사내는 몸을 일으켜 조용히 방문을 나섰다. 그가 나서자 초류염의 눈이 서서히 열리며 무서운 안광을 뿜어내었다.

"이번에도 나를 막아보려는 것인가?"

초류염의 무서운 눈길은 허공을 응시하고 있었다.

"계속해서 따라올 생각인가?"

삼 일 동안 단운평의 뒤를 따르는 세 사람의 모습에 단운평이 마침내 말을 건넸다. 객점에서 나온 뒤로 아무런 말 없이 걷는 단운평이었고 또 아무런 말 없이 따르는 삼 인이었다.

"저… 그게……."

양이록은 입을 열었지만 어떤 말을 해야 할지 알 수가 없었다. 삼 일 동안 그의 뒤를 따르면서도 단운평에게 아무런 말을 건넬 수가 없었다. 객점 안에서 그의 무시무시한 무공을 본 이후 느끼는 경외감이 어떠한 말도 할 수 없게 만든 것이다.

더군다나 그들이 처음 단운평을 찾았을 때는 자신들의 상관이었던 마랑 대주가 풍룡이라는 사내에게 지나칠 정도로 많은 관심을 보이기에 도대체 어떠한 사내인지 궁금해서 단운평의 실력을 알아보기 위해서였지만 그의 실력은 자신들로서는 가늠할 수 없을 정도라는 것을 알게 된 지금으로서는 어떠한 말도 꺼낼 수가 없었다.

"풍룡의 이름을 듣고서 찾아왔습니다."

양이록을 대신해 황군명이 나섰다. 그의 말에 단운평은 피식 웃고선 물었다.

"무엇 때문에?"

황군명은 단운평의 물음에 침을 꿀꺽 삼키고는 주화령과 양이록을 바라보았다. 천하 낭인의 우상인 풍운객의 후인이라는 것보다 무림맹에 반기를 든 인물이라는 것에 두려움이 느껴지는 단운평이다.

"처음에는 한번 겨뤄보고 싶다는 생각이 들기도 했지만 저희 실력으로는 어림도 없다는 것을 알고 있습니다."

황군명의 말에 단운평은 다시금 몸을 돌렸다. 그러자 급히 양이록이 말했다.

"저희에게 한 수 가르쳐 주십시오."

'괜찮은 녀석이군.'

상대가 강하다고 투지마저 보이지 않아서는 안 된다고 생각하는 단운평이었다. 하나 이러한 양이록의 말에 황군명의 안색이 변했다.

"협공을 가하자는 말은 아니지?"

나직한 목소리의 황군명이 하는 물음에 양이록은 무슨 소리냐는 듯 두 눈을 크게 뜨고서 고개를 저었다.

"정말 한 수 배우고 싶다는 말이라구!"

양이록의 말에 황군명이 피식 웃자 단운평이 말했다.

"그래서? 내 도는 뽑은 이상 적을 살려두지는 않는데……."

"저희는 풍룡의 적이 되고 싶지 않습니다. 오히려 일행이 되고 싶습니다. 곁에서 배워 나가고 싶습니다."

황군명의 얼굴에서 웃음이 사라지고 진지함으로 가득하자 단운평은 고개를 저었다.

"내게 무슨 이득이 있지?"

단운평의 물음에 황군명은 고개를 돌려 양이록과 주화령을 바라보다가 침착한 목소리로 말했다.

"저희를 이끌어주십시오. 아니, 저희가 따르겠습니다. 허락해 주십시오."

황군명의 말에 양이록은 별다른 반응을 보이지 않았지만 주화령의 표정이 변했다. 따른다는 말에는 너무나 많은 의미가 포함되어 있다. 단순히 일행이라 할지라도 단운평의 명을 따르겠다는 의미가 포함되어 있건만 지금의 상황에서 따른다는 것은 그 이상의 의미다. 그가 명한다면 어떠한 일도 하겠다는 의미로도 들리는 말이지 않는가.

"재밌군."

단운평은 이 한마디의 말과 함께 묵뢰를 허리춤에서 풀어 주변의 나무에 기대두고선 가볍게 목과 어깨를 풀었다. 그가 무슨 생각을 하는

지 알 수 없었지만 그의 움직임이 의미하는 바를 알 수 있었던 황군명을 비롯한 삼 인은 천천히 뒤로 움직였다. 단운평이 무기를 두었으니 당연히 그가 공격해 온다면 박투술. 자신들은 무기를 지녔기에 어느 정도 거리를 두는 것이 유리한 상황이었다.

챙!

날카로운 소리와 함께 주화령의 검이 뽑혀졌다.

"전 동의할 수 없어요!"

차가운 목소리와 함께 주화령이 앞으로 뛰어나왔다.

'나는 검령미후다. 눈앞의 사내가 얼마나 강한지 몰라도 부딪쳐 보지도 않고 굴복할 수는 없지.'

주화령은 자신의 검에서 뽑어져 나오는 싸늘한 기운을 느낌과 동시에 손에 힘을 주었다.

"와라!"

단운평의 외침과 동시에 주화령의 몸이 공간을 제압하며 무서운 속도로 움직였다.

'쾌검이군.'

단운평은 몸의 중심을 뒤로 둔 채 상체를 뒤로 젖히며 주화령의 검을 피해냈다. 그리고 이어지는 주화령의 검세에 발을 들어 검면을 노렸다.

"앗!"

주화령은 단운평의 공격에 급히 검을 잡아당겼지만 어느새 단운평의 몸이 주화령 쪽으로 바싹 다가서 있었다. 주화령은 바람 소리에 눈을 질끈 감았다. 얼굴이 찢겨질 듯 거센 바람에 얼굴을 찡그리던 주화령은 그 이상의 고통이 없자 살며시 눈을 떴다.

어느새 뒤로 물러선 단운평.

"무인이 아니라 여인 취급인가요?"

주화령의 눈에서 분노의 기운이 어림과 동시에 그녀의 검에서 냉기가 퍼져 나왔다. 단운평의 머리칼에 가려진 얼굴이 가볍게 펴졌다. 그리고 두어 걸음 옆으로 가서는 묵뢰를 들어 올렸다.

붕!

무거운 소리와 함께 묵뢰가 휘둘러지고, 주화령과 단운평은 서로를 향해 움직였다.

"악!"

비명과 함께 주화령의 검이 허공을 날아 그녀의 뒤쪽으로 떨어졌다.

"우습게 보였나 보군. 힘으로 마주치다니."

주화령은 힘으로 부딪치려는 생각을 한 적이 없었다. 손목에 힘을 주어 검로를 변경하려 했으나 묵뢰의 움직임이 너무나 빨라 검로가 변할 수가 없었던 것이다. 때문에 검과 도가 부딪쳤고, 단운평의 말처럼 힘의 겨룸이 되어버린 것이다. 결과가 그렇게 되었기에 주화령은 아무런 변명을 할 수가 없었다.

"한 번 더 해보겠소?"

단운평의 물음에 주화령은 조용히 뒤로 가서 검을 주워 들었다. 그리고는 검을 허리에 있는 검집에 넣었다. 그리고 천천히 단운평에게 다가왔다.

'발검인가?'

단운평은 주화령의 눈을 바라보았다. 아무런 감정이 담겨 있지 않은 눈. 단운평 역시 도를 허리춤에 찼다.

챙!

날카로운 소리와 함께 뽑혀진 주화령의 검과는 다르게 묵뢰는 아무런 소리를 내지 않았다.

어느새 주화령의 목에 닿아 있는 묵뢰. 주화령은 단운평의 도에 의해 튕겨져 떨리고 있는 자신의 검을 간신히 잡고 있었다.

"아직 어리군."

단운평의 한마디에 주화령의 얼음장마냥 차갑던 얼굴이 붉게 변했다. 수치로 인한 것인지 분노로 인한 것인지 분명하지 않았지만 단운평에게 섬뜩한 기분을 충분히 느끼게 할 정도의 눈빛이었다.

"다음은 누군가?"

묵뢰를 회수한 단운평은 몸을 돌려 물었고, 주화령은 그러한 단운평의 등을 가만히 노려보다가 검을 검집에 넣었다.

"검은 손으로 잡는 것이 아니오. 어깨와 손목의 움직임에 신경을 쓰면 적의 공격을 정면으로 받아도 그 힘을 떨쳐 낼 수 있을 것이오."

단운평의 전음에 주화령은 다시금 단운평의 등을 바라보다가 이들과 조금 떨어진 나무에 등을 기대고 앉아 눈을 감았다.

"해보겠는가?"

단운평의 눈빛이 향한 사람은 황군명. 황군명은 굳은 얼굴로 단운평에게 포권을 해 보이고는 검을 뽑아 들었다.

"봉이 아니라 검을 뽑는군."

단운평의 말에 황군명으로서는 단혼권사라는 별호를 알고 있음에도 불구하고 자신이 검술이 아닌 봉술을 중점적으로 익힌 것을 알아차렸음에 쓴웃음과 함께 고개를 숙이지 않을 수 없었다. 봉술로도 부족한 실력을 지닌 자신이 그보다 성취가 낮은 검술로 상대하려 했으니 단운평에게 실례가 아닐 수 없었다.

"어찌 아셨습니까?"

단운평은 피식 웃었다.

"소림의 검은 내가 알기로는 수비 위주의 초식이다. 불법을 지키는 소림에 검법은 몇 개뿐이고 그중에 하나인 달마삼검에 대해서 들은 적이 있지. 달마삼검은 수비 위주의 무공. 당연히 몸의 중심이 뒷발에 가야 하건만 지금의 자세는 앞으로 나와 있는 발에 중심이 쏠려 있다. 그렇다면 창이나 봉술인데 날카롭기보단 호기롭다는 기분이 드는 자세라면 당연히 봉술이지."

황군명은 단운평에 대한 자신의 평가를 크게 수정했다. 눈앞의 사내는 무공이 뛰어난 것만이 장점이 아니라 뛰어난 관찰력과 분석력이 더더욱 큰 장점이었다. 이러한 사실을 모르고 그를 적으로 삼게 된다면 누구라 할지라도 그의 손아귀에서 벗어날 수 없으리라.

황군명은 어깨를 회전시키며 검을 휘둘렀다. 부드러운 움직임. 황군명의 동작에는 조금의 어색함도 없었다. 그의 장기가 검이 아니라 봉이라는 것을 믿을 수 없을 지경이었다. 하나 단운평의 눈에는 커다란 허점이 보였다.

"길이가 달라!"

일갈과 함께 단운평은 황군명이 휘두르는 검을 가볍게 피했다. 오른팔로 휘두르는 검을 황군명의 왼팔 쪽으로 움직여 피한 것이다. 그리고 황군명에게 다시금 말했다.

"견뎌낼 수 있겠나?"

퍽!

황군명은 자신의 복부에서 느껴지는 타격감에 허리가 접혔다. 자신의 눈앞에 나타난 단운평의 무릎에 고개를 힘껏 젖혀 무릎을 피해냈지만 다시 이어지는 단운평의 주먹이 그의 복부를 다시 한 번 가격했다.

"우욱! 크왁!"

먹었던 것이 뱃속에서 치밀어 올라 배를 잡고 고개를 숙인 채 구토를 하기 시작했다.

"봉이라면 양쪽으로 휘두를 수 있겠지만 봉술로 검을 휘두르는 건 무리지. 무엇보다 길이가 달라."

조금 전의 외침의 의미가 이것이었던가. 황군명은 간신히 고개를 끄덕였다. 봉이라면 봉의 가운데를 잡고 회전시키면 자신의 몸 양쪽을 방어할 수 있었으리라. 하지만 검의 길이로는 그러한 범위를 수비하는 것이 불가능했다. 자신은 검으로 너무 커다란 원을 그렸던 것이다. 좀 더 짧았다면……

"자, 이제 남은 사람은 두 명이군."

'한 명이 아니라 두 명이라니……'

단운평의 말에 양이록과 황군명은 흠칫했다. 누군가가 더 있다는 말인가. 아무런 기척을 느끼지 못하고 있건만.

"하하하, 역시 명불허전. 언제 눈치챘는지……."

단운평이 묵뢰를 세워두었던 나무 옆으로 한 명의 사내가 걸어나오고 있었다. 멋들어진 청삼을 입고 부채를 들고 있는 사내. 양이록과 황군명은 그가 누군지 알고 있었다. 두 눈을 감고 자신의 생각을 정리하는 중이어서 그를 보지 못하였지만 분명 주화령도 알고 있으리라.

"그처럼 살기를 드러내는데 어찌 모를 수 있겠소?"

단운평의 말에 사내는 표정을 굳혔다. 최대한 살기를 감추었건만 자신이 살기를 드러냈다고 말하고 있다. 사내의 굳은 표정을 보고 양이록은 고소하다는 미소를 지으며 말했다.

"이제 밥벌이는 못하겠군. 그리 쉽게 들키다니."

사내의 정체는 귀면살 고홍. 단 한 번의 청부도 실패해 본 적이 없다는 살수였다. 살수가 이처럼 쉽게 자신의 위치를 간파당하다니 살수로서의 긍지가 한 번에 무너진 것이다.

"왜 왔나?"

양이록의 질문에도 고홍은 단운평의 얼굴에서 시선을 떼지 못하고 있다가 황군명이 구토를 멈추고 몸을 일으켜 자신을 노려보자 그제야 입을 열었다.

"너희들의 대주가 너희들을 찾고 있다."

대주라 함은 무림맹의 낭인대를 맡고 있는 사내 마랑(魔郎) 요호를 의미했다. 천앙의 폭풍 당시 옥천월가 주변에서 휴식을 취하던 중 자신을 적이라고 생각한 천앙과 옥천월가 양쪽의 공격을 한 자루 창으로 막아낸 인물로 그때의 사건으로 마랑이란 칭호를 얻은 사내였다.

사실 그는 어떠한 집단에 소속되는 것을 무척이나 싫어했지만 풍룡의 소문과 함께 무림맹에 들어가 낭인대의 대주가 된 인물이었다. 자세한 내막을 아는 이는 드물었지만 소문에 의하면 요호의 스승과 풍운객 사이에 어떠한 연관이 있었으며 요호가 풍운객의 후인에 대한 정보를 모으고 있다고 전해지고 있었다.

"우리는 분명 낭인대를, 아니, 무림맹을 떠났다. 더 이상 요호는 우리의 대주가 아니다."

마랑 요호는 규율에 엄격한 사내였다. 요호의 입장에서는 양이록 등이 무단 이탈을 한 셈이니 가만히 있지 않을 것이 분명했다. 하지만 고홍은 고개를 저었다.

"마랑 역시 무림맹을 떠났다. 너희들을 찾은 것은 그것을 달라는 의미다."

"우리가 그것을 돌려주리라고 생각하나?"

차가운 황군명의 물음에 고홍이 몸을 돌렸다.

"난 너희와 싸우러 온 것이 아니다. 그저 요호의 의뢰를 받아서 너희들에게 돌아오라는 명령을 전해줄 뿐이지."

단운평은 이들의 말을 가만히 듣고 있다가 황군명을 향해 물었다.

"낭인대는 무림맹에서 내 이름을 팔아서 만든 조직이라고 들었다. 사실인가?"

단운평의 말에 고홍은 슬쩍 입가에 미소를 띠었다. 차가운 미소. 분명 비웃음이다.

"듣지 못했나 보군. 낭인대는 낭인으로 구성된 일회용 세력. 낭인들도 그 사실을 알면서 그곳에 들었지. 무엇 때문이라고 생각하나? 풍룡의 이름이 없어도 만족하리라 생각하는가?"

고홍의 말에 단운평은 조용히 그의 얼굴을 응시했다. 단운평의 눈은 보이지 않았지만 고홍 역시 그가 자신을 바라보는 것을 알아채고는 고개를 돌리지 않고 마주 보았다.

"낭인대가 무림맹을 떠났는데 왜 우리를 찾는 거지?"

황군명의 물음에 고홍이 진지한 눈빛으로 그를 바라보았다.

"우리를 보호해 주겠다는 뜻인가?"

황군명의 말에 고홍이 살짝 고개를 끄덕였다.

그렇다. 마랑 요호란 사내는 자신의 부하라고 생각하는 사람의 위험을 모른 척하는 사람이 아니다. 지나치게 책임감이 강한 인물이었다. 당금의 무림은 그리 만만하지 않은 상태. 단운평이라는 사내와 함께 있다간 목숨이 몇 개라도 모자랄 지경이었다.

"아무런 도움도 필요 없다. 우리는 더 이상 요호의 부하가 아니다."

양이록의 대답에 고홍은 고개를 저었다.

"나에게 할 말이 아니다. 난 그저 그 말을 전하라는 의뢰를 받았을 뿐. 의뢰를 마쳤으니 가보겠다. 그리고 강호 소식을 잘 모르나 본데 한 가지 알려주지. 무림맹에서 나온 낭인대는 풍운회라는 곳으로 들어갔다. 그리고 그곳의 회주가 풍룡이라고 하더군. 흥미로운 것은 천하제일거부인 곽마효가 그곳에 자신의 돈을 쏟아 붓고 있다는 거지."

말을 끊고 힐긋 단운평을 바라보는 고홍. 자신이 하는 일은 정보가 곧 생명. 풍룡 단운평과 황룡보가 어떠한 관련이 있다는 것은 너무나 잘 알고 있었다.

아니나 다를까, 단운평의 주변에서 뜨거운 기운이 느껴졌다. 분노하고 있는 것일까? 어느새 자신을 둘러싸고 있는 주변 공기가 따갑게 느껴지기 시작하자 고홍은 놀라지 않을 수 없었다. 이것은 살기다. 의형살인이라는 말이 있다. 마음만 먹으면 상대를 죽일 수 있다는 말이다. 그것을 이루기 위한 가장 중요한 것이 바로 살기. 고홍은 의형살인이라는 말을 믿지 않았지만 지금 이 순간 어쩌면 그 경지가 존재할지도 모른다는 생각이 들었다.

"사실이오?"

원래 탁한 목소리였지만 단운평의 목소리는 더욱 탁한 음을 내었다. 고홍은 품에서 무언가를 꺼내 들어 단운평을 향해 던졌다. 그 모습에 양이록과 황군명은 놀랐지만 단운평은 태연한 모습으로 그것을 낚아챘다.

"이건……."

단운평은 고홍이 던져 준 물체가 조그마한 서책임을 알고 천천히 읽었다. 서책은 단 몇 장으로 구성되어 있었다. 각 장은 얇은 종이로 이루어져 있었다. 단운평은 다 읽은 후 고홍을 향해 다시 서책을 던졌다.

"곽 가주께서 의뢰한 것이 맞소?"

단운평의 질문에 고홍은 몸을 돌려 신법을 전개해 사라지며 전음을 보내왔다.

"살수가 자신에게 전해진 의뢰 내용을 알려주는 일은 없소. 다만 곽 가주의 의뢰에 당신에게 알려주는 것이 포함되어 있기에 알려주는 거요. 그리고 다음에도 나의 기척을 알아차릴 수 있을지 기대되는군."

단운평은 고홍이 전음을 사용할 정도로 내공이 심후하다는 것에 잠시 놀랐으나 이내 눈을 감고 무언가를 생각했다. 단운평이 미동조차 않은 채 가만히 있자 황군명과 양이록은 아무 말도 하지 않고 그의 입이 열리기만을 기다렸다.

"풍운회라는 곳을 찾아가 보려 한다. 함께 가겠는가?"

그의 말에 황군명과 양이록은 고개를 끄덕였다. 눈앞의 사내라면 자신들을 더욱 강하게 해줄 것이다. 그렇지 않더라도 곁에 있는 것만으로 많은 것을 배울 수 있으리라.

낭인들. 그들은 명문대파의 사람들과 다르다. 강해질 기회와 명성을 알릴 기회가 별로 없다. 때문에 눈앞의 사내를 따르는 것이다.

"이제 무림맹의 사람들이 가고 없을 테니 객점으로 돌아가 마차를 가져와야겠군."

단운평의 말에 양이록과 황군명, 그리고 이제 눈을 뜨고 일어선 주화령은 어이없다는 표정을 지었다. 설마 마차를 몰고 가려는 것은 아닐 거라고 믿고 싶었다. 마차 안에 타고 가는 것도 아니고 말을 타고 가는 것도 아닌 마차를 직접 몰고 가는 무적의 고수라……

하지만 그들이 미처 생각지 못하고 있는 것이 있었다. 무려 삼 일 동안 걸어서 마차에서 멀어진 이유는 단운평이 마차에 대한 어떠한 미련이 있음을 다른 이들에게 알리지 않기 위해서임을. 그리고 아무런 두려움도 없어 보이는 눈앞의 사내가 마차가 사라지는 것을 무척이나 두려워하고 있음을.

"처음인가?"

단운평의 혼잣말. 이들 삼 인은 처음이다. 처음으로 자신이 선택한 인연이다. 이제껏 있었던 인연은 자의가 아닌 타의로 이루어진 인연들이었다. 아버지와 아들의 인연은 하늘이 정해준 것이고, 곽마효와의 인연은 곽마효의 호기심에 의해서 이루어진 것이며, 사후락과의 인연은 임우에 의한 것이고, 서문항비와 서문호와의 인연은 임사영 때문이었다. 풍운회라는 곳과 곽마효 때문에 불안한 마음이 있기는 하지만 피식 웃음이 나왔다. 이제 조금, 아주 조금 사람에게 다가가는 법을 배운 것 같기도 하다.

"제가 몰겠습니다."

양이록의 말에 단운평이 고개를 젓고 마차를 몬 지 두 시진이 지났다. 하지만 그들 모두는 풍운회가 어디에 있는지 아무도 모르고 있었다.

"어떻게 아무도 모를 수가 있어요?"

주화령의 말에 황군명도 이해할 수가 없다는 표정을 지었다. 풍운회는 무림맹과 천앙 모두에게 위협이 되기도, 위협을 받기도 하는 입장이다. 그렇기 때문에 위험을 피하기 위해서 자신들의 거처를 숨기고 있을 수 있다. 하지만 대강의 위치는 드러나야 하건만 두 시진 동안 들렀던 다섯 군데의 객점에서도 풍운회의 위치에 대해서 전혀 알지 못했다.

"제법이군."

황군명의 말에 단운평은 피식 웃었다. 무림인들은 이런 식으로밖엔 조사를 할 수가 없을지도 모른다. 하지만 단운평은 마부 생활을 하면서 특정한 곳의 위치를 알아내는 방법을 알고 있었다.

"이쯤에서 식사나 하지."

단운평의 한마디에 양이록 등 삼 인은 마차 밖을 보았다.

"이곳은……?"

양이록은 옆에 있는 주화령의 안색을 살폈다. 의외로 주화령의 얼굴 표정은 아무런 변화가 없었다. 평소의 그 까탈스러운 성격이라면 이유를 묻기 전에 먼저 불같이 화를 냈을 텐데 말이다.

"어떤 정보라도 이곳에서 구할 수가 있지. 더군다나 그 정보를 가진 이를 찾아줄 사람도 이곳에 있고 말이지."

주화령은 단운평의 말에 고개를 끄덕였다. 하나 주화령의 속은 겉모습처럼 태연하지 않았다. 사실 주화령은 홍등가로 마차가 들어서는 순간 머리 속이 쭈뼛해지고 소름이 돋는 듯했다. 그것은 그녀의 모친이 바로 홍등가 출신이기 때문인데 홍등가의 기녀로 있던 그녀의 모친은 여러 남자에게 버림받은 끝에 스스로 목숨을 끊었다. 그 후 죽은 모친의 빚 때문에 주화령 역시 홍등가로 팔려갈 운명이었으나 야밤에 홍등가를 탈출, 구걸로 연명하다가 만난 것이 그녀의 사부였다. 그 후 홍등가 근처는 단 한 번도 간 적이 없었다.

"풍운회와 관련된 정보를 가진 자를 어떻게 알아낸다는 거죠?"

양이록의 말에 황군명도 동의한다는 듯 고개를 끄덕였다. 단운평 등이 온 곳은 양이록이 평생 동안 한 번도 본 적이 없을 정도로 눈부시게 화려한 향락가였다. 한 마을 전체가 향락가인 곳으로 어둑해져 오는데도 불구하고 각 건물에서 켠 밝은 빛 때문에 대낮처럼 환했다.

"그렇다. 이곳은 엄청난 거부이거나 고관대작, 혹은 무림맹의 고위층이 아니면 오기 힘든 곳이지. 풍운회 안에 그리 많은 고수가 있을 리 없고 또 그런 인물들이 이런 곳에 올 정도로 부유할 리도 없다."

단운평의 말에 황군명은 의문이 들었다. 단운평의 말대로라면 풍운회의 사람이 이곳에 올 리가 없다는 것인데 그렇다면 어떻게 풍운회의 위치를 알아낼 수 있다는 말인가. 의문에 대한 대답은 옆에서 있던 주화령이 하였다.

"무림맹의 수뇌부나 고관대작은 풍운회의 위치를 알고 있을 거예요."

자신의 과거에 대한 기억 때문인지 조금은 침울한 목소리. 황군명은 주화령의 대답에 머리 속이 정리가 되었다. 하지만 양이록은 여전히 고개를 갸웃거리고 있었다.

"이봐, 나만 모르고 있는 것 같은데 말이지……."

황군명은 양이록이 자신의 어깨를 툭 치면서 바라보자 씩 웃으며 입을 열었다.

"나는 풍운회의 장소를 아는 사람은 당연히 풍운회의 사람이거나 풍운회와 어떠한 친분, 즉 그쪽에 협력하거나 그쪽과 어떠한 거래를 하는 사람이라고 생각했는데 말이야."

황군명은 동의한다는 듯 고개를 끄덕이는 양이록의 모습을 바라보다가 주화령을 향해 시선을 옮겨가며 말을 이었다.

"화령이의 말을 듣고 단 대협의 생각을 알아차릴 수 있었어. 풍운회의 사정을 가장 잘 알고 있는 사람은 풍운회의 사람 이외에는 풍운회의 적인 무림맹이나 천앙의 수뇌부겠지. 그리고 천앙은 몰라도 무림맹의 수뇌부라면 이런 곳에 오는 이도 있다는 것이라네."

이제야 양이록은 단운평의 생각을 알아차릴 수 있었다. 자신에게도 그러한 경험이 있었다. 자신에게도 호적수가 있었고, 그에 대해서는 호적수 본인보다 더 잘 알고 있다고 생각했었다. 발표를 하지 않을 뿐이지 무림맹의 수뇌부에서는 풍운회나 천앙에 대해서 많은 정보를 가지고 있을 것이다.

"무림맹의 수뇌부들이 이곳에 들러서 그러한 비밀을 말할 가능성은 적을 것 같습니다만……. 더군다나 그러한 사실을 알고 있는 기녀라 할지라도 그것에 대한 비밀 엄수는 불문율이 아닙니까?"

양이록의 질문에 단운평은 태연하게 대답했다.

"그렇지."

다시금 혼돈에 빠지게 된 양이록은 다시 모르겠다는 듯 황군명을 향해 고개를 돌렸다.

"날 봐도 대답할 말이 없네. 나 역시 그것까진 모르겠거든."

황군명은 양이록의 손을 떼어내며 고개를 저었다.

"무림맹에서 가까운 환락가가 아니라 이곳에 온 이유가 있다."

단운평의 말에 황군명과 양이록은 고개를 갸웃했다. 다시금 그에게 물어보려 했으나 단운평은 고개를 저었다. 이제 곧 알게 될 것이니 기다리란 의미였다. 황군명과 양이록은 참으며 주변을 둘러보았다. 화려한 건물과 거리를 지나는 아름다운 여인들. 조금은 주눅이 드는 두 사람이었다.

단운평이 찾아간 곳은 환락가의 중심에 있는 가장 큰 건물이었다.

"저는 저기 있는 주점에서 기다리고 있겠어요."

주화령의 말에 단운평은 고개를 저었다.

"이 근방에서 잠시 기다릴 만한 곳은 마차 안뿐이오. 기다리려면 마차 안에서 기다리든지 아니면 함께 들어가는 것이 좋을 거요."

단운평의 말에 주화령은 눈치를 챘다. 이곳은 홍등가. 여인이 들어갈 만한 곳은 아무 곳도 없었다.

"그럼 마차 안에 있겠……."

어느새 몸을 돌린 단운평. 왠지 자존심이 상한 주화령은 그를 노려보다가 이내 그의 뒤를 따랐다. 그런 그녀의 모습에 황군명은 묘한 눈으로 그녀의 뒷모습을 바라보다가 자신의 앞으로 뛰어가는 양이록을 보고선 자신도 발걸음을 옮겼다.

건물 안으로 들어서려는 순간 문의 양쪽에 서 있던 두 사람이 앞을 막아섰다. 건장한 체격의 두 사내의 허리에는 검이 달려 있었다.

"이곳은 함부로 들어갈 수 있는 곳이 아닙니다. 돌아가십시오."

그들이 이곳에서 일한 시간이 삼 년이 넘었다. 그들은 옷 입은 것만 봐도 이곳에 올 자격이 되는지 아닌지 쉽게 알았다. 분명 눈앞에 나타난 삼남 일녀는 이곳에 들어가서 즐기는 데에 대한 대가를 지불할 만큼의 능력이 없다.

"화령이 네가 여인이라서 그런 것일까?"

양이록의 말에 황군명이 피식 웃었다.

"이런 곳이면 여인들도 즐길 수 있도록 되어 있을걸?"

황군명의 말에 주화령은 서늘한 눈빛으로 황군명을 노려보았다.

"그래도 소림사 출신인데 이런 곳엘 들어가도 괜찮은 거예요?"

차가운 목소리. 그녀의 목소리에서 살기 비슷한 것을 느낀 황군명은 헛기침을 하며 답했다.

"나는 이곳에 즐기러 온 것이 아닌데 뭘."

"저 역시 마찬가지 아닌가요?"

그런 그들의 모습에 정문을 지키던 두 사내는 어이가 없었다. 뭐 하자는 것인지.

"이 앞에서 소란스럽게 하시면 곤란합니다. 죄송하지만 돌아가 주십시오."

둘 중 키가 조금 더 큰 사내의 말에 황군명과 주화령은 놀랐다. 분명 소림사라는 말을 들었을 텐데도 그들을 돌려보내려 한다. 어느 수준 이상의 무공을 지니고 있다는 말이다.

"관 대주를 보러 왔소."

단운평의 한마디에 두 사내의 표정이 순식간에 바뀌었다.

"과, 관 대주님을 뵈러 오셨단 말입니까?"

재차 묻는 사내의 모습에 조용히 고개를 끄덕이는 단운평.

"누구시라고 전해 드릴까요?"

이번엔 둘 중 조금 키가 작은 쪽의 사내가 물었다. 단운평은 아무런 말 없이 품에서 소검(小劍)을 꺼내 사내에게 주었다.

"이것을 전하면 알 것이오."

질문을 한 사내는 소검을 받아 들고는 급히 안으로 들어갔다. 그런 모습에 양이록 등은 놀란 눈으로 단운평을 바라보았다.

"관 대주라는 분이 누구십니까?"

양이록의 질문에 단운평이 조용히 답했다.

"이곳의 질서를 책임지는 사내다."

질서를 책임진다? 양이록은 알 듯 모를 듯했지만 주화령은 그 말의 의미를 분명하게 알고 있었다. 향락가, 아니, 홍등가나 청등가에서 가장 중요한 것은 사람 관리다. 일하는 여인들을 노리는 수많은 사내들, 그리고 그런 사내들에게 빠져 도망가려는 여인들, 또 취해서 행패를 부리거나 돈도 없으면서 자신의 힘을 믿고 난동을 부리는 이들, 이 모든 사람들을 정리하고 향락가의 암묵적인 약속과 질서를 지키기 위해 고용된 무사들.

그들 스스로는 향락가의 질서를 지키는 사내라고 말하지만 다른 이들은 그들을 타락한 무사라고 생각하여 화위무사(花衛武士)라고 하였다. 호위무사와는 다르게 화류계를 지킨다는 의미에서 그리 불렸다. 하지만 그들의 실력은 무시할 만한 정도의 것이 아니었다. 왜냐하면 비무림인들에 비해 무림인들이 이런 곳을 훨씬 더 많이 찾기 때문에 그들이 취해서 난동을 부릴 경우 그들을 제어하려면 웬만한 실력으로는 불가능했기 때문이다.

관 대주라는 자의 이름은 관평위로 단운평 등이 들어가려는 건물의 화위무사들로 이루어진 미향대의 대주로 홍등가에서 태어나 자란 인물이었다. 가장 큰 건물의 화위무사인만큼 이 주변 화위무사 중 가장 강한 자였고, 그 강한 무공 때문에 이 일대의 모든 사람이 그를 두려워하고 또 경원시하고 있었다.

"오랜만이군!"

급하게 달려나와 단운평의 양 어깨를 잡는 사내는 이십대 중반쯤 되어 보이는 미장부였다. 그가 바로 관평위로 그의 밝은 표정에 정문 앞에서 기다리고 있던 무사는 놀라지 않을 수 없었다. 이곳에서 근무한 삼 년 동안 처음으로 보는 관평위의 미소였던 것이다.

"자, 어서 들어가세."

관평위가 단운평의 팔을 잡아당기며 건물 안으로 들어가자 양이록 등은 급히 그의 뒤를 따랐다.

커다란 상에 본 적도 없는 각종 요리들. 입 안에 넣기도 전에 이미 눈으로도 충분히 맛있다는 느낌이 드는 음식들 앞에서 양이록은 군침을 삼켰다.

"어서들 들라구."

관평위의 말에 양이록은 눈앞의 오리 다리를 쭉 찢어 입 안에 넣었는데 무언가 모를 적막감에 입 안에 오리 고기를 넣은 채 주변을 살펴보았다.

'젠장.'

자신뿐이다. 아무도 요리에는 손을 대지 않고 있다. 이유? 간단했다. 단운평이 음식을 먹지 않고 심각한 표정으로 관평위만을 바라보고 있는 것이 아닌가. 분위기를 파악하지 못한 양이록의 모습을 한심하다는 듯 바라보는 황군명의 눈빛에 양이록은 슬며시 손에 든 오리 다리를 내려놓았다.

"알아볼 것이 있네."

단운평의 말에 관평위의 표정도 진지해졌다.

"알고 있네."

단운평의 말처럼 관평위가 있는 곳은 수많은 정보들이 난무하는 곳이다. 단운평에 대한 소식을 이미 알고 있기에 그가 물어올 것이 무엇인지 정도는 관평위도 눈치채고 있었다.

"가르쳐 줄 수 있겠는가?"

관평위가 정보를 제공한 것을 무림맹이나 천앙의 무인들이 알게 된다면 위험한 상황이 되어버릴지도 모를 일이다. 게다가 화위무사는 이곳에서의 어떠한 정보도 누출해서는 안 된다는 불문율을 가지고 있기에 단운평의 물음은 무리한 감이 없지 않았다.

"일단 술부터 한잔 받게."

관평위가 술병을 들었지만 단운평은 그를 바라볼 뿐이었다.

"내게는 지켜야 할 가족들이 있네. 자네에게 협조를 하게 되면 그녀들은 더 이상 이곳에 있을 수가 없네. 무림맹이나 천앙에서 우리를 그냥 둘 리 없지 않은가."

그의 말에 황군명과 양이록은 무서운 눈으로 관평위를 바라보았다.

'역시 화위무사군.'

'강호의 무인이라면 자신의 안위를 위해 친우의 부탁을 저버리지 않지.'

두 사람의 생각과는 다르게 주화령은 그의 입장을 이해할 수 있었다. 화위무사란 직업이 강호인들에게 얼마나 멸시되고 또 얼마나 위험한 일인지 잘 알고 있다. 그러한 상황에서 화위무사를 해온 관평위에게는 그 나름대로의 자부심이 있을 것이다. 그런 그에게 화위무사의 불문율을 깰 것을 요구하는 것은 무리한 요구가 아닐 수 없었다.

스르륵.

문이 열리고 두 사람이 들어왔다.

"내 집사람과 처제일세."

관평위의 소개에 단운평은 고개를 돌렸다.

"가가께 말씀 많이 들었습니다."

가볍게 고개를 숙이고는 관평위의 옆으로 가는 여인의 단아한 외모와 부드러운 음성은 사람을 편하게 하였다. 단운평은 자리에서 일어나 그녀에게 고개를 숙여 인사를 하고는 다른 여인에게로 고개를 돌렸다.

"강호에서 그 이름을 모르는 자가 없다는 그 풍룡이 형부와 친우라는 말을 믿지 못했는데 사실이군요."

관평위의 부인과 많이 닮은 얼굴이지만 조금 더 화려한 느낌이 드는 여인이었다.

"혹시 천화(天花)?"

양이록의 목소리에 주화령의 표정이 순간 변했다가 이내 냉막한 표정으로 돌아왔다. 천화라면 천하삼미 중 가장 화려한 외모를 지녔다는 여인이 아닌가.

"저를 알고 계신 분도 있군요."

천화 화소영은 고맙다는 듯 양이록에게 고개를 숙였다. 얼굴이 자세히 보이지 않아 확신할 수 없지만 단운평의 태도에서 조금의 놀람의 기색도 없어 조금은 자존심이 상한 그녀였던 것이다.

"황군명이라고 합니다."

"양이록이라고 합니다."

두 사람의 목소리가 거의 동시에 흘러나와 화소영은 두 사람의 이름을 정확히 들을 수가 없었다.

"미안하군."

단운평은 그녀에게는 조금의 신경도 쓰지 않고 관평위에게 말했다. 사실 단운평은 이곳에 오면서 한 번도 관평위의 가족을 생각하지 못했다. 그저 정보를 받을 생각이 앞서 이곳으로 온 것이다.

"이해해 주니 고맙네."

관평위의 표정에 어둠이 깔렸다. 가족 때문이라고는 하나 친구의 부탁을 들어주지 못하는 것이 관평위에게도 마음 편한 일은 아니었다.

"오늘은 자네 친구 자격으로 온 걸로 해주게."

단운평은 관평위의 표정을 보고선 피식 웃고 술잔을 들었다.

"미안하네."

이번에는 관평위의 입에서 미안하다는 말이 나왔다.

"아무 말 말고 술이나 마시세."

그의 말에 황군명과 양이록의 시선이 화소영에게서 떨어졌다. 단운평의 입에서 술이나 마시자는 말이 나올 거라고는 생각지 못했다. 저 말을 들을 수 있는 사람이라는 것이 부러운 황군명과 양이록이었다.

第十章

합본류

다음날 아침. 간만에 들이키는 술이 얼마나 달게 느껴졌던지 정신없이 마신 양이록과 황군명은 끔찍한 두통에 머리를 감싸며 일어났다.

"으윽, 젠장. 머리가 울리는군."

"그러게. 아무리 천화가 옆에 있다고는 해도 그리 마실 거라고는 생각지 못했어."

그들은 술이 입 안에 들어가도 술로 느껴지지 않았었다.

"왜 돈 많은 상인들이 기생을 옆에 두고 술을 마시는지 알겠더군."

황군명의 말에 양이록도 고개를 끄덕였다. 앞 자리에 화소영이 있다는 이유만으로 술이 꿀처럼 느껴져 정신없이 들이켰던 것이다.

"혹시나 실수한 것은 없었지?"

양이록의 물음에 잔뜩 찌푸린 얼굴의 황군명이 고개를 저었다.

"나도 어느 순간 이후의 기억이 없다구."

순간 왠지 모를 불안감이 드는 두 사람은 급히 주화령이 있는 방으로 향했다.

쇄액! 팍!

후원에서 편(鞭)을 휘두르는 관평위의 모습에 관평위의 부인 화소민이 조용히 말했다.

"함께 가고 싶은 거군요?"

그녀의 말에 관평위는 고개를 젓고선 몸을 움직여 허공에서 채찍과 함께 어우러져 화려한 그림을 그려 나갔다.

"무림맹이나 천앙의 눈치 보는 것이 왠지 한심하게 느껴져서 그런 것뿐이오."

바닥에 내려선 그가 한 말에 화소민은 그에게 다가가 뒤에서 조용히 그를 안았다.

"원하는 대로 해요. 당신이 얼마나 강호로 나가고 싶어하는지 알면서도 아무런 말을 하지 못했어요. 이곳을 벗어나기가 두려워서. 하지만 그분과 함께라면 당신도 두려울 것이 없다고 했으니 떠나요. 전 이곳에서 당신을 기다리고 있을 게요."

그녀는 알고 있었다. 자신이 남편의 발목을 잡고 있다는 것을.

"아무런 말 하지 마시오. 당신 탓이 아니오. 내 스스로가 자신이 없는 것뿐이니까."

부드럽게 그녀의 손을 풀고선 다시금 허공으로 이리저리 움직이는 관평위의 모습을 안타까운 눈으로 바라보던 화소민은 마음의 결정을 내린 듯 몸을 돌려 어디론가로 향했다.

"실수한 거요?"

주화령의 표정이 영 좋지 않다. 그런 그녀의 표정에서 황군명과 양이록은 더욱 불안감이 커졌다.

"그래, 혹시나 술자리에서 우리가 무슨 잘못이라도……."

황군명의 표정을 바라보던 주화령은 한숨을 푹 쉬었다.

"머리 안 아파요?"

"어제 과음을 한 탓인지 머리가 많이 울려."

양이록의 대답을 어이없다는 듯 바라보는 주화령의 표정에 황군명은 심각한 표정으로 물었다.

"혹시 단 대협에게 주정이라도 부린 거야?"

"뒷머리를 한번 만져 봐요."

주화령의 말에 두 사람은 뒷머리로 손을 가져갔다.

"윽!"

"뭐, 뭐야?"

알싸한 아픔. 손이 닿는 순간 느껴지는 고통에 손이 바르르 떨리는 두 사람이었다.

"어떻게 된 거야?"

"화 소저 옆 자리에 앉겠다고 난리를 치르다가 단 대협에게 맞아서 기절했었어요. 기억이 하나도 안 나요?"

그녀의 말에 황군명의 표정이 창백해졌다. 단운평의 친우인 관평위의 처제 화소영에게 추근대다가 맞았다는 것은 가벼운 일이 아니었다. 조금이지만 자신을 바라보는 눈에 신뢰의 빛을 띠기 시작했건만 이런 일을 저지르다니.

"젠장, 화 소저 앞에서 기절했다고?"

황군명과 다른 양이록의 반응. 그의 말에 황군명은 또다시 절망을 느꼈다. 세상에 어느 여인이 추근대다가 다른 남자에게 맞아서 기절하는 상대에게 호감을 품겠는가. 이리저리 고민하는 그들을 모습을 보던 주화령은 고개를 저으며 화소영의 얼굴을 떠올렸다. 그러자 그녀의 얼굴도 씁쓸한 표정으로 바뀌었다.

"가가를 데려가 주세요."

가만히 앉아서 앞으로의 일을 고민하고 있던 단운평은 자신의 방문을 갑자기 열고 들어온 화소민의 첫마디에 멍하니 그녀를 바라보았다. 관평위를 데려가라니……. 그가 없다면 화소민과 화소영 자매가 이곳에서 견딜 수 없다는 것 정도는 단운평으로서도 알고 있는 일이건만.

"당신을 두고 떠날 그가 아니오."

기녀들을 잡으러 다니던 관평위라면 풍운회의 위치나 타 세력의 정보를 얻는 실력이 누구보다 뛰어나 큰 도움이 될 것이다. 천앙 사냥꾼이라 불리는 양이록이나 황군명 역시 누군가를 추적하는 일에 능숙하지만 관평위만큼 뛰어날 수는 없었다. 그러나,

"평위의 마음만 흔들어놓고 가는 것 같아서 미안하오."

단운평의 말에 화소민은 고개를 저었다.

"저희도 함께 떠나겠습니다."

그녀의 말에 단운평은 자리에서 벌떡 일어났다.

"무슨 소리요? 우리가 가는 길이 얼마나 어려운……."

주르르.

한줄기 눈물 방울이 화소민의 뺨으로 흘러내리자 단운평은 아무런

말도 할 수가 없었다. 천하에게 가장 강력한 무기라고 하는 여인의 눈물에는 천하의 단운평도 어쩔 수가 없었던 것이다.

"두 분도 생각하지 못하고 있는 것이 있어요. 단 대협이 찾아왔으니 이미 이곳에서 저희가 안전할 리가 없다는 거예요."

단아한 외모만큼이나 영리한 그녀다. 지금 단운평이 떠나도 이미 늦은 일이라는 것을 알고 있다. 지금의 남편이 단운평을 따라나서지 못하는 것은 이곳에서의 생활에 대한 미련도 있지만 무공을 모르는 두 여인을 데리고 단운평에게 합류함으로써 짐이 되지나 않을까 하는 걱정 때문임을 알고 있었던 것이다.

'짐이 될지도 모르지만 어떻게든 결정을 내리지 않으면 안 돼요.'

강한 여인이다. 현재의 상황에서 관평위보다 더 강한 모습을 보이는 화소민이었다.

"이미 결정을 내리셨나 보군요."

단운평의 말에 화소민은 고개를 끄덕였다. 어차피 이사를 하는 것이 아닌 일행으로서의 합류다. 많은 준비물이 필요한 것이 아니었다. 필요한 것은 돈과 각오. 가지고 있던 보석이나 돈은 어젯밤에 모두 전표로 바꾸었다. 환락가의 전장은 밤에 여는 곳이라 손쉽게 바꿀 수가 있었다. 더군다나 화소민이 가진 보석류는 상등품이라 그 값도 후하게 받을 수가 있었다.

"평위는 결정을 내렸소?"

단운평의 물음에 화소민의 안색이 또다시 어두워졌다. 단운평은 화소민이 찾아온 이유를 어렴풋이 알아차렸다.

"내가 할 것은 평위가 결정을 내리게 하면 되는 것이오?"

"저와 동생은 무공을 몰라요. 그래서 가가는 당신과 함께 가는 것을 주저하는 듯하더군요."

단운평은 고개를 끄덕였다. 이제야 확실하게 알 수 있었다. 화소민이 자신을 찾아온 이유를.

"형부에게 들은 것 이상으로 무뚝뚝하더군요."

화소민이 후원에서 나간 후 부은 얼굴로 나타난 화소영의 말에 관평위는 어색하게 웃었다.

"표현이 서투른 거지. 처제가 이해하라구."

"그래도 너무해요."

예전에 한동안 실종되었던 관평위가 돌아와서는 자신에게도 친구가생겼다며 단운평에 대한 자랑을 연신 했을 때는 화소영으로서는 형부의 태도가 이해되지 않았었다. 무공을 익혔을 거라고 형부가 말했지만한낱 마부에 불과한 인물을 과대평가하는 것이 아닌가 했었다.

하지만 시간이 지나고 풍룡이라는 이름이 강호를 떨치게 되자 그에대한 관심이 생겨난 그녀였다. 때문에 형부에게 몇 번이고 그에 대해서 묻고 물어 그에 대한 것을 많이 알고 있는 그녀였지만 자신의 얼굴을 보고 전혀 관심을 가지지 않을 거라고는 생각지 못해 화가 난 것이었다.

'에효, 언제쯤 모두가 자신을 좋아할 거라는 환상에서 벗어나는지……'

관평위로서는 어지러운 머리 속에 골치가 아플 지경이건만 단운평이 자신에게 관심을 가지지 않는다고 투덜거리는 처제의 말을 들어줄수밖에 없었다. 처제임과 동시에 사랑스러운 부인의 동생이다.

"처제의 미모에 흔들리지 않는 사내가 어디 있겠어? 다만 처제랑은 친하지 않고 또 나의 처제라는 것 때문에 관심을 보이지 않으려 노력하는 거겠지."

"그건 그렇고, 그 두 사람은 어떨지 걱정이네요. 함께 다니게 될 건데 매번 그래서는……."

관평위는 화소영의 말에 어젯밤 술자리에서 화소영의 양팔을 붙잡고 매달리던 양이록과 황군명의 얼굴을 떠올렸다. 친동생 같은 화소영에게 무례를 하는 순간 머리끝까지 화가 치밀어 한 소리 하려는 순간 단운평의 주먹이 먼저 나서는 바람에 가만히 있을 수밖에 없었다. 만에 하나 다음에도 그러한 일이 있다면 그때는 자신이 손을 쓰리라고 생각했다. 그런데,

"함께 다니게 되다니 무슨……?"

화소영은 언니인 화소민에게 앞으로 그들의 일행과 합류하게 될 것이니 각오를 단단히 하라는 주의를 받았다. 하나 형부인 관평위가 아직 결정을 내리지 못했다는 소리는 듣지 못했다.

"그건 내가 이야기하지."

관평위는 어느새 후원에 들어와 있는 단운평의 등장에 굳은 얼굴로 그를 바라보았다.

"자리를 좀 피해줬으면 하오만……."

화소영은 단운평의 말에 무언가 자신이 모르는 사실이 있음을 눈치채고서는 조용히 후원에서 집 안으로 들어갔다. 물론 가면서 단운평을 한 번 노려보는 것을 잊지 않았다.

"평범하지 않은 물건인 것 같군."

단운평의 말에 관평위는 자신의 손에 들린 편을 들어 올리며 대답했다.

"세류편(細流鞭)이라고 한다네."

얼핏 보기에도 상당히 오래된 듯한 관평위의 편은 상당히 질겨 보이는 가죽으로 보였다.

"자네가 무공을 익힌 줄은 알고 있었지만 편이라고는 생각지 못했군."

"누군가를 포박하는 일이 많다 보니 편과 관련된 무공을 익히게 되었지."

촤르륵.

흘러내리는 편에서 나는 소리는 금속에서 나는 소리였다. 단운평은 세류편이 단순히 질긴 가죽이 아니라는 것을 알 수 있었다.

"함께 가세."

툭 내뱉는 단운평의 말에 관평위는 가만히 고개를 들어 하늘을 바라보았다.

"생각하지 못했네, 여기 오는 순간 자네의 생활이 깨어질 거라는 것은."

단운평의 이어지는 말에 관평위는 고개를 내려 단운평을 바라보며 말했다.

"내게는 지켜야 할 가족이 있네."

"함께 가세."

단운평은 손을 내밀었다. 하지만 관평위는 그 손을 잡을 수가 없었다. 너무 위험한 일이다. 차라리 가족들을 데리고 어디론가로 숨는 것이 더 안전할 것이다.

"나를 믿게."

단운평의 단호한 음성. 그의 목소리에는 사람을 믿게 하는 힘이 있었다.

"계획은 있는가?"

조금은 긴장된 관평위의 목소리. 하나 단운평은 고개를 저었다.

"함께 생각해 보세."

단운평은 솔직하게 말했다. 처음부터 거짓말로 시작할 문제가 아니다. 관평위의 목숨만이라면 모르겠지만 그의 가족들의 목숨까지 걸린 문제다. 무림인이라면 생명의 위협을 각오하는 것이 당연한 일이지만 그렇지 않은 이들을 그러한 세계로 데려가려면 솔직하게 말할 수밖에 없었다.

"아내의 생각을 들어본 뒤에……."

단운평은 고개를 저었다. 그리고 고개를 돌려 한곳을 손가락으로 가리켰다.

"그렇군."

어째서 갑자기 함께 가자는 말을 하는지 몰랐던 관평위였으나 단운평이 가리키는 곳으로 고개를 돌린 순간 모든 것을 알 수가 있었다. 그가 가리킨 곳에는 화소민이 서 있었다.

"날 공처가라고 할지 모르겠지만 혼인한 후 단 한 번도 그녀의 의견에 따르지 않은 적이 없다네."

관평위의 말에 피식 웃으며 단운평이 다시 손을 내밀었다. 관평위는 그의 손을 잡았다. 멀리서 그 모습을 바라보던 화소민은 발길을 돌려 집 안으로 들어갔다. 준비하던 것을 마무리해야 한다. 얼마나 긴 여행이 될지는 아무도 모르기 때문이었다.

"…그래서 평위의 가족들과 함께 가기로 했다."

단운평의 설명에 황군명은 심각한 표정으로 단운평을 바라보았다. 황군명으로서는 아무리 생각해도 무공을 모르는 두 여인을 데려가는 것은 무모한 행위였다. 그러나 반대를 하려고 해도 할 말이 마땅치 않았다. 단운평의 설명처럼 자신들이 이곳으로 오는 순간부터 이들이 자신들과 연관되었기 때문이다.

"잘됐군요, 화 소저."

어느새 화소영의 곁으로 다가선 양이록이 말하자 관평위가 양이록과 화소영 사이로 가서 무서운 눈으로 양이록을 노려보았다. 무서운 그 눈길에 양이록은 슬며시 고개를 돌렸다. 무섭다기보다 지은 죄가 있어 그의 눈길에 부끄러워졌던 것이다.

"같은 일이 생긴다면 이번에는 내가 가만히 있지 않을 거요."

관평위는 양이록에게 한마디 하고선 고개를 돌렸다.

"한동안 함께 다닐 수 있겠지만 언제까지고 무공도 모르는 사람들과 함께 다닐 수는 없잖아요?"

주화령의 반대. 그녀의 말에 단운평과 황군명이 고개를 끄덕였다.

"평위와 의논해 둔 것이 있소."

단운평이 관평위와 화소민을 바라보며 말하자 그들은 고개를 끄덕였다. 그러나 화소영은 듣지 못했기에 멀뚱히 그를 바라보았다.

"어떤 결정인지 전 듣지 못했네요."

차가운 그녀의 목소리에 관평위는 움찔했다. 처제에게 말해 주는 것을 잊은 것이다. 그리고 그것은 화소민도 마찬가지였다.

"조금 후에 내가 설명해 줄게."

화소민의 말에 화소영이 고개를 저었다.

"일행의 책임자에게 직접 듣고 싶어."

언제나 화제의 중심이 되고 모두에게 최우선의 배려가 되었던 자신
이건만 단운평이 온 뒤로 자신이 논 외로 바뀐 것이 불만인 화소영이
었다.

"들은 적이 있을 것이오. 내가 있던 곳. 그곳에 믿을 수 있는 분이
계시오."

사후락에 관한 이야기다. 비록 무공을 모르는 사람이지만 그라면 두
여인을 안전하게 보호해 주리라고 확신하는 단운평이었다. 그리고 그
것은 관평위도 마찬가지였다. 사후락의 인품에 대해서는 관평위도 잘
알고 있었기에 그의 의견에 동의한 것이다. 물론 시장에 그녀들을 두
려는 것은 아니었다. 어느 한 장소를 물색하고 그곳의 책임을 사후락
에게 부탁하려는 것이다.

"우리는 단 대협을 따르기로 한 몸, 결정에 불만은 없습니다. 이제
어디로 가는 겁니까?"

황군명의 물음에 단운평이 관평위를 바라보았다.

"사천."

第十一章

사천으로

"사천이라……. 확실한 정보입니까?"

황군명의 안색이 하얗게 질려 있었다. 물론 그것은 양이록도 마찬가지였다.

"사천의 상인들에게 들은 말이니 확실할 거요."

마차 안에서 들려 나오는 목소리는 분명 관평위의 목소리였다. 황군명과 양이록과는 다르게 생기가 넘치는 목소리였다.

"단 대협, 쉬었다가 가는 것이……."

"조금 더 가면 객점이 있으니 그곳에서 쉬도록 하지."

단운평의 말에 마차를 모는 단운평의 옆에 있는 황군명이나 마차 지붕 위에 있는 양이록의 얼굴에 안도의 빛이 보였다. 마차 안이 아닌 마부석이나 마차 지붕 위는 묘하게 몸의 균형이 잡히지 않아 두 사람의 몸은 부서질 듯 흔들렸고, 그로 인해 속이 별로 좋지 않았던 것이다.

"사천에 가본 적이 있으신 것 같은데, 맞습니까?"

황군명의 물음에 단운평은 고개를 끄덕이고는 말했다.

"일하면서 가본 적이 있다."

고개를 끄덕이고는 단운평이 마차를 모는 모습을 바라보던 황군명은 엄청난 무공을 지닌 자치고는 묘하게 마부가 어울리는 단운평의 모습에 피식 웃었다.

"형님, 근처에 말을 파는 곳은 없습니까?"

물컹한 마차 지붕 위에 더 있다가는 멀미를 할 것 같은 양이록의 물음에 순간 황군명의 얼굴이 굳었다. 그리고 그것은 마차 안에 있던 주화령 역시 마찬가지였다.

"음, 객점에서 동쪽으로 십 리 정도 떨어진 곳에 말을 파는 곳이 있을 것이다."

형님이라는 말에 특별한 반응 없이 대답하는 단운평. 무의식적으로 그 말을 사용했던 양이록은 마부석에서 자신을 뒤돌아보는 황군명의 놀란 표정에 그제야 깨달았다.

'형님이라 불러도 되는 건가?'

황군명과 양이록은 기분이 좋아졌다. 한결 단운평과 가까워진 것처럼 느껴진 것이다. 물론 단운평도 같은 생각인지는 알 수 없었다.

"저와 군명은 말을 사 오겠습니다!"

객점에 도착하자마자 양이록은 마차에서 뛰어내리며 소리쳤다. 그리고 단운평의 허락이 떨어지기 전에 객점의 동쪽으로 달려갔다.

"무인들은 배고픔도 잘 안 느끼나 보죠?"

화소영의 질문에 주화령이 대답했다.

"무공을 익혔다고 해서 배고픔에 익숙할 리는 없어요. 어느 쪽이 유리한 것인가 먼저 생각하고 움직이는 것뿐이죠."

생명이 위험한 상황이라면 며칠이라도 식사를 하지 않을 수밖에 없다. 시장기보다 생명이 더 중요하기 때문이다. 그것과 같은 일이다. 식사의 경우는 말을 사 온 후 급하게 출발해야 하는 경우라면 음식을 사서 가지고 가면 되지만 식사를 먼저 하고 출발해야 한다는데 말을 사러 가야 한다는 말을 하기는 쉽지 않은 일이다. 때문에 황군명과 양이록은 말을 사는 것을 우선으로 한 것이다. 그들도 배고픈 건 마찬가지였다.

"잠깐."

객점 안으로 들어서려는 일행을 멈춰 세운 건 단운평이었다.

"객점에 들어가는 건 내가 먼저."

아무리 조심해도 지나칠 것이 없다. 혹시나 모를 습격이 있을지 모르기에 단운평은 객점 안으로 먼저 들어가겠다고 말한 것이다. 그의 말에 방심했다는 것을 알게 된 관평위와 주화령은 환락가에서의 풀렸던 마음을 다잡았다.

"어서 오십시오. 몇 분이나……."

객점에 들어서자 고수가 부럽지 않을 움직임으로 단운평 앞에 나타난 점소이는 단운평의 일행을 훑어보다가 말문이 막혔다.

"안전한 것 같군."

객점 안을 살펴보던 단운평의 말에도 객점 안으로 들어와 주변을 살피던 주화령과 관평위는 마음을 놓지 않았다. 단운평도 사람인 이상 실수를 할지도 모를 일이다.

"자리를 안내하게."

관평위의 말에 점소이는 얼어붙은 듯 움직이지 않았다. 그는 천상의 미녀로 보이는 세 여인 때문에 아무런 생각도 하지 못하고 있었다.

"일층에는 자리가 없군. 위로 올라가야겠어."

단운평은 가볍게 점소이의 어깨를 두드리고선 계단을 올랐다. 그리고 그런 그의 뒤로 일행이 움직이자 그제야 점소이는 정신을 차렸다.

"주인 어른!"

주방으로 뛰어가는 점소이의 몸놀림은 처음 이상으로 잽쌌다. 미녀는 미녀고 장사는 장사다. 저러한 미녀와 함께 다닌 자들이라면 무림인이든 관부의 인물이든 혹은 상계의 인물이든 범상치 않은 자들임이 틀림이 없다.

'재신(財神)이 아니라면 재앙신(災殃神)이겠군.'

점소이의 설명을 들은 객점 주인은 눈을 번쩍였다. 미인이라는 존재는 돈을 끌어들이는 존재임과 동시에 크고 작은 분쟁의 씨앗이기도 하다.

"어서 그분들을 내실로 안내해라. 왜 이층으로 모신 거냐!"

객점 주인의 말에 점소이는 급히 이층으로 달려 올라갔다. 객점 주인의 생각은 간단했다. 분명 돈이 되는 자들이라면 분쟁의 씨앗을 뿌리지 않으면 그만인 것이다. 그들이 이곳에 온 것을 다른 이가 모른다면 분쟁이 생길 일이 없다.

그의 예상은 적중하여 단운평 등이 시킨 음식은 하나같이 비싼 것이었다. 화소민과 화소영이 환락가에서 긴 시간을 보낸 만큼 산해진미를 잘 알고 있었던 것이다. 객점 주인은 점소이에게 입단속을 시키고선 시간이 흘러 황군명 등이 돌아오자 그들을 조용히 내실로 안내했다.

"두 필의 말을 구해왔습니다. 그런데 그곳에서 중요한 이야기를 들었습니다."

"무슨 이야기지?"

황군명은 단운평에게 굳은 표정으로 말했다.

"최근에 중원인이 아닌 이들이 이 주변에 많이 왔었다더군요."

"그게 어때서?"

"다른 곳에서도 변방 사람들이 말을 구하러 온 경우가 제법 있다는 군요. 그런데 하나같이 건장한 체구에 매서운 눈초리를 한 것이 체계적으로 무공을 배운 이들 같답니다."

말을 이용하는 사람들 중에는 먼 곳까지 정보를 전하기 위해서 말을 바꿔 타는 사람이 많다. 그렇기 때문에 말을 교환할 경우 가격 차가 심하지 않도록 말을 파는 상인들끼리 친분을 유지하는 경우가 많았다. 마상(馬商)들끼리 이야기하는 것을 황군명이 들은 것이다.

"전쟁이라도 일으키려는 건가?"

중원의 깊숙한 지역까지 무공을 익힌 변방의 무리들이 출몰한다는 것은 전쟁의 징후라고 생각하는 것이 당연한 일이다. 하지만 현재의 관부는 전쟁을 대비한 준비가 철저하다고 알려졌기에 안심할 수가 있다.

"그들의 행동을 보아선 군인이 아니랍니다."

체계적으로 훈련을 받은 군인은 아무래도 자유롭게 지내온 무림인과 비교해 그 행동이 눈에 드러날 정도로 차이를 보인다. 아무리 엄격한 문파의 제자라 할지라도 엄격한 제도 속에서 훈련받은 군인들과는 차이가 있는 것이다. 명령에 절대 복종을 하는 군인은 무인과 다르게 명분이나 이익 등의 부과적인 것에는 신경을 쓰지 않기 때문이다.

"변방의 무인들인가?"

"아무래도 그런 것 같습니다."

"천앙와 사파, 그리고 무림맹의 충돌 후 약해진 중원무림을 노리고 있는 것 같군."

단운평의 말에 황군명이 고개를 끄덕였다. 그가 하고 싶은 말이 그
것이었다. 중원무림인으로서 모른 척할 일이 아니다. 그러나 문제는
단운평이 이 사실을 알린다고 해서 믿어줄 사람이 없다. 그리고 무림
맹이나 천앙의 세력이 약해질수록 단운평으로서는 유리한 상황이니.

"골치 아픈 사실을 알아왔군."

단운평의 말에 황군명은 멋쩍은 미소를 지었다. 변방무림과 중원무
림은 적절한 힘의 균형을 유지하는 것이 가장 좋다. 그래야만 서로가
서로의 영역을 노리지 않게 되기 때문이다. 변방무림이 나섰다면 둘
중 하나다. 그들의 힘이 강대해졌거나 중원무림의 힘이 약해졌을 경
우. 작금의 중원무림의 상황은 후자에 속했다.

"일단은 기다려 보자."

아직 천앙의 혈풍 이후 천앙이 본격적으로 움직인 적이 없다. 그렇
다면 아직 중원무림의 힘의 균형이 이루어져 있는 것. 이러한 경우에
는 변방무림이 공격해 올 가능성이 없다. 중원무림의 힘의 균형을 이
루고 있다는 것은 외부의 세력이 공격해 올 경우 서로 힘을 합칠 수 있
다는 뜻이기 때문이다. 힘의 균형이 무너져 어느 한쪽이 약해질 경우
서로 부딪치게 되고 결국 중원무림 전체의 힘이 약해진 순간 그들은
침입해 올 것이다.

"우리들의 일만으로도 충분히 벅차다."

단운평이 힘든 소리를 한 것은 처음이었다. 황군명이나 양이록은 그
소리를 듣고 모른 척하고 싶었지만 워낙에 사안이 큰 일이라 단운평에
게 이야기하지 않을 수가 없었다. 하나 단운평의 입에서 벅차단 말
을 듣게 될 거라곤 생각하지 못했다. 어느새 그들은 단운평이 철인이
라고 생각하고 있었던 것이다.

"조만간 천앙이 다시 움직이게 되면 힘의 균형이 무너지게 될 거네. 미리 알려야 하지 않는가?"

단운평 등이 모른 척해서 중원무림이 변방무림에 유린당할 경우 피해를 입는 사람들의 수가 너무나 많다. 더군다나 그런 일이 생길 경우 무림인뿐만이 피해를 당한다는 보장도 없다. 관평위의 말에 단운평은 한숨을 푹 쉬고선 대답했다.

"누구에게 말을 한단 말인가?"

그의 물음에 관평위는 아무런 말도 할 수가 없었다. 그렇다. 누구에게 말한단 말인가. 그냥 만나는 무인들에게 모두 말할 수도 없다.

"풍운회가 힘의 균형을 맞출 수 있을지 모르겠군."

한참을 가만히 있던 단운평의 입에서 나온 소리에 관평위가 무릎을 쳤다.

"그렇군. 풍운회가 무림맹이든 사파든 천앙으로 인해 약해진 쪽에 힘을 더해주면 힘의 균형을 맞출 수 있겠군."

"그럼 우리는 풍운회와 협상을 해야 하는데……."

단운평의 말에 관평위의 표정이 어두워졌다. 지금 자신들은 풍운회를 쳐들어가는 입장이다. 단운평의 이름을 팔아 풍운회라는 조직을 이룬 이들이라면 결코 좋은 관계를 유지하긴 힘들 것이다.

"그들이 우호적인 존재인지 아닌지는 그들을 만나봐야 알 일. 어서 출발하는 것이 좋겠군."

단운평이 자리를 털고 일어섰다. 그가 자리에서 일어나자 모두들 따라 일어나 밖으로 나섰다. 그러자 양이록이 황군명을 노려봤다.

"그러게 식사 후에 말을 했어야지!"

워낙에 중대한 사안이라 황군명이 급하게 말한 덕분에 황군명과 양이록은 식사를 하지 못했다. 양이록과 황군명은 점소이를 불러 몇 가지 음식을 싸주길 부탁했다. 그리고 그들이 나왔을 때 단운평이 그들에게 손짓을 하였다.

"마차 안에서 평위와 계획을 한번 더 확인해 봐야 하니 둘 중 한 사람이 마차를 몰아야 해."

단운평의 말에 황군명이 급히 입을 열었다.

"저는 말을 타고 마차 뒤쪽의 경계를 서겠습니다."

양이록은 황군명이 입을 여는 순간 황군명이 마차를 몰 거라고 생각했다가 그의 말이 끝나자 입만 뻥긋댈 수밖에 없었다.

사천에 거의 도착할 쯤에 해가 져 가장 가까운 곳의 객점에서 휴식을 취하기로 한 단운평 등은 각기 정해진 방으로 흩어졌다.

"크아악!"

갑작스런 비명에 객점 안의 사람들이 급히 방에서 뛰쳐나왔다. 그러자 관평위가 그들을 진정시켜 되돌려 보냈다. 관평위는 비명의 주인공이 누구이며 왜 그러한 비명이 나왔는지 충분히 알 수 있었기에 내심 비명의 주인공을 동정했다. 하나 한편으로는 통쾌한 기분도 드는 것이 그 역시 비명의 주인공을 한 대 패고 싶었기 때문이다.

다음날 아침 단운평은 양이록의 얼굴을 보는 순간 실소를 짓고 말았다. 양이록의 눈가가 시꺼멓게 변해 있는 것이 마치 너구리 같았다.

"제법 오래가겠군."

단운평의 옆에 있던 황군명의 말에 양이록은 무시무시한 눈으로 그를 쏘아보다가 단운평에게 말했다.

"형님, 오늘은 제가 말을 타고 후위를 보겠습니다."

양이록의 말에 단운평이 고개를 끄덕였다.

"알았다."

하나 황군명은 태연했다. 오늘은 단운평이 마차를 몰지 않을 이유가 없다는 것을 황군명은 알고 있었기 때문이다. 하나 황군명은 양이록을 얕봤던 것을 곧 후회하게 될 것이다.

"다들 일찍 일어났군."

단운평의 말에 고개를 돌린 순간 양이록의 얼굴이 창백해졌다. 자신의 눈가에 멍을 만든 여인 두 명이 무시무시한 눈으로 자신을 바라보고 있는 것이 아닌가.

그들은 다름 아닌 주화령과 화소영이었다. 침상에 닿자마자 잠이 든 양이록을 두 여인이 습격한 이유는 간단했다. 양이록이 마차를 몬 반시진 동안 두 여인의 엉덩이는 엄청난 수난을 겪어 하루가 지난 지금까지 욱신거리고 있고 머리에도 자그마한 혹이 생겼기 때문이다.

사실 그녀들은 마차 안에서 서로 이야기도 잘 하지 않고 있었는데 이번 사건으로 친해졌다. 때문에 잠든 양이록을 습격할 생각을 한 것이다. 양이록은 모르고 있었지만 사실 눈가의 멍은 화소영의 작품이었다.

"말씀드릴 것이 있습니다."

양이록의 말에 단운평이 그를 바라보았다.

"조용히 말씀드리고 싶습니다."

"군명 네가 마차를 몰아라."

단운평은 마차 뒤의 말을 풀어 타고선 양이록에게 다가갔다. 그러자 황군명의 안색이 흑빛이 되어버렸다. 하나 양이록도 생각하지 못한 것

이 있었다. 황군명이 마차를 몰아서 두 여인의 분노가 높아진다고 해
도 원인 제공자는 양이록이라는 것을 아는 이상 두 여인의 분노 대상
은 황군명이 아니라 양이록이란 것이다.

"이곳이 사천이군."

마차 옆에서 말을 몰던 단운평의 말에 양이록의 안색이 어두워졌다.

"형님께 하고 싶은 말이 있습니다."

양이록의 말에 단운평이 물었다.

"이번에도 둘만이 해야 하는 이야긴가?"

"아닙니다. 어차피 군명이와 화령이는 알고 있는 사실이니."

그의 말에 힘겹게 마차를 몰고 있던 황군명의 표정도 굳어졌다.

"무슨 말이냐?"

"제 이름은 양이록이 아닙니다."

갑작스런 말에 단운평이 미간을 좁혔다.

"무슨 소린지 모르겠군."

"제 진짜 이름은 당이록입니다."

양이록, 아니, 당이록의 말에 단운평은 한동안 침묵했다.

"당이록이라……. 사천당가… 인가?"

당이록이 고개를 끄덕였다.

『풍룡강호』 제2권으로 이어집니다